GOLDMANNS
KLEINE TIERBIBLIOTHEK

CHRISTINE LEHMANN

Kynopolis

Roman

GOLDMANN VERLAG

Umwelthinweis:
Alle bedruckten Materialien dieses Taschenbuches
sind chlorfrei und umweltschonend.

Der Goldmann Verlag
ist ein Unternehmen der Verlagsgruppe Bertelsmann

Sonderausgabe

Umschlaggestaltung: Design Team München
Satz: Uhl + Massopust, Aalen
Druck: Hofmann-Druck Augsburg GmbH
Verlagsnummer: 43225
MK / Herstellung: Sebastian Strohmaier
Made in Germany
ISBN 3-442-43225-1

1 3 5 7 9 10 8 6 4 2

1

Wenn sie kamen, merkte ich das, lange bevor sie an meiner Tür schnüffelten. Die Plattnase am Eingang fing an zu heulen, das Pseudoäffchen im Zwinger neben ihm quietschte, der Rattenfänger jaulte auf. Das Geschrei setzte sich fort bis zu mir. Jeder von uns verhielt sich so, wie er glaubte, daß er am besten die Aufmerksamkeit der Besichtiger auf sich lenken konnte. Plattnase maunzte mit faltigem Gesicht, legte die Ohren an und wackelte mit seinem stumpfen Hintern, jede Faser demütige Erregung. Das kleine aprikosenfarbige Äffchen hüpfte und sprang wie ein Ball, schüttelte die langen Ohren und kreischte. Still stand neben ihr in seinem Zwinger der alte, hüftlahme Schäfer, schlug mit dem Schweif und verfolgte mit geblähten Nüstern und scharfem Blick die Hochnasen, die an seiner Tür vorbeigingen. Die beiden flauschigen Welpen beneidete ich um ihre Unbefangenheit. Sie bettelten. Sie kugelten sich vor Freude und leckten alles, was durch den Maschendraht langte. Andere trappelten aufgeregt hin und her oder schmiegten sich an den Zaun, in der Hoffnung gestreichelt zu werden. Struppi warf sich tobend gegen den Draht. Die Langhaarige riß den schmalen Kopf in den Nacken und heulte. Sie war eine Beißerin, aber so schön, daß manche Besichtiger lange vor ihrem Zwinger verweilten. Stummelbein kläffte rauh. Nur meinem Nachbarn, dem Wilden, war der Rummel gleichgültig. Er blieb zusammengerollt in der hintersten Ecke seiner Kammer liegen und hob nicht einmal den Kopf.

Und ich? Es ist mir peinlich, es zuzugeben. Beim ersten Mal, ich war gerade erst eingeliefert worden und voller Zorn und Bitterkeit, bellte ich, was meine Lunge hergab.

Erst nach einer Weile begriff ich, daß wir nicht lärmten, um die Eindringlinge, die an unseren Zellen vorbeischnüffelten, zu vertreiben. Nein, es war ein wütendes und verzweifeltes allgemeines Betteln und Winseln. Und jedesmal, wenn die Abholer kamen, ergriff mich dieselbe beschämende Erregung. Ich konnte nicht liegen bleiben wie der Wilde neben mir. Das Getöse spülte über mich hinweg, und ich tobte mit.

Dabei fürchtete ich mich vor den fremden Hochnasen. Zwar war auch das Heim mit seinen engen Zellen kein Ort, an dem ich freiwillig geblieben wäre. Aber diese Fremden, diese skeptischen Besichtiger, diese strengen, anspruchsvollen Abholer, von denen so viele nach Unverstand, nach klebriger Tierliebe, nach Herrschsucht, Leinen, Maulkörben, Prügel oder nach flüchtiger Begeisterung, nach Besitzgier, Gefängnis und Vereinnahmung stanken, waren mir nicht geheuer.

Ich wartete auf meine alte Dame. Aufgewachsen bin ich in einer kleinen Wohnung im dritten Stock.

Am Teppich meiner Dame habe ich meine Zähne ausprobiert. Jeden Tag ging sie mit mir stundenlang in den Wald. Pünktlich servierte sie mir mein Futter. Und abends schmusten wir auf dem Sofa. Sie hatte mir versprochen, mich niemals zu verlassen. Aber sie hatte es nicht gehalten. Zuerst legte sie sich tagelang ins Bett, dann verschwand sie, und ihre Tochter kam, um mich rauszuschaffen und zu füttern. Dann brachten sie mich hierher ins Heim. Sie gehörten zu den Verächtern.

Unter den Hochnasen gibt es so viele verschiedene Sorten wie unter uns Nasen. Sie lassen sich nicht nur in Halter und Verächter einteilen. Unter den Verächtern gibt es Hasser, Schläger, aber auch Gleichgültige und Ängstliche. Und auch die Halter sind verschieden. Am schlimmsten sind die Unverständigen. Sie werden euch immer dann streicheln, wenn ihr es nicht wollt, nie verstehen, was euch interessiert, euch vom schönsten Dreck fortreißen, mit Schokolade füttern und parfümieren. Sie werden euch auf den Arm nehmen, wenn ihr einem anderen Anuben guten Tag sagen wollt. Und sie werden euch mit ihrer Liebe an allem Wesentlichen hindern. Die Herrscher werden von euch bedingungslosen Gehorsam fordern und euren Gehorsam immer dann verlangen, wenn gerade ein guter Duft euer Interesse fordert. Ihr werdet euch euer Leben lang überwinden und selbstverleugnen müssen. Dagegen ist es ein Glück, einem Gleichgültigen zu gehören. Er läßt euch laufen. Ihr könnt streunen. Dafür könnt ihr nie sicher sein, daß ihr regelmäßig zu fressen kriegt. Zuweilen ist die Haustür den ganzen Tag verschlossen und alles Betteln vergeblich. Niemand hört euch. Ihr werdet nicht gebürstet und nicht zum Tierarzt geschafft. Schön, denkt jetzt vielleicht so mancher von euch: Der Tierarzt ist die schlimmste Variante der Hochnasen. Aber wenn ihr Husten habt oder einen verkorksten Magen, werdet ihr schnell begreifen, daß der Tierarzt eine Notwendigkeit ist. Und wenn euch erst der Speichel aus den Lefzen fließt und eure Pfoten euch nicht mehr gehorchen, dann wißt ihr, was eine Tollwutimpfung wert ist. Vor den Schlägern müßt ihr davonlaufen. Ich weiß, daß das nicht so einfach ist. Niemand von uns kann sich seinen Halter aussuchen. Und wenn er euch erst einmal hat, dann müßt ihr ihm treu sein. Die meisten von uns haben so viel Angst, ihre Futtergeber zu verlieren, daß sie selbst dann bei ihnen bleiben, wenn sie gedrillt werden, wenn man sie an den Ohren zieht, sie tritt, an den Pfoten durch die Luft wirbelt, ins Wasser wirft, sie anbrüllt, ihnen mit der Leine eins überzieht, auch wenn sie sich längst auf den Rücken geworfen haben.

Ich versuchte, den beiden Welpen beizubringen, daß sie sich nicht allen Abholern anbiedern dürften. Sie sollten erst einmal in Ruhe schnüffeln, was sie wert waren. Aber die Welpen lachten nur und hängten sich in mein Fell. Ich warnte sie: »Die Hochnasen holen euch nicht beide. Ihr werdet getrennt.« Aber die Bälger japsten nur übermütig und verbissen sich in meine Rute. »Was macht das schon? Es wird bestimmt lustig werden.« O unschuldige Jugend, für euch erzähle ich meine Geschichte.

Das Heim hatte etwa dreißig Zwinger. Manche Zellen waren doppelt belegt. Die Zwinger umschlossen eine kleine Wiese. Die meisten von uns wurden vormittags nach dem Füttern auf die Wiese gelassen. Nur die Beißer blieben in ihren Zellen. Es gab keine Möglichkeit zu entkommen. Ein zweifacher Zaun ging um das Gelände. Das Tor, durch das die Heimleiterin und die Besichtiger kamen, war doppelt ausgelegt. Zu den Häusern und Stuben jenseits der Zäune kamen wir nie. Auch nie in den Wald auf der anderen Seite, aus dem der Duft nach Wild und anderen Köstlichkeiten in den Zwinger wehte.

Am Anfang war ich so blöd wie alle, die hierherkommen und bis dahin behütet bei ihren Damen, Riesen oder Familien gelebt hatten. Ich dachte, wir seien alle Freunde. Erst als ich nur knapp den Zähnen der großen, langhaarigen Beißerin entgangen war, begriff ich, daß wir bestenfalls Leidensgenossen, eigentlich aber Konkurrenten waren. Jeder war auf den eigenen Vorteil bedacht. Die täglichen Besichtigungstouren der Abholer schafften einen Wettbewerb um die Gunst der Hochnasen, der unser Leben vollständig beherrschte. Wenn die Heimleiterin kam, galt es, ihre Hände für sich zu gewinnen. Denn ihr Wohlwollen konnte die Entscheidungen der Abholer beeinflussen. Und obwohl ich, wie schon gesagt, keinen besonderen Wert darauf legte, von irgendwem abgeholt zu werden, drängelte ich genauso wie alle anderen um die Beine der Leiterin, sprang an ihr hoch, wedelte sie an, quietschte herum, schubste andere weg, die ebenfalls um ihre Gnade warben. In einer solchen Situation der persönlichen Ungewißheit beherrscht uns gewissermaßen das Anubische in einem viel größeren Maß, als wenn die Verhältnisse klar sind. Die Leiterin war die einzige Konstante in unserem Leben. Und darum fühlten wir uns alle von ihr abhängig.

Aber schlimmer noch als dieses Gedrängel und die unwillkürliche Erregung, in die wir uns mehrmals täglich im Werben um die Hochnasen versetzten, war für mich die Zelle. Ein Geviert aus Beton, glatt und versifft, darin ein hölzerner Unterschlupf, in dem der geballte Gestank von Fell, Violensekret, Stroh und Mißmut wucherte. Das erste, was mein Nachbar, der Wilde, nach meiner Einlieferung tat, war, daß er das Bein hob und durch den Maschendraht in meine Zelle pinkelte. Er blickte mich mit seinen gelben Augen an und grinste. Auf der anderen Seite, die mit einem vollgeschifften Brett verschalt war, knurrte eine Gefleckte, die sich offenbar an die alte Regel hielt, wonach Fähen einander immer hassen. Ich konnte sie nicht sehen, aber ihr Geifer quoll förmlich durch alle Ritzen. Der einzige

Platz, der mir anfangs einigermaßen sicher schien, war der an der Zwingertür, durch die nachts ein kalter Wind blies. Die ersten Tage verbrachte ich dort. Das Futter schlang ich in meiner Angst vor den Nachbarn so schnell herunter, daß ich es mehrmals auskotzen und neu schlingen mußte.

Ich bin nicht besonders mutig, das gebe ich zu. An die Gefleckte traute ich mich nie heran. Sie wurde zum Glück auch nie mit uns auf den Hof gelassen. Aber den Wilden, der seinen Freigang stets damit zubrachte, die Zäune nach Lücken abzusuchen, stellte ich eines Tages zur Rede. Das heißt, ich versuchte es. Er war ein struppiger Graubart, nicht viel größer als ich, aber drahtig und von einer Wolke rüder Verachtung umgeben, die es einer guterzogenen Fähe wie mir schwermachte, sich ihm zu nähern. Ich stellte mich ihm dennoch in den Weg und sagte um eine Nuance zu aufgeregt: »Würde es dir etwas ausmachen, nicht immer in meinen Zwinger zu pinkeln?«

Der Wilde hob den Schädel und schaute mich mit seinen gelblichen Augen an. Ich blinzelte sofort beiseite, um ihm keinen Anlaß zum Angriff zu bieten.

»Ja«, sagte er.

»Aber mir macht es auch etwas aus«, sagte ich schrill.

Er hob die Nase nicht vom Boden und grunzte: »Reg dich nicht auf, du wirst sowieso bald geholt, du hübsches Füchschen. Wie heißt du?«

»Mini.«

Er grinste. »So hat dich deine Dame gerufen, was? Hast nicht mal einen Anubennamen, Füchschen.«

»Und wie heißt du?«

»Gris.« Er drehte mir seine Lunte zu. Und ich zog mit gesenkter Rute von dannen. Ich war damals noch nicht gewohnt, mir Achtung zu verschaffen. Überdies war der Wilde älter als ich. Kaum war Gris wieder in seinem Zwinger, hob er erneut das Bein gegen meinen Zaun, obwohl er doch draußen genug Gelegenheit dazu gehabt hatte. Ich knurrte verzweifelt. Aber es war, da ich meine sinnlose Angst nicht unterdrücken konnte, ein kümmerliches, singendes Knurren, über das der Wilde nur lachte. Eine geifernde Beißerin auf der einen und einen arroganten Pinkler auf der anderen Seite, es war anfangs die Hölle. Auch deshalb, weil wir nur einmal am Tag herauskamen und darum nur die Wahl hatten, die eigenen Bedürfnisse zu verkneifen oder in die eigene Zelle zu scheißen. Dadurch verkleisterte sich der Zwinger dann zu einem schmierigen Loch, dessen einzig sauberer Platz das Dach der Hütte war. Einmal am Tag wurden die Zwinger mit Wasser ausgespritzt. Dann war der einzige trockene Platz wiederum das Dach der Hütte. Doch dieser Platz war alles andere als ein gemütlicher Schlafplatz. Denn die Gefleckte konnte mich dort sehen und warf sich bellend gegen den Maschendraht. Ich wußte zwar, daß der

Zaun sie hinderte, mich zu zerreißen, aber ein geblecktes Gebiß und ständiges Geknurre in unmittelbarer Nähe trug nicht zu meiner Entspannung bei. Noch nie in meinem Leben hatte ich es nötig gehabt, mich zu verteidigen oder mich mit größeren und älteren Anuben anzulegen.

Eines Morgens, nachdem der Wilde seinen Urin in meine Zelle abgeschlagen hatte, pinkelte ich zurück. Das klingt leichter, als es war. Schließlich hatte ich bis dahin als friedliebende Fähe noch nie das Bein gehoben. Und ich hatte Schwierigkeiten mit der Balance. Aber ich traf. Der Wilde war so verblüfft, daß er aufsprang, sich an den Zaun stürzte, auf dem glatten Boden ausrutschte und direkt in die Maschen und in meinen Strahl schlitterte.

»Du Aas!« brüllte er. »Das wirst du mir büßen.« Er schüttelte die Pfoten, weniger drohend, als verärgert über den fremden Geruch. Ich lachte. Aber lustig war das nicht. Denn der nächste Freigang kam. Und die Leiterin öffnete die Tore stets der Reihe nach und darum Gris' Zwinger vor meinem. Er baute sich vor meiner Tür auf. Und ich hatte nur die Wahl, drinnen oder draußen gerauft zu werden. Gris war doppelt so breit und kräftig wie ich. Meine einzige Chance war die Flucht. Und dazu brauchte ich Platz. Also wuschte ich, kaum hatte die Heimleiterin den Riegel zurückgezogen, zwischen ihren Beinen ins Freie, schneller, als der Wilde schauen konnte. Ich bin klein, aber wendig.

Und ich war schneller als der Wilde. Er kriegte mich nicht. Schließlich schüttelte er seine ausgefransten Ohren und gab sich den Anschein, als habe er gar nicht vorgehabt, mich zu verbeißen. Allerdings wurde mir der Freigang verleidet, weil ich nun ständig aufpassen mußte, daß mich der Wilde nicht erwischte.

So ging das einige Tage. Der Pinkelkrieg tobte. Morgens streckte sich Gris und gähnte. Dann stolzierte er an meine Käfigseite, spritzte, löste sich aber nicht völlig. Ich pinkelte zurück. Er setzte ein paar Tropfen drauf. Ich ebenfalls. Anfangs gewann er, weil er mit seinem Urin besser haushalten konnte. Aber dann gewann ich, denn die Blase einer Fähe ist größer als die eines Rüden, und ich soff mich abends ordentlich voll. Unser Pinkelkrieg fand Aufmerksamkeit. Und so manche Nachbarn begannen das gleiche Spiel, so daß die Pisseschwaden morgens durch die Käfige zogen und sogar der Hochnase auffielen. Es war ekelhaft, aber ich zwang mich, die Nerven zu behalten. Eines Tages gähnte und streckte sich der Wilde, kam an meinen Zaun und sagte: »Wir müssen verhandeln.«

Ich stellte mich schlafend.

»He du«, knurrte er.

Ich hob nur ein Ohr.

»Du Aas, komm her. So kann das nicht weitergehen. Ich biete dir nur einmal Waffenstillstand an.«

Ich bequemte mich herbei. Der Wilde gab sich friedlich und schaute mich nicht an. Sein grauer Bart stand ihm struppig ums Maul.

»Also«, sagte ich spitz.

»Wenn du aufhörst, höre ich auch auf«, sagte er herablassend.

»Du hast angefangen«, sagte ich.

»Aber du hörst auf«, grollte er.

»Ich höre auf, wenn du aufhörst«, sagte ich. »Kein Problem.«

Aber da war doch ein Problem. Der Kerl mußte dringend. Er wechselte unruhig von einer Pfote auf die andere und zuckte mit den Ohren. »Also bitte!« befahl er.

»Bitte was?«

Es war dem Wilden sichtlich peinlich. Im Gegensatz zu ihm sind wir Hausanuben gewohnt, nicht nur unsere Notdurft genau zu beobachten, sondern auch darüber zu reden. Wir wurden von den Hochnasen eisern erzogen, nicht überall hinzupinkeln. Mich hat meine Dame als Welpe mehrmals mit allen vier Pfoten und meiner Schnauze durch eine meiner Pfützen gezogen. Das war so widerlich, daß ich lernte, auf Orte auszuweichen, die nicht das Revier der Dame beschmutzten. Wenn die Hochnasen mit uns rausgehen, dann in der Hauptsache, damit wir in den Grünanlagen und Wäldern unser Geschäft verrichten. Wenn es geschehen ist, sind sie stets äußerst zufrieden und erleichtert. Sie fühlen sozusagen mit uns mit und nehmen regen Anteil an unseren Ausscheidungen. Der Rüde hatte offenbar eine ähnliche Erziehung nicht genossen und war ziemlich schamhaft. Er war stets Herr über sein Geschäft gewesen, hatte sich zum Lösen ins Gebüsch zurückgezogen und ansonsten markiert. Es fiel ihm schwer, darüber zu reden. Ich wußte, was er meinte, wollte dem ungehobelten Kerl aber nicht entgegenkommen. Darum stellte ich mich begriffsstutzig.

»Also los«, grollte er. »Nun mach schon.«

»Was denn?«

»Du mußt zuerst«, knurrte er.

»Das könne dir so passen«, lachte ich. »Ich kann mich beherrschen.«

Der Wilde zog sein Gesicht zusammen. Ihn drückte die Blase. »Woher weiß ich, daß ich dir trauen kann«, sagte er verkniffen.

»Dein Risiko«, sagte ich.

Doch für einen Rüden im besten Alter gibt es ein eisernes Gesetz: Niemals nachgeben. Wer einmal nachgibt, hat für immer verloren. Ehe er sich woanders verausgabte und ich ihm dann in sein Areal pinkelte, würde er den Krieg weiterführen. Und das wollte ich nicht.

»Also gut«, sagte ich. »Ich versprech's.«

»Vertrauen ist gut«, murmelte er, »Vorsicht besser. Du zuerst.«

»Hör mal«, erklärte ich ihm. »Ich hasse es, in meine Zelle zu pinkeln. Ich warte, bis wir draußen sind.«

»Du Aas«, grollte er in seiner Not. »Bist ein feiner Pinkel. Ein wohlerzogenes Schoßtier. Dich hat man sicher zweimal die Woche gebadet. Wenn du mich reinlegst, dann kannst du was erleben. Das schwöre ich dir.« Und er schritt mit steifen Beinen durch seinen Zwinger und spritzte sich hinter der Hütte nach draußen ab.

Dann wurde die Gefleckte mitgenommen. Auch wenn ein ziemlich lauter Stummelbeiner in ihre Zelle kam, so wurde mein Leben im Heim nun erträglicher. Die Welpen wurden, wie ich vorhergesagt hatte, einzeln abgeholt. Das übrige Balg heulte die ganze Nacht. Und nicht anders machte es das geholte Kleintier bei seinen neuen Haltern. Es waren, soweit ich riechen konnte, echte Unkomplizierte gewesen, mit einer Wolke von Kindern, Omas und Opas im Schlepp. Darüber wenigstens konnte ich den übriggebliebenen Welpen trösten, daß es seine Schwester gut haben würde. Aber als ihn dann ein Riese aus dem Zwinger auf den Arm nahm, wurde mir bange für den Kleinen. Riesen sind an sich nicht schlecht, sie haben nur keine Übersicht über ihre Quadratfüße und Keulenarme. Und wenn ein Welpe das nicht gleich kapiert, so muß er schmerzhaft lernen, den Füßen aus dem Weg zu gehen. Riesen sind oft freundlich, aber rammdösig. Und der Welpe, den sich der Riese ausgesucht hatte, war ebenfalls nicht der Hellste. Ich sah Knochenbrüche voraus.

Mein neuer Nachbar war ein aufdringlicher

Kläffer, den ich beim Freigang anknurren und anfauchen mußte, damit er seine Nase von meinem Schwanz nahm. Er war ein geiler Bock, der sich sozusagen immer in Hitze befand, egal, ob die Fähe, die er bedrängte, gerade in der Ranz war oder nicht. Mit solchen Rüden kann man keine vernünftige Unterhaltung führen.

Mein anderer Nachbar war dafür wortkarg. Einmal, als die Hochnasen durch waren und wir winselnd wie immer an den Törchen gestanden hatten, fragte ich Gris, ob er denn nicht hier raus wolle. Zuerst rührte er sich nicht, dann stand er plötzlich auf und setzte sich näher an den Maschenzaun, der uns trennte.

»Hör mal, Füchschen«, knurrte er. »Euer aller Gewinsel ist Torheit. Warst du schon mal im Heim?«

»Nein.«

»Die Hoffnung, daß es nur noch besser werden kann, ist Dummheit. Du weißt nie, was die Abholer aus dir machen. Vielleicht kommst du in ein neues Gefängnis. Vielleicht will jemand nur dein Fell. Hübsch ist es ja.«

Ich schüttelte mich.

»Hast du schon mal was von den Fängern gehört? Dachte ich mir. Dann weißt du auch nichts von den weißen Sälen. Nein? Was lernt ihr eigentlich heutzutage noch?« Der Wilde machte Anstalten, sich wieder zusammenzurollen.

»Was sind die weißen Säle?« fragte ich.

»Laß nur. Ich will dich nicht beunruhigen«, grunzte der Kerl.

Zu spät. Ich war schon drauf reingefallen. »Nun sag schon!«

Grau legte seine rauhen Vorderpfoten säuberlich nebeneinander, zog die Stirn in Falten und erklärte genüßlich: »Im weißen Saal stehen Käfige, kleiner als hier, mit Anuben, Katzen, Ratten und Mäusen. Du gehörst den Tierärzten. Aber sie quälen dich nicht, um dich gesund zu machen. Sie schneiden und spritzen an dir herum. Und hinterher wächst dir eine Beule im Bauch, dir tränen die Augen, und du fühlst dich hundeelend. Keiner kommt da lebend raus.«

Mir sträubte sich das Fell. »Das gibt es nicht«, sagte ich. »Woher willst du das wissen?«

»Ich weiß es.«

»Woher?«

»Jemand hat es mir erzählt.«

»Der hat gelogen.«

»Aber«, sagte er, »genau wissen kannst du es nicht.«

»Und du glaubst«, sagte ich, gegen meinen Willen ängstlich, »daß die Abholer uns dorthin bringen?«

»Wahrscheinlich nicht.« Der Struppige blinzelte hämisch. Es war ihm gelungen, den Keim des Mißtrauens in mein Herz zu setzen. Bisher hatte ich mich für relativ klug und wissend gehalten. Aber offensichtlich gab es Dinge, von denen ich nicht mal eine Ahnung hatte. Um mich an dem hochnäsigen Kerl zu rächen, sagte ich spitz: »Und du hast Angst, daß dich einer dorthin holen könnte.«

»Das gelingt niemandem«, sagte er. »Wer mich holt, hat mich nicht lange.«

»Klar hast du Angst«, sagte ich, Rüden kann man immer provozieren, wenn man ihnen Angst vorwirft.

»Dummes Huhn«, grollte Grau. »Was weißt du schon von Angst. Bist dein Leben lang gehegt, gepflegt und gefüttert worden. Ich war schon dreimal hier. Bin schon dreimal abgeholt worden. Ich sage dir, es ist egal, wo man dich gefangenhält.«

»Aber von hier kommst du nicht weg. Du brauchst einen, der dich holt.«

»Schlaues Füchschen«, spottete der Wilde.

»Aber du bist wohl nicht besonders schlau, da sie dich immer wieder kriegen«, sagte ich.

»Davon verstehst du nichts«, sagte Grau verschnupft. »Du bist eine Fähe.«

»Was hat das damit zu tun?«

»Eine Fähe kann nicht richtig streunen. Wenn sie dicke geht, ist es aus. Sie muß in die Kiste.«

»Quatsch«, sagte ich, weil mir kein Argument einfiel. Ich hatte zwar von Streunern schon gehört. Meine Dame hatte sie immer gefürchtet, vor allem dann, wenn ich ranzig war. Sie scheinen aus dem Nichts aufzutauchen, Fähen zu decken und dann wieder zu verschwinden. Sie sind an keine Leine gebunden und oft ziemliche Raufer. Auch meinem

Nachbarn sah man seine überstandenen Kämpfe an den zerfetzten Ohren an.

»Es sei denn«, fuhr Grau fort, »du bist neutralisiert.«

»Was?«

Der Wilde grinste. »Beim heiligen Anubis, wo hast du nur gelebt? Du weißt ja gar nichts.« Er legte seine Pfoten übereinander und setzte zu einer weiteren Erklärung an. »Deine Halter schaffen dich zum Tierarzt. Der spritzt dich in Schlaf. Hinterher tut dir der Bauch weh, und du kannst dir nur noch die Fäden aus der Wunde ziehen. Danach bist du keine Fähe mehr. Du kommst nie wieder in Ranz. Kein Rüde interessiert sich mehr für dich.«

»Das ist sicher kein Nachteil«, sagte ich kühl. Aber der Graue lächelte. Er roch meine Angst und sah, daß sich mir das Nackenhaar kräuselte. Ich wünschte, ich hätte ihn nicht zum Reden gebracht. Er wußte anscheinend nur Gruselgeschichten. Aber mein Glauben an die Hochnasen war dahin. Ich brauchte einige Tage, ehe ich mich wieder ans Törchen traute, wenn die Abholer kamen. Dann hatte der Wilde Erbarmen. Er kam an den Zaun und sagte: »Hör mal. Ich geb dir einen Rat. Wenn dich einer mitnehmen will, der dir nicht gefällt, dann beiß ihn einfach.«

»Ich kann nicht beißen«, jammerte ich.

»Dann wird es Zeit, daß du deine Beißhemmung überwindest. Die meisten Senkrechten haben viel zuviel Angst vor unserem Gebiß, als daß sie dich schlagen. Aber wenn du nicht beißen kannst, dann schnappe wenigstens und knurre. Die Hochnasen hassen es, von den Nasen gehaßt zu werden.«

Ich war eigentlich ein friedliebender zurückhaltender Anube. Nur in meinen Welpentagen hatte ich die riesigen Hochnasen angeknurrt, ehe ich begriffen hatte, daß es unter ihnen üblich ist, Fremde in den Bau zu lassen. Sollte ich meine Welpensitten wieder annehmen? Das paßte nicht zu dem Arrangement, das wir mit den Hochnasen getroffen haben. Der jahrhundertealte Vertrag sieht Mißtrauen nicht vor. Die Hochnasen sind darauf angewiesen, daß wir ein Leben lang zutraulich und treu sind. Sie setzen gewöhnlich alles daran, uns zahm zu machen und unser Vertrauen zu gewinnen. Und wenn wir es ihnen nicht geben, verlieren sie die Lust und verstoßen uns. Der Wilde war offensichtlich ein Gesetzloser. Er hatte den Vertrag gebrochen. Er hing an keiner Leine. Doch dafür mußte er auch bezahlen. Keiner fütterte ihn. Keiner schützte ihn. Und im Winter hatte er keinen Ofen.

Immerhin benahm ich mich ein wenig vernünftiger, wenn die Abholer kamen. Mich ergriff die allgemeine Hysterie nicht mehr. Ich blieb zwar nicht liegen wie Gris, aber ich schmeichelte mich auch nicht mehr ein. Jeder Abholer konnte schließlich ein Feind sein. Und ich verfluchte mein schönes Fell. Oft blieben die Hochnasen bei mir stehen und lobten meine Schönheit und Niedlichkeit: »Schau mal, wie süß! Eine kleine Lassie! Wie heißt er denn?« sagten sie. Und die Leiterin pries mich als liebes Tier an. Mit manchen Kindern wäre ich wohl gern mitgegangen. Aber wenn ein Fieser kam, knurrte ich. Dabei lernte ich eine der wesentlichen Eigenschaften der Hochnasen kennen, die ich bislang nur als Zuneigung verkappt erfahren hatte: Sie glauben, es gelänge ihnen immer, uns zur Freundschaft zu zwingen. Und je mehr wir protestieren, desto hartnäckiger werden sie. Sie füttern und streicheln so lange, bis wir uns unterwerfen. Und wir unterwerfen uns immer irgendwann. Kaum einer von uns hält es durch, ein Leben lang den Halter zu hassen. Irgendwann siegt unsere Erbärmlichkeit. Es ist falsch zu glauben, wir könnten ein Leben lang auf Gesellschaft, Sicherheit, Wärme und Zärtlichkeit verzichten. Die Hochnasen erwischen uns immer. Ich begriff bald, daß in manchen Fällen mein Knurren eher das Gegenteil bewirkte, als ich beabsichtigte. Es schreckte nicht ab, es forderte heraus. Ehe ich mich versah, hing ich am Strick eines Quälers. Ich quietschte so entsetzt, daß die anderen in ihren Zellen zu kläffen anfingen.

»Hilf mir«, flehte ich den Wilden an. Aber dem fiel nichts ein. Stumm stand er am Gitter. Das Halsband würgte mich fast. Aber gegen die Brutalität eines Quälers kann man nichts ausrichten. In meiner Not ließ ich mich auf den Rücken fallen. Aber der Mann riß mich auf die Pfoten. Ich taumelte herum wie ein blöder Tollwütiger. Wenn die

Heimleiterin angesichts meine Elends nicht eingegriffen hätte, wäre ich vielleicht jetzt ein Krüppel, ein winselndes Wesen, das den Schwanz unterm Bauch trägt. Jedenfalls wurde mir klar, daß es besser ist, Desinteresse zu zeigen als Ablehnung. Wenn du nicht geholt werden willst, schau die Hochnasen nicht mit deinen traurigen Augen an. Leg die Ohren an, statt sie zu stellen. Das wirkt immer gleichgültig. Gegen Gleichgültigkeit sind die Hochnasen nicht gefeit.

Andererseits wollte ich auch nicht mein Leben im Zwinger verbringen. Und als eines Tages eine kam, ein Mädchen, Sabine hieß sie, umgeben von Gerüchen nach Katze, Haarwaschmittel und Freundlichkeit, gab ich nach. Ich wedelte, beschnüffelte ihre beringte Hand und wurde genommen. Ich kam an die Leine und verließ das Heim. Als ich ging, war es still im Zwinger. Der Wilde hatte sich vollständig in sein struppiges Fell vergraben, weder Nase noch Augen und Ohren waren sichtbar.

2

Draußen wartete Mama. Sie roch nach Katze und Fisch. In meiner Freude, endlich wieder einen Fußweg vor mir zu haben, zog ich nach links und rechts. Immer an Mama vorbei. Und das nahm sie mir übel. Sie war zwar eine Gleichgültige, aber sie wollte nicht mißachtet werden. Sabine nahm mich kurz und führte mich an die aufgerissene Autotür. Da rein. Ich habe Sesselkabinen nie gemocht. Sie vernichten Raum und Zeit. Es gibt sie in zwei Varianten. Meine Dame hatte mir eingeschärft, daß ich ihnen aus dem Weg ging. Bei ihr hießen sie »Auto kommt«. Ich wurde an den Wegrand gestoßen, mußte mich hinsetzen, mich ins Gebüsch, ins Gras ducken. Wenn ein Auto kommt, heißt es gefrieren, erstarren, stillhalten. Wie wenn ein großer Beißer naht, den du nicht provozieren darfst. Dabei zweifle ich, daß sich die rollenden Dinger überhaupt ärgern lassen. Ein kräftiger, schneller und mutiger Rüde, der Autos mehr fürchtete als Beißer und Schläger, hat mir einmal erzählt, daß er von einem der Dinger geschlagen oder gebissen worden sei. Er wußte selbst nicht, was es eigentlich gewesen war. Er weigerte sich, Sesselkabinen zu besteigen, denn er sagte, sie seien dasselbe wie Autos, und er traue ihnen nicht. Innen bestehen die Autos nur aus Polstern. Und sie haben einen eigenen Geruch, der dich gegen alle Außengerüche abschirmt. Autos können den Ort, an dem sie dich schlucken, blitzschnell abschneiden und dir nach einer Zeit einen neuen Ort öffnen, der durch keine Spur mit dem alten verknüpft ist. Sie sind meist mit Tierärzten, Tierheimen oder fremden Wohnungen verbunden. Und du wirst nie begreifen, wie sie es machen. Trotz des jedesmal ungewissen Ausgangs dessen, was die Senkrechten eine Autofahrt nennen, haben die Kabinen auch angenehme Züge. Du kannst einen Anuben verbellen, ohne fürchten zu müssen, daß er an dich herankommt. Die Kabine verschont dich sogar mit dem Geruch des anderen. Sie macht dich zum Überlegenen, ganz egal, wie alt du oder der andere ist.

»Wie heißt er denn?« fragte Mama und grabschte mir ins Fell.

»Mini«, sagte Sabine, »und er ist eine sie. Vier Jahre alt.« Sabine hielt mich auf ihrem Schoß fest und kraulte mich beruhigend. Das war zwar nicht nötig, aber durchaus angenehm. Sie parfümierte mich mit ihrem Waschmittelgeruch. Das ist die Art der Hochnasen, uns in ihren Besitz zu nehmen. In Sabine pochte ein kräftiges Herz. Ihr gehörte ich, und niemand anderem. Mama war eher skeptisch.

Wir fuhren in die steile Straße. Das war, soweit ich auf den ersten Geruch feststellen konnte, ein dicht besiedeltes Revier. An jedem Baum, jeder Ecke, jedem Zaun, jedem Mäuerchen der riechbaren Umgebung schwelten die Duftmarken zahlloser Rüden und Fähen. Hinter den Zäunen erstreckten sich große Gärten. Ein Stück die Straße hinauf erhob sich ein schwarzer Schäfer, der an eine Hütte gekettet war. Die Straße herab kullerten Düfte eines Waldes, die sich an den parkenden Autos und Bäumen stießen und kräuselten. Sabine zog mich an der Leine in einen Garten. Doch ehe ich ihn erschnüffeln konnte, mußte ich weiter ins Haus. Treppen. Ein glatter, kleiner Flur mit Schuhen und Mänteln, dahinter Sauberkeit, Essigreiniger, frische Staubsaugerwolken. Sabine machte mich von der Leine los. Ich konnte in aller Eile das Gelände sondieren. In der Küche gutes gekochtes Fleisch, das vom Tisch herabdampfte, zwei blanke Näpfe, einer mit Wasser gefüllt, mein Freßplatz, gewienerte Schränke, glatter Boden. Im Flur Katzengeruch, aber keine Katze zu sehen, außerdem Spuren eines kleinen Scheißerchens, das für die Welpen der Hochnasen typische Gemisch aus Creme, Wäsche und Exkrementen. Das Sesselzimmer staubfrei, aufgeräumt, ordentlich mit einem Katzensessel. Ein Zimmer voll dunkler Holzmöbel, Rasierwasser, offenbar tabu für die anderen Familienmitglieder, das war Papas Revier. Treppauf Sabines Zimmer, voller aufgeregter kleiner Wirbel aus Kleiderstaub, Parfüm, Plastik, Büchern, Heften, Unordnung und Trotz. Sabine komplimentierte mich auf eine frischgewaschene Wolldecke zu Füßen ihres Bettes. Dies sollte mein Schlafplatz sein. Zwei Türen verschlossen. Dahinter der Schlafplatz von Mama und Papa und das Nest des Welpen.

Nach der ersten eiligen Inspektion wandte ich mich meinen neuen Haltern zu. Und ich kann sagen, ich war nicht unzufrieden. Das Haus mit dem Garten und der Katze war vielversprechend. Meine direkte Vorgesetzte, Sabine, schien unkompliziert. Mama hielt die Speisekammer in bester Ordnung. Blieb abzuwarten, was für mich abfiel. Der Fraß im Heim war gerade geeignet gewesen, den Hunger zu stillen, ein Brei aus Flocken mit unangenehm harten Klümpchen darin, die im Schädel krachten, wenn man draufbiß, ohne dabei das Gebiß ernstlich zu fordern.

Doch zunächst durfte ich nicht in der Küche bleiben, wo Mama mit dem Braten hantierte, sondern mußte wieder an die Leine und hinaus. Auch den Garten durfte ich noch nicht besichtigen. Sabine zerrte mich auf die steile Straße. Leider haben die Hochnasen kein Gefühl für den Vorrang des inneren vor dem äußeren Revier. Bevor ich ins Revier der anderen vorgedrungen wäre, hätte ich lieber zunächst den Garten in Besitz genommen und abgegrenzt. Die Hochnasen haben zwar eine ausgeprägte Nestkultur. Aber für territoriale Abgrenzung haben sie keinen Sinn. Sie holen sich Fremde in ihren Bau. Und außerhalb des Baus gibt es keine Reviere. Klar, daß Sabine nicht verstand, daß ich meine Markierungen zunächst lieber im Garten gesetzt hätte, statt dort, wo andere Anuben sich längst ihre Vorherrschaft gesichert hatten. Überdies war ich an der Leine und darum grundsätzlich im Nachteil. Sobald wie möglich mußte ich Sabine überreden, mich von der Leine zu lassen. Das geht am schnellsten, wenn man sich anständig benimmt. Kein Herumziehen, kein Herumspringen, vielmehr peniblen Gehorsam, sobald die Halterin ruft. Man muß sich nur am Anfang ein bißchen beherrschen. Dabei habe ich schon viele Anuben getroffen, die sich ins Geschirr legen, als müßten sie ihre Halter durch den Wald ziehen. Und wenn man sie laufen ließ, verschwanden sie sofort. Solche Idioten kommen nie von der Leine los. Sie sind ihr Leben lang an den Strick gebunden. Vermutlich ist es ihnen sogar lieber so. Sie sind dann sozusagen frei von jeder Verantwortung, sie müssen sich nie an die Regeln halten. Wenn sie anderen begegnen, werfen sie sich ihnen entgegen, als gelte es, sie zu zerfleischen, werden aber von der Leine zurückgehalten. Kein freier Anube würde so protzen. Leinenanuben lernen nie, wie eine ordentliche Begrüßung abläuft. Sie benutzen ihre Halter, um zu verhindern, daß sie je wirklich mit anderen Anuben Rang und Verhalten abklären müssen. Solche Leinendeppen sind oft Beißer, mindestens aber Flegel. Es ist leicht, ihnen aus dem Weg zu gehen. Problematisch ist es umgekehrt, wenn du selber an der Leine hängst. Ein Flegel schwänzelt um dich herum, steckt seine Nase unter deinen Schwanz, auch wenn du ihn noch sosehr einkneifst, und du kannst ihn nicht abschütteln, solange du um die Beine deiner Halterin kreisen mußt. Und manchmal kannst du von Glück sagen, wenn du zu groß bist, um hochgenommen zu werden. Nur den Unerfahrenen oder hoffnungslos Kindischen erscheint es sicherer, einem anderen Anuben auf dem Arm des Halters zu begegnen. In Wahrheit hast du deine Ehre verloren, wenn man dich auf den Arm nimmt. Und wenn du dem Anuben später zu Pfote begegnest, so lacht er dich im besten Fall aus, im schlimmeren fällt er über dich her, um dich zu demütigen.

Sabine war offenbar ein relativ vernünftiges Wesen. Wenn ich die Bäume abschnüffelte, um mir einen Überblick über die Anwohner von Kynopolis zu verschaffen, zog sie mich nicht fort. Wir stiegen die Hasenbergsteige hinauf, die oben in einen Wald mündete. Hier war der Löseplatz aller Anwohner. Wir tauchten in eine Barriere aus dickem Gestank von Urin und Losung. Ich wußte natürlich, daß Sabine mit mir hierhergegangen war, damit ich es meinen Vorgängern gleichtat. Aber ich habe von jeher vielbenutzte Orte gemieden. Sobald ich einen einigermaßen sauberen Platz fand, erledigte ich, Sabine zuliebe, mein Geschäft. Die meisten Losungen waren brandfrisch. Jetzt, zur Abendessenszeit, da Mama in der Küche den Braten schnitt, waren die meisten schon durch, saßen daheim zu Füßen ihrer Halter und warteten auf Futter. Mir war das recht. So konnte ich mir von meinen Reviergenossen ein Bild machen, ohne von allen abgeschnüffelt zu werden.

Es waren alle Sorten vertreten. Ein Pseudoäffchen war etepetete und frischgebadet den Weg hinabgetippelt und hatte an vielbenutzten Bäumchen dünne Tröpfchen abgesetzt. Ein kleiner Rattenfänger hatte das gesamte Unterholz zu seiten des Weges durchforstet. Ein rauhhaariges Stummelbein hatte mit seiner Schnauze das Laub umgegraben und ein Mauseloch zu einem Krater erweitert. Ein strenger, aber gutmütiger Riesenschwarzer, der von allen anderen so weit respektiert wurde, daß niemand unnötig seinen eigenen Duft auf seinen setzte, hatte seine Tatzen gemächlich in die Erde gedrückt. Eine Jägerin war den Spuren von Eichhörnchen und Katzen gefolgt. Ein Schäfer hatte einen Kinderwagen begleitet und sein Wasser gleichgültig ins Gebüsch geschlagen. Ein halbwüchsiger Apportierer hatte ziellos alle angesprungen und heftige Spielspuren und einen kleinen Ball zurückgelassen. Die kränkliche Spur eines Halbverrückten entdeckte ich, die bösen Reste eines Beißers, der dicht neben seinem Halter an der Leine gegangen war. Eine elegante Afghanin, die bald rollig werden würde, war den Weg entlanggeschwebt. Der Rattenfänger hatte sich an ihre Spur geheftet. Aber dann war da noch etwas, etwas, das ich nicht kannte, von dem ich bisher nur gehört hatte. Etwas Gemeines, Gefährliches. Ein Schwaden von Haß und grenzenloser Kraft und Wut. Etwas, dem man nie begegnen durfte. Etwas, das das Revier beherrschte, obwohl ihm alle aus dem Weg gingen, der Brandgeruch von Haß, begleitet von dem säuerlichen Brodem der Angst. Es lag eine Drohung über all den Spuren, scharf, brutal, hinterhältig, grausig, tödlich.

Als ich noch Welpe war, hatte ich lange Zeit nicht begreifen können, daß die Hochnasen von all dem, was unser Leben bestimmt, nichts wissen. Sie ahnen zwar, daß wir anders sind als sie, aber sie verstehen es nicht. Sie sind auf eine bedenkliche Art unbefangen und blind. Sie bringen es fertig, in eine Gefahr hineinzulaufen, auch wenn sie dick und deutlich vor ihnen dampft. Die umfassende Blindheit der Hochnasen darf man bei allem, was man mit ihnen unternimmt, nie außer acht lassen. Und meistens kann man ja nichts ohne sie unternehmen. Wenn wir uns weigern weiterzugehen, weil die Gefahr offensichtlich ist, so halten sie das für Ungehorsam und Trotz. Darin, das war mir klar, würde sich auch Sabine nicht von ihren Artgenossen unterscheiden. Und darum war es wichtig, von der Leine loszukommen. Denn, wenn wirklich Todesgefahr drohte, konnte ich den Schwanz einklemmen und mich davonmachen. Gehorsam hin oder her. Und angesichts dessen, was in Kynopolis schwelte, war das dringend notwendig.

Mit gedämpfter Freude kehrten wir die Straße hinab in den Garten zurück. Das Gemeine hatte an jedem Baum seine Marke hinterlassen. Obwohl ich ihm nicht begegnen wollte, war es im Augenblick fast noch schlimmer, nicht zu wissen, was es war.

Diesmal ließ mich Sabine im Garten frei. Ich

konnte eine erste Nase voll nehmen. Mäuse in den Rosen und frischer Katzengeruch. Da Sabine wartend herumstand, bezwang ich meine Neugier und bot ihr ein kleines Spiel an. Hochnasen sind durch unsere Albernheiten immer zu erfreuen. Und wichtiger als die genaue Kenntnis meines Reviers war im Moment die Freundschaft Sabines. Ich spielte ein wenig mit ihr, stürmte um sie herum, warf ihr einen Apfel vor die Füße, rannte dem Apfel hinterher. Was man eben so macht, um die Hochnasen zu unterhalten und zum Lachen zu bringen.

Dann kam Papa durchs Törchen. Ich kläffte ihn an, ehe ich ihn am Familiengeruch erkannte, der verschleiert war durch allerlei Fremdes.

»Was bist du denn für ein kleiner Racker«, sagte Papa.

»Das ist Mini«, erklärte Sabine stolz.

Papa lachte und baumelte mit seinen Riesenhänden vor meiner Schnauze. Solche Pranken sehen immer gefährlicher aus, als sie sind. Hochnasen haben im Grunde drei Mäuler, das, womit sie essen, es ist völlig ungefährlich, und die beiden, mit denen sie zufassen, beißen und werkeln. Papa war ein freundlicher Riese, laut und raumgreifend. Ich kam mir wie ein Zwerg vor und hoffte, er werde nicht allzuviel mit mir zu tun haben.

»Was sagt unsere Emma?« fragte Papa.

»Sie sind sich noch nicht begegnet«, sagte Sabine. Damit war Papas Interesse an mir vorerst beendet. Wir gingen ins Haus. In der Küche war das Fleisch inzwischen angerichtet. Doch das war im Augenblick nebensächlich, da Sabine eine Dose aufmachte und einen duftenden Berg in meinen Napf füllte, den ich schnell verschlang. Mit einem solchen wunderbaren Klumpen im Bauch läßt es sich überall leben. Ich war randvoll glücklich.

Und dann kam Emma. Eine dicke schwarzweiße Katze in einem Schwaden ältlichen Fischgeruchs, mit grünen Augen und dem frechen, unverwandten Blick all dieser Kratzbiester. Sie tun immer ungeheuer überlegen. Sie sind noch ignoranter als die Hochnasen. Sie sind außerordentlich eingenommen von ihrer Intelligenz. Und da sie auf Mauern, Bäume und Zäune klettern können, halten sie sich im ganzen für geschickter und klüger als alle anderen auf der Welt. In Wahrheit aber ärgern sie sich fürchterlich, wenn so ein kleiner Kläffer wie ich sie auf die Bäume jagt. Sie hassen unser Gebell. In ihren Augen sind wir stinkende dumme Schreihälse, die nichts kapieren. Katzen ärgern ist ein schönes Spiel. Um Emma gleich zu zeigen, daß ich meinen Spaß mit ihr haben würde, startete ich durch und warf mich auf sie. Aber statt, wie erwartet, die Flucht zu ergreifen, buckelte sie. Ich konnte auf den Küchenkacheln nicht bremsen, schlitterte in das Vieh hinein und bekam eine scharfe Ohrfeige. Es ist mir peinlich, zu gestehen, daß ich sogar schrill aufquietschte. Meine Familie lachte mich aus. Emma grinste hämisch.

»Das Problem wäre also auch gelöst«, sagte

Papa lachend. Offenbar gehörte er, wie auch die Mama, zur Katzenpartei. Nicht aber Sabine, die tröstende Laute ausstieß, mich streichelte und die Schramme auf meiner Nase begutachtete. Währenddessen protzte die Katze zwischen den Beinen Mamas herum, fauchte mich an, strich durch die Küche und schüttelte die Pfoten.

»Schon gut«, sagte ich zu ihr, »du hast gewonnen.«

Emma antwortete nicht mal. Erst später merkte ich, daß sie unsere Sprache kaum verstand, geschweige denn sprach. Sie gehörte offenbar nicht zu den hellsten ihrer Art. Vor allem war sie ziemlich faul. Im wesentlichen denkfaul. Sie verließ sich hauptsächlich auf ihre Massigkeit. In der Tat war sie kaum kleiner als ich. Im Grunde ein schläfriges, beschränktes Tier, mit dem es sich durchaus zusammenleben ließ, wenn man ihm nicht zu Leibe rückte. Ich hatte mich zwar blamiert. Aber ich würde es ihr schon noch zeigen.

3

Die Hochnasen sind Fresser. Zwar halten sie uns gern vor, daß wir nichts anderes als Fressen im Kopf hätten, aber damit lenken sie nur von sich ab. Sie fressen praktisch ununterbrochen. Gleich nach dem Schlafen zogen schon wieder Nahrungsdüfte durch den Bau. Sie versammelten sich an ihren Näpfen und spachtelten. Das Haus war eine einzige Vorratskammer. Und selbst wenn sie aus dem Haus gingen, nahmen sie noch ein Päckchen Fressen mit. Wenn sie unterwegs waren, mußte sie alle paar Stunden irgendwo einkehren, wo es was zu fressen gibt. Mama hantierte fast ständig mit Eßbarem in der Küche. Wenn sie das Haus verließ, kam sie mit Säcken voller Futter zurück. Es wurde in Schränken gelagert, zum Teil aber auch gleich verspeist oder zu umständlichen Mahlzeiten verarbeitet. Fast immer kauten die Kiefer der Hochnasen, schnurbsten ihre Zähne, schluckten ihre Kehlen etwas hinunter. Mittags versammelten sie sich wieder. Das erste, was Sabine tat, wenn sie heimkam, war, sich an den Tisch zu setzen, der mit für mich unsichtbaren, aber an leckeren Düften überquellenden Dingen bedeckt war. Sabine mampfte. Kaum war das vorbei, gab es Süßigkeiten. Abends wurde der Tisch erneut gedeckt. Und wenn sie dann später im Sesselzimmer saßen, stand schon wieder Eßbares bereit, das unaufhaltsam in ihren Mäulern verschwand. Der Tag verging für die Hochnasen, indem sie ungeheure Mengen verschiedener Dinge vertilgten, von denen ich nichts bekam. Selbst dann nicht, wenn sie ihr Mahl beendet hatten. Die Fresser überließen mir auch dann nicht ihr Futter, wenn sie sich selber nicht mehr dafür interessierten. Die Reste, die in einer normalen Gesellschaft den Schwächeren zustehen, verschwanden in Schränken oder im Mülleimer. Und es war absolut verboten, sich das Fressen aus dem Mülleimer zu holen.

Ich habe inzwischen von Familien gehört, in denen es einigen von uns gelungen ist, durch beharrliches Warten, Fiepen und Kläffen die Fresser zum Teilen zu bewegen. Aber in meiner Familie herrschte ein eisernes Gesetz. Mama hatte geradezu panische Angst davor, mir beim Speckschneiden auch nur den winzigsten Knorpel zufallen zu lassen. Vielleicht fürchtete sie, ich könnte daraus irgendwelche Schlüsse ziehen und die Rangordnung durcheinanderbringen. Denn der Rang in der Familie ist ein Freßrang. Und sogar der Mülleimer stand höher als ich. Aber natürlich würde ich nicht gleich an meine Überlegenheit glauben, nur weil ein Stück Speck für mich abfiel. Wir haben, anders als die Hochnasen, niemals Verfügungsgewalt über das Freßbare. Und es ist gut, sich ins Unabänderliche zu schicken. Es bringt nichts als Geschrei und Prügel, wenn man sich das Fressen aus ihren Näpfen klaut. Solange sie sich an die Vereinbarung halten und einmal am Tag unseren Napf füllen. Meine Familie hielt sich an die Regel. Übrigens hatte Emma nichts dagegen, wenn ich das fraß, was sie übrigließ, aber sehr wohl Mama. Also mußte ich damit warten, bis es Nacht war. Einen Vorteil hat die abgrundtiefe Blindheit der Hochnasen: Sie rochen es nicht, wenn ich den Katzennapf geleert hatte. Was sie nicht sehen, wenn sie anwesend sind, merken sie nicht. Sie können im nachhinein nie feststellen, wer wo gewesen ist. Die einzige Möglichkeit für die Hochnasen, etwas mitzukriegen, das an einem Ort geschieht, den sie nicht sehen, ist ihr Gehör. Und das ist nicht sonderlich gut. Da die Fresser nur ihre Ohren haben, um durch Wände und Türen zu sehen, aber keine Nase, sind sie in einem Maß von der Gleichzeitigkeit abhängig, die mich anfangs immer verblüfft hat. Sie können nur das mitkriegen, was geschieht, aber nie das, was bereits geschehen ist oder geschehen wird. Ein großer und sehr wichtiger Teil der Welt, nämlich der der Spuren und Drohungen, ist ihnen verschlossen. Und sie können sich nicht mit uns verständigen. Die meisten von uns verstehen zwar ihre Sprache. Aber umgekehrt funktioniert das nie. Es gibt zwar Hochnasen, die ahnen, daß wir mehr wissen als sie, aber sie können weder danach fragen, noch unsere Antworten verstehen.

In Kynopolis wohnten nur bessere Leute. Keine Mischlinge, nur Rassenanuben mit langen Stammbäumen, die zum Teil bis Anubis zurückreichen. Von meiner Dame, die eine gute Anubenkennerin war, habe ich die hochnäsigen Worte für die meisten Rassen gelernt. Mein unmittelbarer Nachbar war ein kleiner Yorkshireterrier, wie die Hochnasen sagen, also ein echter Pinsel, dem die roten Haare in Büscheln vom Leib abstanden, ein aufdringlicher Kerl. Er stand gleich am ersten Tag in meinem Garten und hüpfte um mich herum. Für Pinsel sind Zäune durchlässig, denn sie sind klein wie Ratten.

»Ich heiße Fifi«, plauderte er mit seiner Fistelstimme. »Bist du schön, sag mir deinen Namen.« Er versuchte, mich zu bespringen.

»Laß das«, fauchte ich, »ich bin nicht ranzig.«

»'tschuldigung«, winselte er. Pinsel war älter als ich, aber er benahm sich wie ein Welpe. Er wuselte um mich herum und plapperte vor sich hin: »Wollen wir Freunde sein? Ich bin froh, einen Nachbarn zu haben. Emma ist ein garstiges Vieh. Ich habe mir schon lange eine nette Nachbarin gewünscht. Es wird wunderbar. Es wird wunderschön, wenn du erst in der Ranz bist. Wir werden eine tolle Zeit haben. Ich kann jederzeit zu dir kommen. Mein Herbert läßt mich immer tagsüber raus. Du brauchst mich nur zu rufen.«

Schöne Aussichten. »Ich mach' mich doch nicht mit dir lächerlich«, sagte ich.

»Du bist ein richtiges Füchschen«, schmeichelte er weiter, ohne die Beleidigung zur Kenntnis zu nehmen. »Das ist gut. Wir passen wunderbar zusammen. Mein Vater war ein Champion. Meine Mutter war so edel, daß man sie aufschneiden mußte, um mich auf die Welt zu holen.«

»Dich haben die Fresser wohl mit der Flasche großgezogen.«

»Wer?«

»Die Fresser, du Dummkopf. Deine Halter, meine ich. Du verstehst wohl nichts von den Hochnasen, wie?«

Pinsel war verwirrt. »Ich komme nicht viel mit anderen zusammen«, sagte er traurig. »Sie mögen mich nicht. Ich bin ihnen zu klein. Dabei bin ich doch freundlich zu allen. Aber niemand will mit mir reden. Du bist die einzige, die mit mir redet.«

»Du benimmst dich wie ein Welpe. Wie soll man sich da mit dir unterhalten? Sitz mal still und laß mich in Ruhe.«

Pinsel sackte auf seinen Hintern und zog seine Fransen in Falten. Offenbar bemühte er sich zu verstehen. »Wieso?«

Ich hatte keine Lust, ihn zu erziehen, und lenkte ab. »Erzähl mir was über das Revier. Wer hat hier die Macht?«

»Für mich hast du die Macht«, schwärmte Pinsel frisch drauflos. »Für dich tue ich alles. Du bist gut und schön. Du wirst mich nicht beißen. Nicht wahr?«

»Nun halt mal dein Maul. Gehst du hier nicht spazieren?«

Der Kleine wurde plötzlich ernst. »Kaum.«

»Warum nicht?«

Fifi druckste. »Naja. Es ist so... Also Herbert hat Angst. Verstehst du? Ich kann nichts dafür. Ich habe keine Angst.« Pinsel log. Die zitternde Haarbürste auf seinem Kopf verriet ihn.

»Wovor denn?«

»Der arme Herbert«, seufzte Fifi. »Der hat schon zwei Anuben verloren. Verstehst du? Der letzte war wie du. Ein Füchschen. Wunderschön. Herbert schwärmt manchmal noch von ihm. Das ist schlimm, weißt du. Denn ich bemühe mich doch so, daß er mich lieb hat. Aber er hat nun mal Angst um mich.«

»Warum denn?«

»Ich weiß nicht«, log Pinsel.

»Nimm dich zusammen«, knurrte ich. »Ich bin auch nicht blind auf der Nase. Seine Spuren sind überall. Wie heißt der Killer?«

Pinsel schrak zusammen und schwitzte Angst aus.

»Sag schon!«

Pinsel schaute sich um und duckte sich ins Gras: »Kato«, flüsterte er. Ein Schauer sträubte sein Fell. Und auch mir stellten sich unwillkürlich die Nakkenhaare auf.

»Bist du ihm schon mal begegnet?« fragte ich.

»Beim heiligen Anubis«, schrie Pinsel, »dann wäre ich jetzt Luder. Du mußt ihm aus dem Weg gehen. Katos Zeiten sind mittags und abends. Niemand geht um diese Zeit in den Wald. Gib Anubis, daß deine Sabine keinen Fehler macht.«

Ich weiß nicht, was mich mehr beeindruckte, die jämmerliche Angst dieses dummen Wichts oder meine eigene Erinnerung an das gestrige Grauen beim Anblick der Spuren. Ich neigte jedoch im Augenblick dazu, Pinsels Angst für übertrieben zu halten. Ein Beißer und allemal ein Killer würde vermutlich an der Leine gehen. Mithin war die Gefahr halb so groß.

Den Vormittag verbrachte ich damit, meinen Garten zu besichtigen, den geschwätzigen Pinsel im Schlepptau. Das mußte man ihm lassen, er kannte sich gut aus in meinem Garten. Zwischen Straßenzaun und Haustür grünte ein Rasen mit einem Apfelbaum, in dem Emma saß. Hinter dem Haus fiel der Garten steil ab. Eine Terrasse war von Rosen umrandet. Von dort kippte der Rasen den Hang hinab und endete im Gebüsch an einem Maschendrahtzaun. Ein Amselpaar hatte dort sein Nest. Pinsel kannte jede Lücke im Zaun. Jenseits lag ein verwildertes Grundstück. Durchs dichte Blattgrün schimmerte die weiße Wand eines Hauses. Ich würde es mir bei Gelegenheit mal ansehen. Hier unten gab es einen Kampf- und Paarungsplatz für Katzen.

»Wie kommst du mit Emma aus?« fragte Pinsel grinsend. Ihm war trotz seiner Dummheit die Schramme auf meiner Schnauze nicht entgangen.

»Gut«, sagte ich kurz. Pinsel grinste. Emma war

uns in den rückwärtigen Garten gefolgt und hatte sich auf der Terrasse breitgemacht. Ich verbot es Fifi ein für allemal, meine Katze zu ärgern. So wie ich ihn einschätzte, traute er sich ohnehin nicht näher als einen Meter an sie heran. Und ich wünschte keinen unnötigen Krach in meinem Garten. Ich wußte noch nicht, ob Mama damit einverstanden sein würde, daß ich Pinsel hier empfing. Hochnasen haben eigenartige Vorstellungen, was unsere Kontakte zu anderen Anuben betrifft. Sie schätzen Kumpanei nicht, sei es aus Eifersucht, oder weil ihnen das Gefühl für soziales Verhalten abgeht. Ich schickte den aufdringlichen Schwätzer in seinen Garten zurück. »Sonst siehst du mich nie wieder«, drohte ich.

»Oh«, faselte der Wicht, »das wäre aber schade. Ich werde mich in Zukunft vorsehen. Wir müssen uns heimlich treffen. Das wird ein schönes Abenteuer.« Und er sprang davon. Doch konnte er es nicht lassen, hinter seinem Zaun auf und ab zu rennen und mir ständig irgendwas zuzurufen: »Hier fette Mäuse, dort auf dem Baum ein Eichhörnchen, drüben ein Amselnest.«

Emma stolzierte über den Rasen, ganz alles beherrschende, überlegene Kratzbürste. Sie kostete den Triumph über mich voll aus. Ich machte mir den Spaß und scheuchte eine Maus auf, die so unvorsichtig gewesen war, sich den Weg zu ihrem Loch von mir abschneiden zu lassen. Ehe sie ihr Loch erreichte, hatte ich sie zwischen den Zähnen.

Diese kleinen scharfen Kornfresser waren nie meine Lieblingsspeise. Und so schleuderte ich das quietschende Fellbällchen mit einem gezielten Kopfschütteln der Katze vor die Pfoten. Damit hatte Emma nicht gerechnet. Sie schoß maunzend in die Höhe, fauchte und sprang auf eine Konsole mit Blumentopf. Eine Katze, die vor Mäusen Angst hatte! Ich lachte. Ich krümmte mich vor Lachen. Ich lachte so unbändig, daß Emmas freche Augen ganz dunkel vor Wut wurden. Ich tanzte um den Blumentopf herum, in dem Emma unglücklich hing, und lachte sie aus.

Das wiederum rief Mama auf die Terrasse. Ich hörte plötzlich meinen Namen und rannte prompt gehorchend die Wiese hinauf. In der Tür stand Mama, mißtrauische Beschützerin ihrer fetten alten Katze. Sie hatte mein Gelächter offensichtlich als Angriff mißverstanden. Ich wedelte und senkte den Kopf, legte die Ohren an. »Verzeihung, Verzeihung.« Aber sie verstand natürlich nicht.

»Komm rein«, befahl sie und schloß die Terrassentür. Draußen strich Emma vorbei und grinste. Ich hielt mein Maul.

Um Mama versöhnlich zu stimmen, ließ ich den Säugling, der im Sesselzimmer auf dem Boden herumkroch, mit vollen Händen in mein Fell fallen. Er kniff mich in die Ohren, zog an meiner Rute und knubbelte meine Pfoten. Welpen sind nun mal so. Und ich hielt mich, so unangenehm es war, an die Regel, daß man Welpen alles nachsehen muß. Das

Balg jedenfalls nudelte mich tüchtig durch. Und das entlockte Mama ein gnädiges Lächeln.

Nach dem Mittagessen nahm Sabine die Leine und ging mit mir raus. Oben im Wald ließ sie mich von der Leine. Daß sie so schnell Vertrauen haben würde, hatte ich nicht zu hoffen gewagt. Ich benahm mich vorbildlich. Jede kleine Gehorsamsübung führte ich unverzüglich aus: Komm, Sitz, Platz, Fuß. Sabine war sehr zufrieden und hörte bald auf, mich zu gängeln. Das erste, was ich feststellte: Katos Fährte war brandfrisch und zwar in beiden Richtungen. Der Killer war also schon durch. Hoffentlich wußte Sabine, wer Kato war. Im übrigen war jetzt am Nachmittag Hauptausflugszeit. Ich lernte viele meiner neuen Reviergenossen kennen. Selbstverständlich machte Sabine den Fehler, mich zunächst immer anzuleinen, wenn uns einer entgegenkam. Mit dem großen Schäfer, der zwei Häuser weiter vor seiner Hütte lag und jetzt einen Kinderwagen begleitete, konnte ich kaum zwei Worte wechseln. Er hieß Bolle.

Einem aufdringlichen kleinen Raufer war ich gänzlich ausgeliefert. Er pinkelte, bevor er zu mir kam und seine stachlige Schnauze unter meinen Schwanz klemmte. Ich knurrte ihn an. Darauf pinkelte er noch mal und begann den zweiten Angriff. »He, Füchschen, du gehörst mir, hörst du«, sagte er. Noch einer, der wie Pinsel den Unterschied zwischen einer heißen Fähe und einer kalten nicht kannte. Die Jungen werden immer dümmer.

Als eine schöne braune Jägerin uns entgegenkam, vergaß Sabine, mich an die Leine zu nehmen. Es war die erste würdige Begegnung.

»Na, Kleine«, sagte die Jägerin, »hab dich gestern abend schon gerochen. So siehst du also aus. Ein bißchen häuslich und feige, was? Kannst du jagen?«

»Ich bin eine Hüterin«, sagte ich stolz.

»Der Anube ist von Anubis zum Jäger bestimmt«, sagte die Jägerin.

»Und zum Begleiter der Hochnasen. Zum Beschützer und Helfer«, widersprach ich.

»Ach, die Kleine ist gebildet«, spottete die Jägerin. »Übrigens, ich heiße Jach und mit Hochnasennamen Asta.«

»Ich bin Füchsin Mini. Bist du ausgebildete Jägerin?«

Jach nickte mit ihrem kantigen Kopf und schüttelte die Ohren, daß sie klatschten. »Ich habe die beste Nase im Revier«, sagte sie.

»Dafür sehe ich besser«, trumpfte ich.

Jach lachte. »Fang mich!« rief sie und sprang mit einem Satz ins Gebüsch. Ich sauste hinterher und landete im dichten Unterholz, das tausend knakkende Finger in mein langes Fell schlug. Ehe ich mich freigekämpft hatte, stand sie schon wieder auf dem Weg. Ich duckte mich vor ihr, machte einen Scheinangriff. Jach hob die fransige Schnauze pikiert. Ich duckte mich wieder auf die Vorderläufe. Da konnte sie nicht mehr widerstehen und warf sich vorwärts. Aber auf dem breiten Waldweg bekam sie mich nicht. Ich war schneller, schlug Haken und hängte sie ab.

»Schön und gut«, sagte sie hechelnd, »aber die Mäuse und Hasen sind nun mal im Wald, nicht auf der Straße.«

»Aber die Feinde sind hier, zum Beispiel Kato«, sagte ich.

Der Jägerin sträubte sich das Nackenfell. Sie versuchte es durch Schütteln zu verdecken. Sie gähnte ausgiebig. »Kato ist ein Killer. Aber, meine Liebe, du bist ja so schnell. Und er ist nicht das Problem. Unser Feind lauert woanders.«

»Wo denn? Wer ist es?«

»Und er ist schneller als du«, sagte sie grinsend.

»Wer ist es?«

»Du kannst ihm nicht davonlaufen. Er hat eine blanke Nase wie du, einen schmalen kleinen Fang, spitze Zähne, einen gierigen Schlund und einen immerhungrigen Magen.«

Ich verstand überhaupt nichts. Und da Sabine und Jachs Halterin nun wieder in gegensätzliche Richtungen auseinandergingen, blieb keine Zeit mehr für Fragen.

»Mach's gut«, sagte die Jägerin. »Bleib, wie du bist, und sei gehorsam.«

»Du bist mir noch eine Erklärung schuldig!« schrie ich ihr hinterher. Jach schnürte davon, ohne sich noch einmal umzublicken, die Nüstern gesenkt, die Standarte wie eine Fahne erhoben, bereit, jeder Witterung sofort zu folgen. Ein prächtiges Tier, dessen Haargrannen vor Gesundheit glänzten. Ich kam nicht dazu, über ihre rätselhaften Worte nachzudenken. Jemand sprach mich mit schnarrender Stimme von hinten an: »Was soll sie dir erklären?«

Es war ein Rattenfänger mit mächtigem Schnauzbart an seinem keulenartigen Riechorgan. Er lächelte scheinheilig und säuselte: »Was hat Jach dir erzählt?« Seine Kippohren nickten bei jedem Wort.

»Was geht's dich an?« sagte ich.

»Oh, nichts, freilich gar nichts. Mich geht nie etwas was an. Aber ich rate dir, Füchschen, versuch nicht schlauer zu sein, als du bist. Es gibt viele Dinge, die auch dich nichts angehen.«

»Was soll das?«

»Nichts, gar nichts. Es gibt falsche Freunde und echte Freunde. Du bist neu hier. Du kannst es nicht wissen.« Der Giftzwerg tippelte um mich herum. »Jach weiß gar nichts. Sie ist eine Gehorsame. Sie hat sich den Hochnasen mit Leib und Seele verschrieben. Sie steht auf der falschen Seite. Und es ist doch nicht nötig, daß Lehren allzu schmerzhaft sind, nicht wahr?«

Ich hatte keinen Schimmer, was er mir zu sagen versuchte, und stellte mich gleichgültig. Da Sabine nach mir pfiff, verabschiedete ich mich von dem Wichtigtuer kühl. Im Abwenden erhaschte ich noch ein Grinsen unter dem Schnauzer des Rattenfängers, das alles andere als amüsiert aussah. Diese Sorte hat ein gutes Gebiß und genug Aggressivität, um mit Ratten und Füchsen fertig zu werden. Aber sie ist zu klein, als daß sie mir ernsthaft drohen könnte. Dennoch verließ mich das Gefühl, einer Gefahr begegnet zu sein, die womöglich größer war als die des Killers, den ganzen Weg nicht mehr. Nur der Umstand, daß ich danach noch einem pechschwarzen Pseudoäffchen begegnete, das nach frischer Rasur und Friseur stank und arglos drauflos plapperte, sowie einer großen, plumpen Plattnase, die mich freundlich anschniefte, offenbar gänzlich unberührt von den Intrigen des Reviers, ließ mich den seltsamen Wortwechsel vorerst vergessen. Es war ein gut besuchter Wald, der viel Abwechslung versprach. Und wenn Sabine sich jeden Tag so viel Zeit für den Spaziergang nehmen würde, standen mir glückliche Zeiten bevor.

4

Ich hatte damals noch ein paar Tage, mich in Kynopolis umzuschauen, bevor der Tanz losging. Die Tage verliefen in schöner Regelmäßigkeit. Vormittags ließ Mama mich in den Garten. Zuweilen ging sie selbst mit der Einkaufstasche zum Törchen hinaus. Ich inspizierte die Lücken in den umliegenden Zäunen, probierte deren Durchlässigkeit und schlich durch die Gärten. Meist hatte ich den quasselnden Pinsel an meinen Fersen. Wir sagten Bolle guten Tag, der oberhalb von Pinsels Garten vor seiner Hütte lag. Der Garten auf der anderen Seite meines Gartens war unbewohnt. Er gehörte einem Kater. An meinen unteren Zaun grenzte das verwilderte Grundstück, durch dessen Unterholz wir zu einem Wäschetrockenplatz vor einem unbewohnten Haus vordrangen. Pinsel behauptete, hier lebe eine gefährliche Mutterkatze, die ihren Bau mit Zähnen und Klauen verteidigte. Aber ich konnte nichts dergleichen feststellen. Während Fifi bibbernd im Gehölz zurückblieb, schnüffelte ich um das Haus herum. Es war seit Jahren unbewohnt. Weder an der hinteren noch an der vorderen Tür gab es Hochnasenspuren. Zwischen den Platten wuchsen Grasbüschel. Die Rosen waren dem Moos und Löwenzahn gewichen. Ein Kellerfenster, dessen Scheibe zerbrochen war, hauchte den beißenden Geruch von Ratten und Mäusen aus, begleitet von den schwachen Ausdünstungen eines alten Anuben, der hier mal gewohnt haben mußte. In den Glasscherben hing ein wochenaltes Büschel schwarzer Fähenhaare, das einen seltsam wilden Geschmack hatte. Im Wald war ich ihrer Fährte auch schon begegnet, ohne sie zu Gesicht zu bekommen. Sie war nicht der einzige Anube, der hiergewesen war. Offenbar wurde das Haus oft von Streunern besucht. Was die hier suchten?

Pinsel konnte gar nicht schnell genug wieder auf zivilisiertes Gelände zurückkommen. Darum brach ich meine Besichtigung ab. Ich wußte, es hatte keinen Sinn, ihn zu fragen, warum er den wilden Garten so fürchtete. Das mit der Katze war eine Lüge gewesen. Und er würde weiterlügen. Vielleicht war ihm alles suspekt, was ohne den Gestank der Hochnasen auskam. Er war ein Schmuser, einer, dem die Hochnasen hundertmal lieber waren als die Nasen. Schmuser leben sehr eng mit ihren Haltern zusammen. Sie werden immer in irgendwelchen Schößen gekrault, in Taschen transportiert, auf Sesseln gehätschelt. Sie wuseln ständig um ihre Riesen herum, betteln um Fressen und quengeln nach Streicheleinheiten. Es ist jedoch ein Irrtum anzunehmen, daß sie darum die Hochnasen besonders gut verstünden. Pinsel jedenfalls konnte die Hochnasensprache kaum. Es interessierte ihn nicht, zu erfahren, was sein Riese dachte. Ihm genügte, daß er mit ihm schmuste. Das reichte, ihn glauben zu machen, er verstünde sich prächtig mit seinem Riesen.

»Wozu reden?« sagte er altklug. »Die Hochnasen sind zu dumm dazu. Ihre Ausdrucksform ist das Spielen und Streicheln. Sie bleiben ihr Leben lang Welpen.«

Ich mußte lächeln. Wußte Fifi doch selbst kaum, wie man sich als erwachsener Anube benahm. Die Infantilität seines Riesen hatte auf ihn abgefärbt. Trotzdem hatte er in gewisser Weise recht. Hochnasen sind erstaunlich unbeholfen in sozialen Kontakten. Mal albern sie herum, werfen Bälle, raufen, kugeln sich auf dem Boden, unterwerfen sich, lassen sich täuschen und reinlegen. Und im nächsten Moment beißen sie, brüllen, verlangen sinnlosen Gehorsam und Unterwerfung. Sie haben keine Regeln der Vernunft und sind darum unberechenbar.

Sabine unterschied sich darin wenig von ihren Artgenossen. Sie liebte mich zwar und tat dies kund, indem sie mich streichelte, wenn es ihr in den Sinn kam, oder mir heimlich einen Bissen Wurst oder Käse zusteckte. Aber an einer Auseinandersetzung mit meinen Wünschen war sie nicht interessiert. Die Nacht mußte ich auf meiner Decke zu Füßen ihres Bettes verbringen. Bevor sie ihr Lager aufsuchte, pulte sie hingebungsvoll an sich herum, schnitt sich die Fußnägel, lackierte ihre Fingerspitzen, kämmte sich das Haar. Wirbelstürme chemischer Düfte tobten durch das Zimmer und brachten mich zum Niesen. Bei allen Tätigkeiten hörte sie Musik. Das ist eine Geräuschform, die unter den Hochnasen sehr beliebt ist, um Gespräche von vornherein zu verhindern. Sie machen sich auf diese Weise taub für alle Geräusche, die aus der Ferne zu ihnen dringen könnten. Auch wenn Sabine manchmal mitsang, sang sie nicht richtig. Die Hochnasen haben keine Gesänge wie wir. Ihre Geräusche haben keinen Sinn und keine Funktion. Sie dienen weder Sozialkontakten noch der Kommunikation über weite Entfernungen. Freilich, auch wir singen heutzutage kaum noch. Früher, als die Anuben noch über die Höfe verstreut lebten, geschah es oft, daß sich einer nachts unter den Mond setzte und sang. Und auf allen Höfen rundherum fielen die Anuben ein. Diese Folklore soll sich nur noch unter den Wölfen erhalten haben. In unserem zivilisierten Leben zwischen den Hochnasen hat sie keine Funktion mehr.

Manchmal klagte Sabine mir auch ihr Leben. »Du hast es gut«, seufzte sie dann, »du mußt nicht in die Schule. Du mußt keine Angst vor der nächsten Mathearbeit haben. Du kannst den ganzen Tag schlafen. Hund müßte man sein.« Dann erzählte ich ihr vom Heim. Aber sie verstand es nicht. In der Regel gehen die Hochnasen davon aus, daß wir nicht mehr als das Dutzend Worte begreifen, die sie uns eingeschärft haben, weil sie sich auf unsere unmittelbaren Belange beziehen: Kommen, Fressen, Gassigehen, Bleiben, Setzen, Legen, Loslassen, Pfui und Hau ab. Ich bin nicht übermäßig sprachbegabt. Die Grundbegriffe ihrer Kommunikation verstand ich jedoch damals schon. Darüber hinaus pflegten die Hochnasen untereinander einen flinken, wortreichen Austausch, dem zu folgen ich mir gar nicht die Mühe machte. Selbst Sprachbegabte, habe ich mir sagen lassen, haben Schwierigkeiten, in den geräuschvollen Fluß ihrer Sprache einzudringen. Es ist ein Naturgesetz, daß es zwischen den Nasen und Hochnasen keine Unterhaltung gibt.

Pinsel und ich lagen im Vorgarten, als ein Renner an meinem Zaun vorbeiging. Er war groß und dünn, hatte ein flusiges sandfarbenes Fell, ein schmales Gesicht, seine Ohren hingen in delikatem Schwung von seinem Scheitel. Langsam und gelangweilt schritt er neben seinem bärtigen Halter her. Als ich kläffend an den Zaun sprang, wandte der schöne Windgeselle mir seine blasse Nase und seine schwarzen Mandelaugen zu. Sein Halter blieb stehen und beugte sich über den Zaun. Ein Schmauch von abgetragener Wäsche und Zudringlichkeit rieselte auf mich herab.

Der dünne Renner steckte die Nase durch den Zaun und sagte: »Wer bist du denn? Ich bin Wind.« Als Pinsel herangekläfft kam, zog er die Schnauze zurück und knurrte: »Du bist neu. Darum sei es dir verziehen. Wie kann sich ein vernünftiger Anube mit diesem Pinsel einlassen? Wir sprechen uns noch.«

Sein Halter zerrte ihn an der Leine fort. Mit

gesenktem Schwanz und gekrümmter Lende folgte Wind seinem krummen Jüngling.

»Ein trauriges Gespann«, bemerkte ich.

Aber Pinsel hüpfte aufgeregt: »Ein arroganter Affe. Ein gemeiner Kerl. Und hinterhältig. Nimm dich in acht. Er ist ein Stummer.«

»Wie bitte?«

»Du weißt nicht, wer die Stummen sind?« Fifi jubelte. »Also, das ist ganz einfach. Sie sind das letzte. Sie hängen alle an der Leine. Sie sind sehr streng. Sie wollen, daß wir alle an der Leine gehen.«

»Warum?«

»Das weiß ich nicht. Niemand weiß das. Niemand weiß genau, was sie wollen und warum.«

»Aha, daher der Name.«

Pinsel verstand meinen Spott jedoch nicht und bekräftigte ganz ernsthaft: »Wahrscheinlich. Jedenfalls mußt du dich vorsehen. Vornherum sind sie ganz sanft. Aber wenn du dich abwendest, zwicken sie dich in den Hintern.«

»Und wer gehört noch zu den Stummen?«

»Weiß ich nicht. Ich glaube, Jach, die Jägerin, gehört auch zu ihnen. Sie ist auch ziemlich streng. Ich habe gehört, daß sie mächtiger sind als Kato. Er tut ihnen nämlich nichts.«

»Woher weißt du das?«

»Man sagt das so. Ich weiß aber nichts. Besser man ist vorsichtig und traut keinem Anuben.«

»Du leidest unter Verfolgungswahn«, sagte ich.

»Nein«, bestritt Pinsel heftig. »Besser, man akzeptiert das Böse, als es zu ignorieren. Mein Halter hat schon mal einen Anuben verloren. Eine schwarze Jägerin hat ihn totgebissen. Vielleicht war es auch einer von den Wölfen. Im Wald gibt es Wölfe. Du siehst sie nie. Aber plötzlich sind sie da. Und dann Gnade dir Anubis. Sie nehmen dich mit, oder sie töten dich. Oder beides. Vielleicht sind die Stummen Spitzel der Wölfe. Und sie müssen an der Leine gehen, weil sie sonst abhauen würden. Sie sind die Feinde der Hochnasen. Und wer die Hochnasen haßt, ist auch unser Feind.«

Mir wurde Fifis Geplapper zu bunt. Er hatte keine Ahnung, aber eine rege Phantasie. Und wegen seiner Kleinheit hatte er schlicht vor allem Angst. Mit ihm war nichts anzufangen. Ich war froh, wenn Sabine aus der Schule kam und mich mit ins Haus nahm. Nach dem Mittagessen klapperte sie mit der Leine. Dann erwartete sie, daß ich meine Begeisterung durch Sprünge und Gebell äußerte, und wir gingen Gassi, wie die Hochnasen sagen.

Eines Nachmittags trafen wir Jach und ihre Halterin wieder. Aber ich erschrak beim Anblick der stolzen Jägerin. In den paar Tagen war sie zu einer Jammergestalt verkümmert, das Fell stumpf. Die Haare fielen ihr aus. Mit hängender Rute und gesenktem Kopf schlich sie dahin, als täte jeder Schritt den Pfoten weh. Ihre kleinen braunen Augen waren gebrochen.

»Was hast du?« fragte ich entsetzt.

»Nichts«, winselte sie. »Die Jagd gestern war vielleicht etwas zu anstrengend für mich. Man wird alt.«

»Du mußt zum Tierarzt«, sagte ich.

»Halt dein Maul«, knurrte sie. »Bei den ewigen Jagdgründen, lieber krepiere ich. Das wird schon wieder. Habe nur was Falsches gefressen. Kommt vor.« Aber ein Zittern überlief ihren Körper. Plötzlich wußte ich, daß sie sterben würde. Man erkennt den Geruch des Todes, selbst wenn man ihn zuvor noch nie wahrgenommen hat. Und ich kannte ihn bereits, wie mir jetzt klar wurde. Meine alte Dame hatte ihn an sich gehabt, ehe sie mich verließ. Ich widerstand dem ersten Impuls davonzulaufen und stubste sie in die Seite. Sie sah mich an. Sie wußte es auch.

»Warum?« fragte ich.

»Man weiß es nie«, sagte sie. »Ich fürchte mich nicht, wenn nur die Schmerzen nicht wären.«

»Glaubst du an die ewigen Jagdgründe?«

Die Jägerin lächelte ein wenig. Sie bemühte sich, wie ein gesunder Anube vor ihrer Halterin wegzutraben und zu schnüffeln. Krämpfe stoppten sie mitten im Lauf. Zwischendurch ging es ihr besser, so daß sie womöglich noch hoffte, gesund zu werden. Ich fragte mich, warum ihre Halterin von all dem nichts merkte. Wen Jach vor Schmerz quiekte, packte mich Wut. Warum sahen die Hochnasen nie etwas? Jach gehörte nicht zu den Anuben, die ihren

Herren einen Vorwurf daraus machen, wenn es ihnen schlechtgeht.

Es war ein trauriger Spaziergang durch den sonnigen Wald an der Seite der Jägerin. Im Laub raschelten übermütig Mäuse und Amseln. Da ich es für die letzte Gelegenheit hielt, mit Jach zu reden, die sicherlich sehr viel mehr wußte als mein pinseliger Nachbar, fragte ich sie nach den Stummen. »Gehörst du dazu?«

Sie lächelte tonlos. »Seltsame Idee«, sagte sie spöttisch.

»Ich habe heute Wind getroffen«, fügte ich hinzu.

»Hat der etwa...? Infamer Kerl. Geht der schon rum und behauptet, mich bekehrt zu haben? Ich werde... ich könnte ihn...« Jach stöhnte.

»Nein«, beeilte ich mich zu sagen, »Pinsel hat das behauptet.«

»Wer ist das?«

»Fifi, mein Nachbar. Aufdringlich und geschwätzig.«

»Was weiß der schon?«

»Nichts, darum frage ich dich ja.«

»Ich bin eine Jägerin«, sagte Jach stolz. »Ich höre nicht nur auf die Stimme, sondern auch auf die Pfeife.«

Ich starrte sie dümmlich an.

»Sag bloß, du weißt wirklich nicht, wer die Stummen sind?« Da es ihr letzter war, nahm ich ihren Triumph hin. »Die Stummen«, murmelte sie,

»lehnen jegliche Kommunikation mit den Hochnasen ab. Sie gehorchen nie. Und sie dulden es nicht, wenn jemand in ihrer Gegenwart gehorcht. Zum Glück sind sie ohnmächtig. Denn sie sind immer an der Leine.«

»Und Kato? Gehört der zu ihnen?«

»Kato? Der... er ist...« Jach schauerte und brach lautlos zusammen.

»Steh auf«, quietschte ich, »vielleicht kannst du es überwinden. Steh auf.« Jach bemühte sich auch, aber sie hatte keine Kraft mehr. Glasiger Schaum kroch von ihren Lefzen. Ein milchiger Film überzog ihre Augen. Sie hechelte pfeifend. »Nimm dich in acht«, keuchte sie. »Dein Feind... dein Feind... Du.«

Erst jetzt reagierten die beiden Hochnasen. »Was hat sie denn?« sagte Jachs Halterin bestürzt. Sabine schüttelte entsetzt den Kopf. Die Halterin hob Jach vom Boden auf und murmelte etwas von Tierarzt. Jach fiepte. »Mein Gott«, sagte die Halterin. »Sie hatte etwas Durchfall heut früh und hat gebrochen, aber daß es ihr so schlecht geht...?« Und so starb die Jägerin, geborgen im grenzenlosen Unverstand der Hochnasen. Ich hatte meine Freundin, ehe ich sie gewonnen hatte, schon wieder verloren.

5

Als Mama am anderen Morgen den nach dem Fressen des Vorabends duftenden Müllsack hinaustrug und ich ihr folgte, um den unersättlichen Mülleimer zu beneiden, fand ich vor dem Gartentörchen ein Stück Fleisch. Es strömte einen köstlichen Wildgeruch aus, der es unwiderstehlich machte. Es war zu groß, als daß ich es mit einem Mal hätte verschlingen können. Außerdem hatte Mama mich am Wickel, ehe ich die Beute schlucken konnte. Sie kam über mich mit der Wut der Fresser, die alles, was eßbar ist, für sich beanspruchen. Sie schrie »Pfui« und schüttelte mich am Nackenfell. Ich ließ das glitschige Stück fallen und rannte, kaum daß sie mich losließ, mit eingeklemmtem Schwanz in den Garten. Ich verfluchte meine Kindheit und die Größe des Bissens, meine Feigheit und den Futterneid der Hochnasen. Und ich war tödlich gekränkt, denn Mama hatte mich am Nacken gepackt. Das steht nur alten Anuben während unserer Welpenzeit zu. Sie hatte mich gebeutelt wie eine gefangene Ratte, wie einen ungehorsamen Welpen, der die Regeln der Achtung verletzt hat. Eine unsägliche, grundlose Demütigung. Ich war furchtbar beleidigt. Und was meinen Grimm noch anheizte, war, daß Mama das Stück Fleisch nicht einmal für sich haben wollte, sondern dem riesigen Rachen des

Mülleimer schenkte. Ich pinkelte in die Rosen und setzte mich hinter den Apfelbaum. Mama lachte, als sie zum Haus zurückging.

Hinter dem Haus saß die bescheuerte Katze auf dem Terrassentisch und folgte mir mit ihren frechen grünen Augen. Katzen haben Glühbirnen im Kopf statt eines Blicks. Für sie ist alles, was sie anschauen, Beute. Ihre Augen sind habgierig und angriffslustig, und wenn ein Anube die Aggression erwidert, kullern sie unschuldig brüskiert. Emma begriff genausowenig wie andere Katzen, daß man einen Anuben nicht anschauen darf, wenn man ihn nicht herausfordern will. Ich machte einen Bogen um die Katze und verkrümelte mich im unteren Teil des Gartens. Dort mußte ich nicht lange auf Pinsel warten.

Fifi kam gutgelaunt angerannt. Für meinen erbitterten Bericht hatte er wenig Verständnis. »Igitt«, sagte er, »so ein Dreck.« Er war viel zu verwöhnt. Jahrelang war er mit gekochter Leber, gebratenem Fleisch, Hühnerbrust, mit bestem Dosenfutter gemästet worden. Der Duft von fauligem Aas, das kitzlige Gemisch aus mürben Fasern, klebrigem Saft und schmieriger Zartheit war nie verführerisch durch seinen Rüssel, seinen Riechlappen hinauf in sein Hirn gestiegen und von dort in seinen Magen gedrungen.

Ich wechselte das Thema und erzählte dem erschauernden Pinsel von Jachs Sterben. Der grausige Tod der Jägerin erschreckte ihn jedoch nur insofern, als er sich selbst fürchtete. »Vergiftet«, stammelte er erschrocken.

Vergiftet. Daß ich darauf nicht selbst gekommen war! Es war nicht Altersschwäche gewesen. Jach hatte, wie sie selbst gesagt hatte, was Falsches gefressen. Ich sprang auf und rannte die Wiese hinauf, ums Haus herum, zum Tor. An der Mauer schwelte noch der Aasgeruch. Und dann war da noch etwas anderes: neben Laubgeruch und der aufregenden Wildheit des Leckerbissens ein wundervoll fieser Beigeschmack, etwas überwältigend lecker Fremdes, das mir den Speichel ins Maul trieb. Mir knickten fast die Läufe ein. Ich zitterte so, daß ich mich setzen mußte. Andererseits fehlte etwas. Das Bonbon hatte direkt hinter dem Törchen gelegen, aber dort war keine Spur einer Hochnase. Und nur lebende Tiere bewegen sich selbst. Alles andere, das freßbar ist, kommt aus den Händen der Hochnasen. Aber hier gab es keinen Herkunftsgeruch. Jedenfalls keinen, der direkt an den Fleck grenzte, wo das Stück gelegen hatte. Das Aas war wie vom Himmel gefallen oder aus dem Boden gewachsen.

»Was hast du?« fragte Fifi.

»Wahrscheinlich Gift«, sagte ich. Pinsel fiel auf seinen Hintern. Ich mußte zähneknirschend anerkennen, daß ich Mama, die mich so beleidigt hatte, mein Leben verdankte. Jeder Mord ist heimtükkisch. Aber nichts ist so gemein wie Gift. Wir sind so eingerichtet, daß unmittelbar unter unserer

Nase sogleich unser Fang kommt. Wir sind dafür gemacht, aufzuspüren, sofort zuzufassen und uns alles, was uns vor die Nase gerät, einzuverleiben, ehe es ein anderer wegschnappen kann. Viele von uns haben eine Beißhemmung und können nicht töten, aber niemand hat eine Freßhemmung. Was da liegt und eßbar riecht, das schnappen wir. Dagegen können wir nichts machen, selbst dann nicht, wenn wir wissen, daß es tödlich sein kann. Wenn dich ein Beißer reißen will, hast du noch eine Chance. Du kannst davonrennen oder dich auf den Rücken werfen. Du kannst still halten, bis er dich losläßt oder dein Halter eingreift. Aber gegen ein Stück vergiftetes Fleisch, wenn es einen solchen Duft hat, wie dieses ihn gehabt hatte, hast du keine Chance. Es liegt in deinem Magen, ehe du erkennst, daß es tödlich ist. Es schmort warm in deinem Bauch, und du gibst es nicht wieder her, selbst wenn du fürchtest, es könnte Gift gewesen sein. Das ist unser Fluch. Jetzt erst verstand ich, was Jach mir hatte sagen wollen: Unser Magen ist unser größter Feind. Aber dann mußte sie gewußt haben, daß sie Gift gefressen hatte, und sie hatte es mir zu sagen versucht. Doch selbst wenn ich es begriffen hätte, hätte ich heute früh nicht anders reagiert. Wer auch immer Jach und mich und vielleicht noch andere umbringen wollte, er hatte eine unfehlbare Methode gefunden.

»Aber wer will uns umbringen?« fragte ich laut.

»Woher soll ich das wissen?« trotzte Pinsel.

»Ich erwarte gar nicht, daß du es weißt, aber wir müssen nachdenken.«

Pinsel legte sich hin und betrachtete seine kurzen Pfoten. Er runzelte die Stirn. Als ich sah, wie er sich bemühte, ein Nachdenken zustande zu bringen, nahm ich davon Abstand, ihn nach anderen Fällen von Vergiftungen in Kynopolis zu fragen. Er hätte es mir wahrscheinlich ohnehin erzählt.

»Soviel ist klar«, stellte ich fest, »es ist eine Hochnase.«

»Das ist klar«, sagte Fifi. Seine Knopfäuglein blinzelten gegen die Stirnfransen. »Warum denn?«

»Nur Hochnasen hantieren mit Gift. Vielleicht ein Hasser.«

»Ja, so wird es sein.« Diese Schlußfolgerung schien Pinsel seltsamerweise zu befriedigen. Vermutlich hatte er das Gefühl, ihm drohe keine Gefahr, da er sich nicht vorstellen konnte, daß ihn eine Hochnase nicht mochte. Er schloß von der Liebe seines Herberts auf die Zuneigung aller Hochnasen. So war er denn überzeugt, daß die Jägerin durch irgend etwas den Haß des Mörders auf sich gezogen haben mußte. Aber wessen hatte ich mich gegenüber dem Unbekannten schuldig gemacht, in der Woche, in der ich jetzt in diesem Revier spazierenging? Und wen konnte ich nach den Hassern im Revier fragen? Pinsel bestimmt nicht. Ich mußte warten, bis Sabine heimkam, gegessen hatte und die Leine nahm.

Die meiste Zeit unseres Lebens verbringen wir

mit geduldigem Warten. Auch Pinsel wartete. Er war froh, sich die Zeit mit wirren Berichten über Herbert vertreiben zu können. Ich schickte ihn schließlich heim in seinen Garten und lenkte mich ab mit der Suche nach Mäusen. Aber rechte Jagdlust wollte nicht aufkommen. Mir erschien auf einmal alles Freßbare wie eine tödliche Gefahr.

Ich näherte mich Emma. Sie hockte im Steingarten unterhalb der Terrasse und fauchte mir ein wenig entgegen.

»Ich tu dir nichts«, sagte ich.

»Nich verstehn«, maunzte sie. Sie zeigte ihre winzigen spitzen Zähnchen.

»Hör mal«, sagte ich. »Ich kann doch nichts dafür, daß Sabine mich hierhergeholt hat. Der Angriff in der Küche tut mir leid. Wollen wir nicht zusammenhalten?«

»Wie bitte?« fauchte Emma.

»Du verstehst mich schon.«

»Nix verstehn.«

»Dummes Vieh«, fluchte ich. »Du bist nicht mal eine richtige Katze. Du hast ja vor Mäusen Angst.«

Die Katze plättete ärgerlich ihre Ohren und knurrte. Sie hatte mich verstanden. »Das mußt du gerade sagen«, fauchte sie nun auf kätzisch. »Dich hätte es doch vorhin fast erwischt. Törichte Allesfresser, unbeherrschte Gierhälse seid ihr.«

»Dann weißt du, was hier passiert?«

»Sicher. Ich weiß alles«, miaute Emma. »Während deinesgleichen Tag und Nacht hinter der

Haustür kläfft, kontrollieren wir euer Revier. Ihr habt nur den Tag und am Tag nur wenige Minuten, wo ihr frei seid. Und nicht mal dann seid ihr frei. Uns gehört die Nacht und der Tag und jede Minute unseres Lebens.«

Ich überhörte Emmas Triumph. »Weißt du, wer das Gift legt?«

»Natürlich.«

»Wer?«

»Ihr gehört alle ausgerottet«, grollte die Katze. »Ihr seid unnütze Kläffer. Hinterfotzige Grünanlagenscheißer. Tollwütige Beißer.«

»Ich habe noch nie jemanden gebissen«, verteidigte ich mich.

»Aber du wirst. Ihr seid doch alle gleich. Man zieht euch auf, füttert euch, erzieht euch. Und dann wollt ihr alles beherrschen. Man gibt euch den kleinen Finger, und ihr beißt die ganze Hand ab.«

»Dafür schlagt ihr eure Krallen in alles, was weich ist.«

»Aber nur in Selbstverteidigung. Erst kürzlich hat einer von euch Killern wieder ein Kind angegriffen.«

»Wer?«

»Ihr nennt ihn Kato.«

Mir sträubte sich unwillkürlich das Fell. »Glaub' ich nicht.«

»Ich habe es gesehen. Und wenn der Stinker nicht an der Leine gewesen wäre, wäre das Kind jetzt tot.«

»Wir greifen keine Welpen an«, sagte ich.

»Dann sag das mal diesem Killer. Offenbar seid ihr so degeneriert und debil, daß ihr eure eigenen Gesetze nicht mehr kennt. Ihr tötet nicht, um zu fressen, sondern um zu beherrschen. Es macht euch Spaß, Angst und Schrecken zu verbreiten. Und alles, was kleiner ist als ihr, wird zerfleischt. Das ist die Wahrheit. Ihr seid ein verfluchtes, geprügeltes, ein haßerfülltes, verbissenes, hinterhältiges und unfreies Gewürm. Überflüssig auf der Welt. Der heiligen Katze sei Dank, daß sich endlich jemand gefunden hat, der euch vergiftet.«

»Aber es kann doch auch dich treffen«, wandte ich ein. »Ich habe schon Katzen gesehen, die an Rattengift krepiert sind.«

Emma lachte böse. »Wir sind keine Sklaven unserer Freßgier.« Wenn sie gekonnt hätte, hätte sie wohl selbst Gift ausgelegt. Gut gefüttert wie sie war, bestand für sie nicht mal die Gefahr, eine Maus zu erwischen, die mit Rattengift vollgepumpt war. Ich ließ Emma in Ruhe und suchte mir auf den warmen Terrassenplatten einen sonnigen Platz. Während mir die Sonne den Pelz durchheizte, trauerte ich meinem alten Revier nach. Dort hatte keiner einen eigenen Garten gehabt. Sie kamen aus ihren feuchten, dunklen Wohnungen hinab auf die Straße und waren gut gelaunt, freundlich und fröhlich miteinander. Herrschsüchtige gibt es überall. Aber meine Dame und ich hatten uns nie vor Beißern ernstlich fürchten müssen. Vielleicht ging es den Anuben in der Hasenbergsteige einfach zu gut. Sie hatten ihre Gärten entlang der steilen Straßen, in dieser hellen, reichen Gegend, in der es Futter reichlich gab und die meisten Hochnasen den ganzen Tag zu Hause waren. Doch lebten hier offenbar nur Neider, Mißgünstige, Arrogante, Herrschsüchtige, Spinner, Hasser, Beißer, Killer.

Als Sabine aus der Schule kam, versuchte ich den Schock vom Morgen abzuschütteln und umsprang sie schwanzwedelnd. Trotzdem hatten Jachs Tod und der Giftanschlag auf mich mein Vertrauen erheblich erschüttert. Es kam zur ersten Krise in unserer Beziehung. Sabine spürte, daß ich nicht bei der Sache war. In ihrer Enttäuschung hielt sie mich fest, um mich zu kraulen. Das wiederum jagte mir Schauer des Abscheus durchs Gedärm. Ich fühlte, daß wir dazu verdammt sind zu dulden. Auch der Gedanke, daß ich meinen Spaziergang, diese kostbare, allein dem Schnüffeln, Rennen und Markieren gewidmeten Stunde kleiner Ungebundenheit, mit Befragungen verbringen sollte, begeisterte mich nicht sehr. Zwar bin ich von Natur aus neugierig, aber es war nicht die Lust am Detektivspiel, die mich trieb, dem Mörder auf die Spur zu kommen, sondern Angst. Würde ich meinen Mörder finden, ehe er zum zweiten Mal versuchte, mich umzubringen?

»Was hast du denn?« säuselte Sabine. »Du wirst doch nicht auch krank?«

»Keine Sorge«, sagte ich und wedelte mit der Schwanzspitze. Da ließ Sabine mich gehen.

Der erste, der uns an diesem Tag im Wald begegnete, war der schwarze Pseudoaffe, den die Hochnasen Pudel nennen, ein hochtrabender Rüde mit baumelnden Langohren. Seine Spuren kannte ich schon. Er war einer jener Übereifrigen, die auf jede Markierung ihr Tröpfchen setzen und jeden Anuben, in der Hoffnung, er entpuppt sich als ranzige Fähe, mit gestellten Ohren in Inponierhaltung angehen.

»Ich bin Wolle«, stellte er sich vor. »Ich habe schon von dir gehört. Man sagt, du seist sehr schön. Aber du bist noch viel schöner, als man mir gesagt hat. Was für ein prächtiges dichtes Fell du hast! Wie oft wirst du gebadet?«

»Gar nicht«, sagte ich.

Wolle staunte. »Das kann ich nicht glauben. So ein Fell und niemals baden? Unsereiner muß einmal die Woche ins Wasser.«

»Man riecht es.«

»Ja, leider. Die Bader lieben Parfüm. Da kann man nichts machen. Wenn ich mich hinterher wälze, werde ich gleich wieder gebadet. Aber ich sage immer: Lieber parfümiert als ungepflegt. Nicht wahr? Ist dir nicht zu warm im Sommer?«

»Nein.« Ich hatte mir darüber nie Gedanken gemacht. Was gegen Kälte schützte, schützt wohl auch gegen Wärme. Trotz seines vielversprechenden Namens besaß Wolles Fell keine Unterwolle, die gegen jede Temperatur isoliert. Er war frisch geschoren und hechelte dennoch unter der Hitze des Spätsommers.

»Hast du gehört«, sagte ich, »daß Jach tot ist?«

»Ja, schlimme Sache. Gift, nicht wahr? Schade um sie. Prächtige Fähe. Allerdings ziemlich ruppig. Hielt sich wohl zu gut für unsereinen. Brauchte niemanden. Dabei war sie nichts ohne ihren Jäger, nicht wahr?«

»Der Mörder ist wohl eine Hochnase.«

»Ja, wahrscheinlich.«

»Kein Anube kann Gift auslegen.«

»Nein, da hast du wohl recht, nicht wahr?«

»Oder glaubst du was anderes?«

»Nein. Das geht wohl nicht, nicht wahr? Es kann nur ein Hasser gewesen sein. Es gibt einige hier. Einen Alten mit einem Stock. Nimm dich vor seinem Stock in acht. Aber wir pinkeln ihm schon lange in seine Hecke.«

»Kato soll kürzlich ein Kind angefallen haben.«

»Halte ich für möglich. Schlimme Sache.«

»War es ein Kind aus der Straße?« fragte ich.

»Schon möglich. Wahrscheinlich hast du recht. Irgendwer muß ja mal was gegen den Killer unternehmen. Nicht wahr?« Mehr als diese Seufzer war aus Wolle nicht herauszubringen. Ich verabschiedete mich und eilte Sabine hinterher. Die anderen, die wir trafen, erzählten ähnliche Geschichten. Jach war nicht sonderlich beliebt gewesen. Zu hochnäsig, die Schnauze immer im Wind, die Pfote erhoben, Geschichten von Jagden auf den Lefzen. Sie war zu stolz auf ihren Gehorsam gegenüber dem Jäger gewesen. Unter der Bedingung des absoluten Gehorsams hatte sie Abenteuer erlebt, von denen wir nur träumen konnten: aufregende Jagden, zuckendes Wild in ihrem Fang. Sie hatte ihre anubischen Fähigkeiten in den Dienst der Hochnasen gestellt und war dabei auf ihre Kosten gekommen, hatte Lob und Liebe eingeheimst, ein erfülltes Leben gelebt in vollständiger Übereinstimmung mit dem Willen der Hochnasen. Übermaß an Glück mag Neid erzeugen. Aber war das genug Grund, noch dazu für eine Hochnase, sie zu töten? Ausgerechnet diejenige, die sich den Befehlen ihrer Halter freiwillig unterworfen hatte? Eine, die ohne Befehl niemals angreifen oder beißen würde? Aber vielleicht war es ein Fehler, anzunehmen, daß die Hochnasen wissen, was wir wissen. Einem Hasser entgingen die feinen Unterschiede vermutlich sowieso. Für ihn waren alle Anuben gleich, waren unterschiedslos gefährlich und widerlich. Und so hatte es vielleicht nur zufällig Jach getroffen. Und mich vielleicht deshalb, weil ich neu war, einen neuen Garten mit meiner kläfferischen Existenz füllte. Aber wenn die Eltern des angegriffenen Kindes das Gift legten, warum dann nicht bei Kato, der schließlich der Gefährlichste war?

Das Merkwürdigste bei meinen Befragungen war jedoch, daß sich die Anuben alle nicht sonderlich für den Mord interessierten. Sie schienen alle zu glauben, ihnen könne nicht viel passieren. Das konnte nicht nur daran liegen, daß sie in der typisch anubischen Unfähigkeit, sich mit dem Tod auseinanderzusetzen, an ihre Unsterblichkeit glaubten. Sie fühlten sich irgendwie sicher.

»Jach war selber schuld«, sagte der Rattenfänger Terry unverblümt. Aber warum, wollte er nicht deutlich sagen. Er druckste herum: »Viel zu vertrauensselig. Glaubte den Hochnasen alles. Zu arrogant. Dachte, sie habe die Gemeinschaft der Anuben nicht nötig.« Wenn es nach Terry gegangen wäre, hätten sich alle gegen Jach verschworen, und ich hätte den Mörder unter den Anuben suchen müssen. Er redete um den dunklen Punkt herum. Ich hatte das Gefühl, nicht nachfragen zu dürfen, um mich selbst nicht verdächtig zu machen. Zum zweiten Mal warnte mich Terry: »Was geht's dich an? Zerbrich dir nicht dein hübsches Köpfchen über diese schmutzigen Geschichten. Bleib, wie du bist.« In diesem Revier gab es etwas, von dem nichts zu wissen auf jeden Fall gesünder war.

Sabine mußte an diesem Nachmittag oft nach mir pfeifen und rufen. Als sie Anstalten machte, mich an die Leine zu nehmen, beeilte ich mich, ihr zu folgen, nahm einen Tannenzapfen auf und legte ihn ihr vor die Füße. Sie warf den Zapfen und ich jagte hinterher. Wir spielten uns den Waldweg hinauf.

Und dann kam er. Er kam mit dem Wind. Kato

war klein, braunschwarz getigert, aber dreimal so breit wie ich. Ein wuchtiger, glattleibiger Rüde, mit krummen Beinen, einem Rattenschwanz und einem keulenförmigen Ramskopf.

Ich prallte gegen die strengen Schwaden seiner Drüsensekrete und bremste mitten im Lauf. Offenbar sah er nicht gut. Er zuckelte an einer dünnen Leine vor seinem Halter her. Der war massig wie sein Tier, dickschenklig, in eine knirschende Lederjacke gehüllt. Umkehren war nicht möglich. Ich schlich hinter Sabines Beine. Sie lachte. »Hast du Angst?« Mir schien es dringend angeraten, einen weiten Bogen zu machen. Zugleich mochte ich hinter der Barriere von Sabines Beinen nicht vor. Als Kato mich endlich sah, schwollen seine Muskeln unter dem Tigerfell. Seine kleinen Augen funkelten. Die dürre Rute steil gestellt, warf er sich in die Leine. Er knurrte nicht. Er bellte nicht. Er zerrte stumm. Er legte sich in sein Halsband mit einer Entschiedenheit, die keinen Widerspruch duldete. Ob er sich, wenn er frei gewesen wäre, auf mich gestürzt hätte, um mich totzubeißen, oder nur, um zu schnüffeln, war nicht zu ersehen. Das Gefährliche an Killern ist, daß sie nicht warnen. Sie unterlassen das Vorspiel von Drohung und Knurren. Sie beißen unvermutet, wenn du glaubst, sie suchten lediglich eine kleine Unterhaltung.

Ich setzte meine Pfoten vorsichtig und mit Bedacht. Am liebsten wäre ich hinter Sabines Beinen unsichtbar geworden. Ich verwünschte meinen Eigengeruch. Sabine grüßte den ledernen Halter. Der grüßte zurück. Wir waren vorbei. Doch kaum hatte der Wind Kato meinen Geruch zugetragen, stieß er einen Laut aus, den ich nicht verstand. Der Lederne ließ die Leine los. Das Muskelpaket schoß auf mich zu. »Hab dich!« schnappte er. Ich hatte weder Zeit zum Quietschen, noch mich auf den Rücken zu schmeißen. Nur fort. Ich sah Jach vor mir, wie sie mit Riesensätzen das Gebüsch überwand, und sprang ins Unterholz. Ich gewann einen kleinen Vorsprung, weil Katos Leine sich im Gehölz verfing. Der Tiger brüllte im krachenden Geäst. Sabine schrie, rief mich. Egal. Kato war trotz seines Gewichts verteufelt schnell. Ich rannte aus Leibeskräften. Mehrmals fühlte ich seine Zähne an meinen Hacken, mußte Flusen lassen, konnte ihm nur durch einen Hasenhaken entkommen. Ich gewann offenes Buchenhaingelände, huschte um die Bäume herum. Kato wäre nicht der Herrscher gewesen, der er war, wenn er einer solchen Jagd nicht gewachsen gewesen wäre. »Du entkommst mir nicht«, keuchte er.

Er hatte noch Luft zum Schreien, und ich war schon außer Atem. Die Monate im Heim und die lange Bewegungslosigkeit hatten meiner Kondition geschadet.

»Ich krieg dich, krieg dich, krieg dich«, japste der Bulle. Er würde mich kriegen. Es war nur eine Frage der Zeit. Kato lachte, als sich ein Ast in meinen Läufen verhedderte. Ich schlitterte auf

Brust und Schnauze einen Hang hinab. Steinchen und Erde prasselten über mich herein. Der Killer war über mir. Auch beim Kampf ums eigene Leben hat man immer noch Zeit nachzudenken. Den Gedanken, mich zu stellen, verwarf ich. Auch den an Unterwerfung. Kato war ein Killer. Wenn er mich erst erwischte, würden sich seine Reißzähne in mein Fleisch schlagen und nicht wieder loslassen. Seine Kiefer hatten die Kraft einer eisernen gezähnten Falle. Er war auf Sieg programmiert. Auf dem steilen Hang, hinab in eine Schlucht, gewann ich wieder Boden. Kato warf sich hinterher, verlor aber das Gleichgewicht, überkugelte sich und rutschte, umgeben von einer Lawine aus Laub und Geröll, in den Bach. Als er wieder auf die Beine kam, war ich schon wieder bergauf, den Steilhang entlang unterwegs. Einen Moment lang glaubte ich davonzukommen. Unten platschte Kato in Riesensätzen den Bach hinauf. Weiter vorn schwenkte der Waldweg über eine Brücke. Darunter kam der Bach aus einer Kanalröhre. Über mir kippte der Steilhang. Kato und ich würden uns an dem Überweg treffen. Als ich bremste, um umzukehren, schlitterten meine Pfoten unter mir weg. Ich stürzte direkt in das aufgerissene Maul des Killers. Das war das Ende. Sabine würde nur noch einen blutigen Fetzen von mir finden. Arme Sabine. Ich hatte sie enttäuscht. Katos Kiefer schnappten zu. Geifer ergoß sich über meine Augen. Seine Zähne drangen durch mein Fell, durchstießen das Weiche meines

Halses, trafen in meinem Fleisch aufeinander. Ein stechender Schmerz fuhr mir in den Schädel.

Da sauste ein grauer Blitz aus der Bachröhre. Über mir, neben mir das Grollen und Knurren zweier ineinander verbissener Anuben. Aber ich war kein Teil des Kampfes. Kato hatte mich losgelassen. Betäubt von Geifer und Schock, taumelte ich hoch, floh in die Bachröhre, schäumte durch Schlamm und Wasser, radierte mit meiner Nase an der Betonwand entlang, rappelte mich hoch und pflügte mich weiter, unfähig zu denken, immer geradeaus, dem Licht am anderen Ende der Röhre entgegen. Und schon wieder war etwas hinter mir her. Es nahm kein Ende. Ich rannte und rannte. Immer den Bach entlang. Der hinter mir schrie: »Halt, stop, warte.« Aber ich rannte.

»Du Aas«, brüllte mein Verfolger, »du blödes Huhn! Halt an.« Es dauerte eine Weile, bis ich begriff, daß es nicht Katos Stimme war, sondern eine andere, eine, die mir merkwürdig vertraut vorkam. Mich jagten die Geister. Ich lief die Schlucht hinauf. Und ich drehte mich erst um, als ich nicht mehr konnte, als es keine andere Möglichkeit mehr gab, als zu sterben. Dies wollte ich wenigstens würdig tun, dem Feind so viele Wunden wie möglich beibringen.

»Bist du bescheuert!« fuhr mich mein Verfolger an. Als der rote Nebel sich vor meinen Augen verzog und das Blut von meiner Nase abgeleckt war, sah ich das graue, struppige Gesicht mit den gelben

Augen und den von etlichen Kämpfen zerfetzten Ohren. Ein wenig Blut im Barthaar. Es war Gris, der Wilde aus dem Heim. Er stubste mich ungeduldig. »Komm mit.«

»Du hier?« keuchte ich fassungslos.

»Warum nicht? Komm jetzt.« Gris wandte sich ab und trabte den Hang in den Wald hinauf. Ich stolperte hinterher. Er kannte sich hier aus. Im Zickzack erklomm er den Hang. Die gerade überstandene Todesgefahr trieb mich ihm hinterher. Er wußte wenigstens, wo wir hinwollten. Eilig schnürte er zwischen den bemoosten Buchenstämmen dahin, fegte durch junges Gehölz, drückte seine Pfoten in das weiche Erdreich einer tiefen Fahrrinne, die Waldarbeiter hinterlassen hatten. Endlich kamen wir an einen Tümpel. Ohne Umstände watete der Wilde durch das flache Wasser. Ich zögerte. Gris kam zurück, stieß mich ins Wasser. »Komm schon«, knurrte er. Wir platschten durch den schwarzen Teich bis zu einer kleinen Insel, auf der eine riesige Buche wurzelte. Gris schüttelte sich. »So«, sagte er, »hier kann uns keiner finden. Wasser unterbricht jede Spur.«

Ich zitterte tropfnaß.

»Los, schüttel dich«, befahl Gris. »Sonst erkältest du dich noch.« Ich gehorchte. Tropfen sprühten in den Sonnenschein. Erst jetzt kam der Schock. Meine Pfoten waren wie am Boden festgeklebt. Ich zitterte auf meinen dünnen Stengeln, konnte mich nicht bewegen.

»Es ist immer das gleiche mit euch«, seufzte der Wilde. »Ohne die Hochnasen seid ihr hilflos und mit ihnen auch.«

»Hast du Kato getötet?«

»Gris lachte hart. »Du hast Vorstellungen.«

Ich fragte nicht weiter. Gris schubste mich auf einen glatten, sonnendurchwärmten Platz und legte sich hin. Unter den Wurzeln des Baumes war der Eingang zu einem Bau.

»Willkommen in Lykopolis, bei den Outlaws«, sagte der Wilde.

»Seid ihr die Wölfe?«

Gris grinste. »Nennt ihr uns so? Dann wird es wohl stimmen.«

»Wie bist du aus dem Heim entkommen?«

»Eine alte Dame hat mich geholt.«

Er war ausgerissen. Er hatte nicht mal ein Halsband um. Gris streckte alle viere von sich und leckte sich Katos Blut aus dem Bart. »Nun leg dich mal hin, Füchschen.«

»Aber ich muß zurück.«

Der Wilde runzelte die Stirn. »Hast du Angst, daß du hier nicht genug zu fressen kriegst?«

»Nein, das nicht, aber... «

»Leg dich hin. Wir können jetzt nicht zurück. Oder hast du noch nicht genug von Kato?«

Er hatte ja recht. Wieder einer, den ich nicht mochte und dem ich mein Leben verdankte. »Sabine wird mich suchen«, wandte ich ein.

»Aber nicht hier«, sagte er bestimmt. »Jammer

nicht wie ein Welpe, den man gerade vom Wurf weggeholt hat. Ich bring dich heute abend zurück. Hab keine Angst. Freiheit ist nicht ansteckend.«

Ich legte mich in die Sonne. Während wir trockneten, erzählte Gris mir von seinem Geschick. Er war am Tag nach mir aus dem Heim geholt worden. Er war zu der Dame freundlich gewesen, weil er sich sicher gewesen war, daß sie ihn von der Leine lassen würde, wenn er sich brav wie ein alter Herr benahm. Bei der ersten Gelegenheit war er abgehauen und hatte sein altes Revier gesucht. Seit einem Jahr lebte er hier zusammen mit Blacky, einer Fähe, die ihr Geheck im Bau hatte. Die beiden Welpen waren knapp zwei Monate alt.

»Kanntest du Jach?« fragte ich ihn.

»Warum fragst du? Jach ist tot.«

»Wer hat sie umgebracht?«

Gris sah mich wachsam an. »Warum fragst du? Wer soll sie umgebracht haben?«

»Sie ist an Gift gestorben.«

»Bist du sicher?«

»Die Hochnasen sagen es«, log ich. Ich wollte von vornherein ausschließen, daß Gris mit mir Versteck spielte. Auch er mußte wissen, woran Jach gestorben war, wenn er wußte, daß sie tot war. Er konnte mir nicht weismachen, daß seine Jägernase nicht für eine Diagnose taugte. »Kanntest du sie?«

»Wer kannte die nicht?« grollte Gris. »Sie hatte ihre Nase überall. Und sie hatte etwas gegen uns.

Sie konnte es nicht ertragen, daß wir ihrem Jäger ein paar Hasen und Mäuse stahlen.«

»Sie war meine Freundin«, sagte ich. Es mußte an der gerade überstandenen Strapaze liegen, daß mich auf einmal Trauer und Rührung fast überwältigten. Der Wilde blinzelte spöttisch.

»Sag das nicht so laut«, sagte er. »Oder willst du Kato gegen dich aufbringen?«

»Wieso?«

»Jach war die einzige, an die er sich nicht recht herantraute. Ich weiß nicht, wovor er mehr Respekt hatte, vor ihren Zähnen oder dem Schießprügel ihres Jägers. Sie war eine erstklassige Jägerin. Ich glaube, sie wußte sogar, wo wir wohnen. Anubis sei Dank konnte sie es ihrem Jäger nicht verraten. Sie war zwar eine gute Dienerin. Aber mit den Hochnasen reden konnte sie trotzdem nicht.«

»Kannst du es denn?«

»Wozu sollte mir das nutzen?« grunzte Gris und leckte sich die Pfoten. »Hast du Hunger? Da drüben liegen ein paar Knochen.« Ich hatte noch nie erlebt, daß zivilisierte Anuben mir ihr Futter angeboten hatten. Ich hatte geglaubt, unter den Wilden herrschten in dieser Beziehung noch rüdere Sitten als bei uns. Die Knochen, an denen Gris mir zu knaupeln erlaubte, waren mit Fleischfasern besetzt und leicht angefault. Mir begann gerade wieder warum zu werden, als es jenseits des Tümpels im Laub raschelte. Eine hochbeinige schwarze Fähe näherte sich. Sie trabte tropfensprühend durchs

Wasser heran, nickte mir zu und fuhr in den Bau. Drinnen quietschte es. Mit zwei pechschwarzen flauschigen Kerlen kam sie wieder heraus. Sie beschnüffelten mich, während Blacky wartend dabeistand. Die Fähe war größer als Gris. Sie hatte eine breite Brust mit weißem Stern, einen großen runden Schädel, einen kräftigen, großflächigen Fang und einen ernsten Stopp über den Augen.

Gris stellte mich ihr vor. Sie nickte noch einmal. Offenbar hatte er ihr von mir erzählt. »Willkommen«, sagte sie mit rauher Stimme und scheuchte die Welpen weg. »Hast du dich schon eingelebt in Kynopolis? Ich hoffe, es gefällt dir.« Sie hatte eine sachliche, reservierte Freundlichkeit, die wohltuend von der hektischen Umtriebigkeit der Anuben vom Hasenberg abstach. Gris begegnete ihr mit Achtung und entspannter Kumpelhaftigkeit. Ihre Fähigkeiten entsprachen den seinen, während er von mir nicht sonderlich viel hielt. Ich konnte es ihm nicht verdenken. Auch mir gefiel Blacky gut.

Die Welpen waren jetzt dazu übergegangen, fiepend und greinend Blackys Lefzen zu lecken. Sie versuchte zwar wiederholt, die Brut abzuschütteln, aber es half alles nichts. Sie mußte einen Teil ihrer Beute hervorwürgen. Dann waren die Welpen erst einmal mit Fressen beschäftigt. Gris erzählte seiner Gefährtin von meinem Abenteuer mit Kato.

»Du bist am Tag des Anubis geboren«, sagte Blacky. »Du hast einen Schutzengel.«

Ich sah Gris an, der meinem Blick auswich. »Ich verdanke Gris mein Leben«, sagte ich.

»Mach dir nichts draus«, sagte er. »Es war mir ein Vergnügen, dem Schlächter eins auszuwischen. Man hat so selten Gelegenheit dazu. Ich habe zu danken.«

Blacky blickte ziemlich verdutzt, sogar ärgerlich. Solche Höflichkeiten war offenbar auch sie nicht gewöhnt. Gris war ein alter Haudegen und Fähenheld. Ich war wider Willen zwischen die Fronten geraten. Nur um Blacky zu ärgern, hatte er mit mir zu flirten begonnen. Und Blacky sah nicht danach aus, als ob sie einem Streit aus dem Wege ginge. Um eine Auseinandersetzung zu verhindern, plapperte ich drauflos und kam zu meinem Thema zurück, dem Mord an Jach.

»Stimmt«, sagte Blacky, »niemand mochte Jach so recht. Dabei war sie ein Prachtexemplar ihrer Rasse. Aber, was auch immer wir gegen sie hatten, es spielt keine Rolle. Denn es war ja eine Hochnase, die sie vergiftet hat.«

»Richtig«, sagte ich, erfreut, daß endlich einmal ein Anube vernünftig und logisch reagierte. »Die Frage ist, wer hatte Grund, sie zu ermorden.«

»Jemand, der Anuben haßt«, sagte Blacky.

»Weißt du, wer das sein könnte?«

»Oh«, meinte Blacky und legte sich nun ebenfalls in die Sonne. »Da gibt es einige. Zuerst die Eltern von dem Kind, das Kato kürzlich beinahe erwischt hätte. Die müssen uns hassen. Aber sie wohnen nicht in der Hasenbergsteige. Sie waren mit dem Auto gekommen. Dann wohnt da noch ein Alter bei euch. Du bist sicher schon an seinem Garten vorbeigekommen. Er hat einen Streifen Gras vor seiner Hecke. Und seit Jahren kämpft er dagegen, daß die Anuben draufscheißen. Er hat Pülverchen gestreut. Er hat Sprays benutzt, die uns vertreiben sollen.« Blacky lachte plötzlich. »Ach, was hat der sich schon aufgeregt. Mit dem Stock schlägt er nach uns. Kürzlich«, Blacky gluckste vor Vergnügen, »kürzlich habe ich ihm den Stock weggenommen. Der hat vielleicht getobt. Und als er über die Straße tappte, um sich seinen Stock wiederzuholen, habe ich einen riesigen Haufen auf seinen Grünstreifen gesetzt. Und dann seine Hecke. Er liebt sie über alles. Aber leider bekommt sie immer mehr braune Blätter. Überall wuchern Brennesseln, weil jeder Anube in der Straße, wenn er kann, ins Gebüsch pinkelt. Der haßt uns wirklich.«

»Meinst du, daß der Gift legt?«

»Möglich.« Blacky dachte eine Weile nach. »Aber man müßte ihn schon dabei erwischen.«

»Und was dann?«

»Ja, was dann?«

»Nichts«, grunzte Gris. »Ihr könnt nichts machen.«

»Das heißt, er kann uns alle nach und nach ungestraft vergiften«, sagte ich.

»Das kommt auf euch an«, sagte Gris grinsend.

»Ihr müßt nur lernen, der Verführung dieser duftenden Bonbons zu widerstehen.«

»Kann man das lernen?« fragte ich.

»Vermutlich nicht«, sagte Blacky. »Entweder man kann es, oder man kann es nicht.«

»Und wieso könnt ihr das?«

»Vererbung der Vernunft«, sagte Gris. »Wir können jagen. Wir können uns jederzeit selber versorgen, du nicht. Wir sind erwachsen geworden, du nicht. Du schlingst wie ein Welpe. Ohne Sinn und Verstand. Als ob die ganze Welt dir dein Futter streitig machte.«

Er hatte recht. Er war Herr über sein Fressen, ich nicht. Ich begriff, daß es Anuben gab, die sich ihrer Kraft so sicher waren, daß sie niemals fürchten mußten, daß ihnen jemand etwas wegnahm. Sie konnten sich Zeit lassen zum Fressen. Ich dagegen war drauf gedrillt, alles zu verschlingen, was die Hochnasen mir vorlegten, ehe sie es mir wieder wegnahmen. Das verdirbt die Sitten, macht uns zu blinden Gierhälsen.

»Übrigens«, sagte Blacky, »fällt mir dabei ein: Der Jäger hat wieder diese Köder im Wald ausgelegt.«

Gris erhob sich und streckte sich ausführlich. Die Sonne war gesunken. Laub und Stämme filterten die schrägen Strahlen. Blacky begann ihre Welpen zu lecken.

»Gehn wir«, sagte Gris. Wir platschten erneut durch den schwarzen Tümpel. Im Wald zog Dämmerung ein. Wir schnürten durch Laub und Unterholz. Gris trabte voraus und stieß deshalb als erster auf den Köder. Ich hatte Blackys Worte als Warnung verstanden. Aber Gris begann in der Tat an dem Stück Fleisch herumzulecken.

»Du willst das doch nicht fressen«, sagte ich.

»Dummkopf«, knurrte der Wilde. Er begann, das Stück zu zerlegen.

»Ich habe gesehen«, jammerte ich, »wie qualvoll Jach gestorben ist.«

Als Gris die erste Faser verschlang und ich angesichts seines unweigerlichen Todes fast verzweifelte, sprang ich ihn an: »Laß das. Du bringst dich um!« Aber ich lief in sein offenes Gebiß.

»Das ist meins«, knurrte er böse. »Hau bloß ab, du kriegst zu Hause.«

Ich umkreiste ihn und versuchte, ihm klar zu machen, daß er, wenn er das fraß, nicht klüger war als ich, die er so sehr verachtete. Was hatte er mir vorhin erzählt von Vererbung der Vernunft? »Du Idiot!« jaulte ich.

Da hielt er inne, blinzelte mit seinen gelben Augen und sagte: »Was regst du dich auf? Ist ja ganz nett von dir. Ist aber nicht nötig. Das ist ein Köder. Aber nicht, was du denkst. Das hier legen die Jäger aus. Es ist für die Füchse. Schau her.« Der Wilde zerknackte eine Plastikkugel, die sich im Kern des Fleischstücks befunden hatte. Eine Flüssigkeit troff über das Fressen. »So werden Füchse gegen Tollwut geimpft«, sagte der Wilde, »und das kann auch mir nicht schaden.«

Ich schwieg beschämt, wenn auch nicht ganz beruhigt. Woher wollte Gris das alles so genau wissen? Es half jedoch nichts. Ich mußte warten, bis er den Köder verspeist hatte. Dann erst ging es weiter, oberhalb der Schlucht entlang, hinauf zum Waldweg, der am oberen Ende in die Hasenbergsteige mündete und sich dann zur Stadt hinunter fortsetzte. Der Tag war vorbei. Alle Anuben hatten ihre Markierungen gemacht. Gris war so frech, genau auf Katos Stelle zu pinkeln. »Das wird ihn ärgern.«

Am Waldrand wandte der Wilde sich nach links, statt geradeaus die Hasenbergsteige hinab. Wir gingen über den Parkplatz und kamen an einen kleinen Weg, der hinter den Gärten entlangführte. »Die Hochnasen mögen keine Streuner in ihrer Straße«, erklärte Gris, »darum gehe ich immer hier entlang.« Er schlüpfte am Ende des schmalen Weges zwischen den Hecken durch ein Loch im Zaun. Wir huschten unterhalb von Pinsels Grundstück vorbei und standen plötzlich im verwilderten Garten mit dem leeren Haus.

»Hast du noch ein bißchen Zeit?« fragte Gris.

Ich war hin und her gerissen. Der Wilde zog eine verächtliche Schnute. Ich wollte ihn nicht enttäuschen, und wann ich nach Hause kam, war schließlich egal. Andererseits drängte es mich, so schnell wie möglich meine Familie wiederzusehen. Ich dachte an die Sorgen, die sie sich machten. Anuben ist die Gemeinschaft wichtiger als ihre Freiheit. Der

Wilde bemerkte, was in mir vorging, und sagte knapp: »Also gut, dann geh. Mach's gut.« Er drehte sich um und war verschwunden, ehe ich etwas sagen konnte. Ich wäre ihm gern gefolgt. Aber genauso heftig wünschte ich, meine Familie zu begrüßen und von ihr begrüßt zu werden. Ich quetschte mich unter dem Zaun durch, rannte die Wiese hinauf, sprang auf die Terrasse. Hinter der Glastür war Licht, doch ein Vorhang war davorgezogen. Ich fing an zu kläffen. Alsbald wurde der Vorhang beiseite geschoben. Papa sah mich, gestikulierte, rief, öffnete die Terrassentür. Große Freude. Sabine streichelte mich. Papa war freundlich. Mama sagte kühl: »Na bitte.« Auf ihrem Schoß rekelte sich Emma, die mich grünäugig angiftete.

6

So selig ich war, meine Familie wiederzuhaben, so unzufrieden war ich mit mir. Obwohl Sabine den Grund für meine Flucht kannte, hatte sie offenbar alles völlig falsch verstanden. Das Ergebnis war, daß ich am anderen Tag nicht in den Garten durfte. Drei Tage mußte ich mich in der Wohnung langweilen und von dem Säugling am Fell ziehen lassen. Sabine führte mich nur an der Leine aus. Die Anuben lächelten über mich. Nur Wind ließ sich zu einem fatalistischen Kommentar herbei: »Siehst du«, sagte er, »sie sind unbelehrbar.« Wir wurden auseinandergezerrt, ehe ich fragen konnte, wie er das meinte.

Von neuem mußte ich Sabine klarmachen, daß ich nicht ausreißen würde, wenn sie mich freiließ. Alles von vorn: eiserner Gehorsam, Folgsamkeit, Treue und Optimismus. Daheim versuchte der Säugling, mir seine Finger in Augen und Nüstern zu bohren, grabschte nach meinen Pfoten, knaupelte an meinen Ohren. Draußen war mein Aktionsradius nicht weiter als fünf Meter um Sabines eilige Füße herum.

Als ich nach drei Tagen endlich wieder in den Garten durfte, nachdem Papa einige Stellen im Zaun zugenagelt hatte, die er als Fluchtlöcher ansah, wußte Pinsel schon alles.

»Armes Füchschen«, quasselte er hämisch, »Kato knapp entgangen und dann daheim gefangen. Die Welt ist ungerecht. Herbert würde so was niemals tun. Übrigens, Kato ist sehr wütend auf dich. Sehr böse. Er hätte dir bestimmt nichts getan. Aber so hast du ihn sehr verärgert.«

»Woher weißt du das?« fragte ich.

»Ich weiß es nicht«, haspelte Fifi. »Aber Kato hat noch keinen bei der ersten Begegnung totgebissen. Nur ein bißchen gezaust, weißt du. Man muß sich unterwerfen. Stimmt es übrigens, daß du bei den Wölfen warst?«

»Wer hat das gesagt?«

»Ich habe es gehört. Ein Wolf soll Kato angegriffen haben.« Die Ratte sah mich neugierig an.

»Wer sagt das?« fragte ich erneut. »Es gibt keine Wölfe im Wald. Das sind Märchen. Kato ist in die Schlucht gefallen. Das war's. Wer behauptet denn das mit den Wölfen?«

»Niemand. Es war so ein Gerücht.«

»Von wem hast du es?«

Pinsel begann zu zittern. »Ich weiß es nicht. Ich habe es gehört. Herbert hat es gesagt.«

»Du lügst. Oder kannst du deinen Halter verstehen?«

»Nein, nein«, fiepte Fifi. »Ich habe es auch nicht geglaubt. Es gibt keine Wölfe. Kato ist in die Schlucht gefallen. Das wird es sein. Er hat sich wohl geschämt.«

»Wer hat dir das erzählt?«

Pinsel wurde klein und schäbig. Ich schoß vor und packte ihn am Nackenfell. »Sag die Wahrheit!« Ich schüttelte ihn. »Wer erzählt dir solche Geschichten?«

Fifi quietschte wie abgestochen. »Hui, du tust mir weh. Laß mich. Ich sage nichts mehr.«

»Du Ratte. Du Antianube. Wenn du nicht auf der Stelle vernünftig redest, beiß ich dich tot«, knurrte ich. Ich ließ ihn auf den Rasen plumpsen. Er war so erschüttert, daß er gar nicht auf die Idee kam davonzulaufen. In seinem Zwergenschädel arbeitete es. Bebend fing er an, irgendwas zurechtzuschwindeln. Wind habe ihm das erzählt. Man hatte beobachtet, was zwischen Kato und mir auf dem Weg passiert war. Einer, der vielleicht Katos Freund war, habe Wind erzählt, daß mir ein Wilder zu Hilfe gekommen sei. Aber er glaube mir, wenn ich sage, daß Kato einfach nur in den Bach gefallen sei. Das klinge ohnehin viel wahrscheinlicher. Wer das alles Wind erzählt habe, wisse er, Pinsel, nicht, ehrlich nicht. Wind habe es ihm vielleicht gesagt, aber er habe ihn nicht gekannt und seinen Namen vergessen. Kato sei sehr mächtig. Er habe viele Freunde. Er, Pinsel, sei aber nicht sein Freund. Er fürchte und hasse ihn. Aber es sei immer besser, sich zu unterwerfen. Auch ich hätte besser daran getan, mich nicht zu wehren. Und wenn es die Wölfe tatsächlich gebe, so wisse ich sicher, daß es nicht klug sei, mich mit ihnen abzugeben. Sie seien Outlaws. Und das sage eigentlich alles. Wenn ich

Kato noch einmal begegne, solle ich mich auf den Rücken legen. Dann geschehe mir nichts. Es sei nun mal gefährlich, ihn zu provozieren. Die Mafia sei überall.

Pinsel wollte nur eins: sich rausreden. Mir kam der Verdacht, daß er mehr mit Kato zu tun hatte, als er zugeben wollte. Aber ich lenkte ein. »Du hast vermutlich recht«, sagte ich sanft. »Es tut mir leid. Ich bin etwas nervös. Ich werde mich das nächste Mal unterwerfen, wenn ich Kato begegne.«

Pinsel schüttelte sich. Obwohl er es verbergen wollte, war er beleidigt. Ich hatte das dumme Gefühl, daß er sich rächen würde, wenn ich auch keine Vorstellung hatte, wie. Sein Blick unter den törichten Stirnfransen hervor hatte einen Glimmer von Falschheit und Haß. Ich kannte diesen Blick. Kleine Anuben haben ihn oft, weil sie sooft die Unterlegenen sind. Und ich hatte nun einen kleinen Spitzel am Hals, der mir überallhin folgte. Er wuselte an meinen Fersen durch den Garten und war bei jedem Gespräch dabei, das ich am Zaun hätte führen können. Ich hätte ihn natürlich wegjagen können. Aber wenn er wirklich zu Katos Mafia gehörte, dann war es wahrscheinlich besser, ihn zuhören zu lassen und zu überzeugen, daß ich nichts erfuhr und nichts wußte. Denn in der Tat, kein Anube mochte über Kato reden. Er verbreitete offenbar so viel Angst und Schrecken, daß sie das Thema verdrängten. Wenn ich mir aber den kleinen Pinsel anschaute, der fast nie im Revier herumkam, von Herbert getragen wurde und somit keinen Grund hatte, Katos Macht zu fürchten, fragte ich mich, wovor Pinsel Angst hatte. Katos Macht war größer als der Radius seiner Leine. Er mußte eine ganz unanubische Möglichkeit haben, auf indirekte Weise Macht auszuüben. Aber womit? An diesem Abend fiel für meine Familie das Abendessen aus. Dafür hüllten sie sich in Kleider aus raschelnden abgehangenen Stoffen und zogen Schuhe mit knallenden Absätzen an. Sabine nebelte sich und ihr Zimmer mit Parfüm ein, bürstete, kämmte, band und flocht ihre Haare. Mama steckte Goldringe auf ihre Hausfrauenfinger. Der Säugling wurde in ein Tragebett gepackt. Papa rasierte sich. »Sei schön brav, paß schön auf«, ermahnte Sabine mich. Und dann gingen sie alle zur Tür hinaus. Ich war allein. Auch nicht schlecht. In ihrem unendlichen Mißtrauen hatte Mama die Küchentür verschlossen, und nicht nur die, auch das Schlafzimmer, das Säuglingszimmer und Papas Zimmer waren zu. Dafür war die Kellertür offen. Warum, wurde mir sogleich klar, als ich unten die offene Kellerluke sah. Der Katze war Mama immer noch wohlgesonnener als mir. Aber wenn die dicke Emma vom Boden auf den Schemel und von dort auf die Kommode kam, konnte ich das auch. Der Katze sei Dank, ein unverhofftes Glück. Denn eigentlich war ich doch etwas unglücklich gewesen, so gar keine Freiheit zu haben, nachdem ich bei den Wölfen auf der Insel gewesen war. Sosehr ich meine Familie liebte, so schade war es doch, daß Liebe eigentlich Gefangenschaft bedeutete.

Als es draußen richtig dunkel war, schlüpfte ich in den Garten. Es war die Zeit der Katzen. Zunächst konnte ich so recht nichts anfangen mit meiner unverhofften Freiheit und beschäftigte mich damit, die Katzen so lange durch den Garten zu scheuchen, bis sie alle beleidigt maunzend auf den Bäumen hockten. Emma ließ ich allerdings in Ruhe. Sie hatte sich auf dem Rasen zusammengekugelt, zuckte mit dem Schwanz und bemühte sich, mir zu zeigen, daß sie mich für verrückt hielt. Und sie hatte recht. Welpenkram. Ich besann mich auf meine Chance. Pinsel war im Haus, die Hasenbergsteige lang dunkel und leer vor mir. Als es jedoch am unteren Zaun raschelte, kläffte ich doch wieder los.

»Schscht«, fauchte jemand. Aus dem Gestrüpp tauchte ein dicker grauer Kopf auf: Gris. »Sei still, du Kläffer, bist du denn bescheuert? Diese Bellerei ist wirklich eine Unsitte.«

Ich hielt sofort das Maul, auch weil mir plötzlich einfiel, daß nicht die ganze Nachbarschaft wissen mußte, daß ich im Garten war. Der Wilde saß auf der anderen Seite des Zauns, dort, wo ich ihn vor vier Tagen verlassen hatte. Ich quetschte mich zu ihm durch. »Was machst du hier?«

»Das müßte ich dich fragen. Freigang? Oder hat man dich vergessen?« Gris saß da, als habe er all die Tage auf mich gewartet, aber auch wieder so, als wolle er sich nicht von der Stelle rühren.

»Was übrigens das Bellen betrifft«, sagte ich, »die Hochnasen halten uns doch nur, damit wir bellen.«

»Bellen ist kindisch«, sagte Gris.

»Quatsch.«

»Aber sicher.« Gris verbiß sich in das Thema, als wolle er mich vom eigentlichen ablenken. »Erklär mir mal«, sagte er, »was Gebell eigentlich sagt. Warum bellst du? Es ist nur Krach, mehr nicht. Gequietsch und Geknurr in einem. Wer soll das verstehen? Knurren ja, oder quietschen. Aber diese Ober- und Untertöne in einem dieses Hauab und Kommher gleichzeitig, das ist infantiler Unsinn. Unter den Wölfen kläfften nur die Welpen.«

Ich war verwirrt und bestürzt. Mit den paar Worten nahm mir dieser Kerl etwas, das ich für wesentlich Anubisches gehalten hatte. »So habe ich das noch gar nicht gesehen«, stammelte ich.

»Wie so manches andere auch«, knurrte Gris. Er stand plötzlich auf. »Komm mal mit. Ich zeige dir was. Aber du darfst es niemandem erzählen. Am allerwenigsten Pinsel.«

»Gehört er wirklich zur Mafia? Ist er ein Spitzel?«

»Was weißt du von der Mafia?«

»Nichts. Ich vermute nur, daß es sie gibt. Aber ich weiß nicht, wie sie funktioniert.«

»Dann laß es dabei.« Gris setzte sich wieder hin. Offenbar hatte er seinen Entschluß, mich in irgend etwas einzuweihen, wieder verworfen. Er musterte mich abschätzig.

»Wie es aussieht«, sagte ich ärgerlich, »gibt es nicht nur ein Geheimnis, sondern mindestens drei. Wahrscheinlich wißt ihr alle, wer Jach umgebracht hat und warum.«

Gris zog die buschigen Augenbrauen hoch. »Ich weiß es nicht.«

»Wie oft habe ich diesen Satz in den letzten Tagen gehört: Ich weiß es nicht. Hier weiß anscheinend überhaupt niemand irgend etwas. Aber nachdem der große Unbekannte auch mich vergiften wollte... «

»Was, auch dich?« Gris sprang auf.

»... ja, auch mich. Und darum kann ich nicht so tun, als ginge mich das alles nichts an.«

Gris setzte sich wieder.

»Wahrscheinlich«, fuhr ich erbittert fort, »gehörst auch du zu Katos Mafia. Alle gehören zu ihm. Dein Angriff auf Kato war nur eine Finte, damit ich dir vertraue. Aber warum? Was darf ich nicht wissen? Und warum versucht ihr trotzdem, mich umzubringen?«

»Langsam«, sagte Gris. »Seit wann können Anuben Gift legen?«

»Das ist der Punkt. Hier gibt es nur Unschuldige, die allesamt in irgendwas verwickelt sind. Pinsel ist ein Spitzel. Der Rattenfänger ein Agent. Wind, der Stumme, ein Mitläufer. Kato ist der Pate. Und alle anderen, Bolle, Wolle, die Plattnasen, die Raufer, Jäger, Zwerge, Stummelbeine sind seine Eintreiber, Richter und Mörder. Und du, du bist vermutlich ein U-Boot.«

Der Wilde kratzte sich umständlich hinter dem Ohr, machte Jagd auf einen Floh an seinem Hinterlauf und streckte sich dann. Es war seine Art, Zeit zu gewinnen.

»Und ich«, fuhr ich fort, »habe nur die Wahl, totgebissen oder vergiftet zu werden. Aber vorher möchte ich doch noch gerne wissen, worum es eigentlich geht.«

»Hör mal«, sagte Gris endlich, »ich kann dir nicht sagen, worum es Kato geht. Aber wenn du schon mal soweit bist, wenn du dir sicher bist, nicht zu Kato gehören zu wollen, dann kann ich dir sagen, worum es mir geht. Aber ich warne dich. Wenn du mit mir kommst, dann kannst du nicht mehr zurück. Auch wir haben unsere Gesetze.« Der Wilde zögerte. »Es wäre besser, du hieltest dich heraus.« Immer noch saß Gris wie festgewurzelt. Aber meine Geduld war zu Ende. Ich schlüpfte an ihm vorbei in das Dickicht des verwilderten Gartens. Gris folgte mir eilig. Unten am Haus war es keine Kunst mehr, festzustellen, daß hier etwas los war. Frische Anubenspuren führten zu dem zerbrochenen Kellerfenster. Gris stand neben mir und sah mich an. »Also gut«, sagte er und sprang in das schwarze Loch. Ich setzte hinterher. Im Stockdunklen führte Gris mich durch den Vorhof der Ratten und Mäuse an Gerümpel, gerollten Teppichen, Eimern und Kisten vorbei, drei Stufen hinab durch einen Flur, von dem eine Treppe nach oben ging, und stieß eine Tür auf.

Plötzlich standen wir in einem hellerleuchteten Zimmer. An den Wänden stapelten sich Kisten, Bücher, Zeitungen, Zeitschriften, überhaupt jede Menge Papier. In der Mitte standen rauschende Geräte und mehrere dieser Kästen, vor denen sich auch meine Familie abends im Sesselzimmer versammelte. Inmitten des Durcheinanders saß auf einem Thron von Büchern ein Stummelbeiniger, struppig, fast kahl, ziemlich alt. Er hatte seinen enormen Riechkolben in ein Buch gesteckt und sah jetzt auf.

Gris stellte ihn vor: »Das ist Professor Zottel.«

Der Professor lächelte verschmitzt. »Deine neue Freundin?«

»Nein«, sagte der Wilde so harsch, daß ich allen Grund gehabt hätte, gekränkt zu sein. Der Professor blickte erschrocken. Er hatte ein Paar außerordentlich lebendige, nußbraune Augen in seinem alten Gesicht. Sein Schädel war riesig gegenüber dem restlichen mageren Körper. Sein Fell hatte seit Jahren keine Bürste mehr gesehen. In seiner Art war etwas Argloses, Naives. Er sah aus, als käme er nie aus diesem Loch heraus, als lebte er schon lange hier zwischen seinen Büchern bei seinem Computer. Die beiden struppigen Rüden betrachteten mich erwartungsvoll.

»Was macht ihr hier?« fragte ich.

»Der Professor erforscht die Hochnasen«, sagte Gris stolz.

Zottel nickte beifällig. »Siehst du«, erklärte er,

»wir gehen davon aus, daß die Hochnasen, genauso wie wir, eine alte Kultur und komplizierte, ausgeklügelte Gesellschaftsstrukturen haben. Sie sind zwar eine relativ junge Rasse in der Evolution, aber wir nehmen an, daß es falsch ist, deshalb zu glauben, sie seien wesentlich einfacher organisiert als wir. Verstehst du?«

Ich nickte.

»Der Schlüssel zum Verständnis der Hochnasen ist ihre Sprache und ihre Eigenart, alles aufzuschreiben und gewissermaßen zu verewigen. Darum beschäftige ich mich hauptsächlich mit ihren Büchern.«

»Zottel ist eine Kapazität in der Hochnasensprache«, teilte Gris mit. »Keiner versteht sie so wie er.«

»Das Problem«, fuhr Zottel geschmeichelt fort, »ist, daß wir, wie du weißt, keine Lehrbücher haben und darum auch keine Übersetzungen. Unsere Sprache verändert sich schnell, die der Hochnasen in Jahrhunderten nicht. Die Hochnasen sind außerstande, uns ihre Sprache beizubringen, weil sie sich nicht vorstellen können, daß wir überhaupt reden können. Unser Glück ist, daß die Hochnasen ein so schlechtes Gedächtnis haben, daß sie ihr Wissen in Büchern festhalten müssen. Und zum Glück sind sie dadurch so unflexibel, daß wir uns einige hundert Jahre Zeit lassen konnten, ihre Sprache und ihre Gesetze zu entschlüsseln.«

»Dann«, sagte ich, »suchst du nach einem Weg, mit den Hochnasen zu kommunizieren.«

Der Professor wechselte einen Blick mit dem Wilden. Gris sah zu Boden. Zottel sagte nach einer Pause: »Genau.«

»Und wie weit bist du?«

»Tja«, meinte der Professor. »Da gibt es einige Probleme. Erst mal suchen die Hochnasen keine Verständigung mit uns. Zweitens: Unser Sprechapparat ist anders gebaut als ihrer. Wir reden auf verschiedenen Frequenzen. Meinen Erkenntnissen nach ist auch das Gehör der Hochnasen nicht fein genug, um unsere Frequenzen zu empfangen, während wir sehr wohl alles verstehen können, was sie sprechen.«

»Verstehe«, sagte ich, obgleich mir durchaus nicht alles klar war.

»Du bist enttäuscht«, sagte Zottel freundlich. »Das geht uns allen so. Wir wissen zwar theoretisch, wie eine Verständigung funktionieren könnte, aber wir können sie noch nicht verwirklichen. Das ist um so frustrierender, als wir inzwischen wissen, daß die Hochnasen eigentlich ausgefeilte Techniken haben, mit denen sie unsere Frequenzen hörbar machen können. Aber sie setzen sie dazu nicht ein. Uns ist zwar bekannt, daß die Hochnasen Sprache, Kultur und einen hohen technischen Standard haben. Aber wir mußten eben leider auch erfahren, daß sie einen Defekt haben, der sie daran hindert, mit uns zu kommunizieren: Sie halten sich für einzigartig. Aus welchem Grund auch immer, ob aus Gleichgültigkeit, Arroganz oder Mangel an Intelligenz, sie suchen keine Verständigung mit den Nasen. Und solange wir keine Möglichkeit finden, ihre Sprache nicht nur zu verstehen, sondern auch zu sprechen, bleibt die Kommunikation auf dem äußerst niedrigen Niveau, auf dem sie sich zur Zeit befindet.«

»Aber«, wandte ich ein, »es soll doch Anuben geben, die ihre Sprache sprechen konnten. Da gibt es doch die Legende von Berganza.«

»Sehr richtig«, sagte Zottel, erfreut, weiter ausholen zu können. »Mit der Berganza-Theorie habe ich mich auch schon befaßt. Es ist, wie du richtig sagst, eine Legende. Wir wissen nicht, wieviel Wahrheit dahintersteckt. Zum Berganza-Mythos gibt es zwei Theorien. Die einen sagen, er habe einen defekten Sprechapparat gehabt und tatsächlich die Sprache der Hochnasen sprechen können, wenigstens zeitweilig. Die anderen sagen, es habe immer wieder Hochnasen gegeben, die die Kommunikation mit uns gesucht haben und wenigstens in Grundzügen unsere Sprache und damit auch Berganza verstanden haben. Zumindest belegt die Legende, daß es seit Hunderten von Jahren Forscher unter uns gibt, die eine Verständigung mit den Hochnasen suchen. Interessant ist übrigens, daß auch die Hochnasen die Berganza-Legende kennen. In ihrer Literatur finden sich dazu ein paar Überlegungen. Sie gehen davon aus, daß es ein einmaliger Fall war. Manche glauben allerdings auch, daß alle Nasen sprechen können, dies aber nicht tun. Was in diesem Zusammenhang noch bemerkenswert ist, ist, daß die Hochnasen annehmen, daß Katzen eher imstande sind, ihre Sprache zu lernen. Sie nennen mehrere Beispiele von schreibenden Katzen. Doch sie gehen davon aus, daß sowohl schreibende Katzen als auch wir ihnen gegenüber stumm sind. Wenn es Hochnasen gibt, die glauben, daß wir eine Kultur haben, so glauben sie seltsamerweise gleichzeitig, daß wir kein Interesse haben, mit ihnen in Verbindung zu treten. Auf die Idee, daß es an den Hochnasen selber liegt, kommen sie nie.«

Der Professor wurde unterbrochen, als ein kleiner unendlich dicker Anube seinen faltigen Schädel durch die Tür schob und seinen wulstigen Körper nachzog. Er hatte eine breite Brust, krumme Beine und keinen Schwanz.

»'n Abend«, sagte er.

Zottel grüßte ihn.

»Das ist Phil«, sagte Gris.

»Man muß übrigens anfügen«, nahm der Professor seinen Vortrag wieder auf, »daß es durchaus Versuche der Hochnasen gibt, mit den Nasen in Verbindung zu treten. Wir wissen von Tests mit Delphinen und Walen. Sie haben eine Sprache, die den Hochnasen wie Musik vorkommt, und die sie mit ihren technischen Hilfsmitteln aufzeichnen können. Es gibt auch einzelne, die versuchen, etwa Affen oder Papageien ihre Sprache beizubringen. Eine Gruppe von Wissenschaftlern, zu denen ich mich zähle, schließt aus den geringen Erfolgen, daß die Hochnasen, auch wenn sie sich sehr bemühen, nicht über ausreichend Flexibilität, Sprachgefühl oder Intelligenz verfügen, um die Sprachen der Schwimmenden, der Unterirdischen, Oberirdischen und Fliegenden wirklich zu durchschauen. Bislang sind keine Beispiele beschrieben, daß es auch nur einer Hochnase gelungen wäre, unsere Sprachen in der Form zu analysieren, wie uns dies bereits mit der Hochnasensprache gelungen ist. Wir können heute nahezu alles verstehen, was sie sagen und schreiben. Die meisten von uns beherrschen die Hochnasensprache wenigstens rudimentär.

»Hält er wieder Vorträge?« sagte Phil. »Du mußt ihn entschuldigen«, wandte der Dicke sich an mich. »Zottel ist Wissenschaftler. Ihn treibt die wertfreie Neugier. Er sammelt Fakten.«

Gris seufzte unüberhörbar: »Und jetzt ist der Philosoph dran.«

Phil saß in einem Berg wallender, fließender, sich kräuselnder Fettwülste. Sein plattnasiges Gesicht war von Gräben, Winkeln und Falten verzwickt. Zu beiden Seiten seiner mächtigen Stirn zuckten kurze Ohrlappen.

»Die Frage ist nicht«, hob er an, »ob wir mit den Hochnasen kommunizieren können, sondern ob wir es sollen. Ich wage zu behaupten, solange diese Frage nicht geklärt ist und wir uns nicht einig darüber geworden sind, was wir wollen, kann es uns auch nicht gelingen. Ich habe die Erfahrung gemacht, daß der Anube das, was er nicht für sinnvoll hält, unbewußt sabotiert. Wir sind, wie kein anderes Volk unter den Nasen und Hochnasen, stark sinnorientiert. Für uns muß alles Tun und Wollen logisch sein. Und solange wir uns nicht bewußt gemacht haben, warum wir die Kommunikation mit den Hochnasen brauchen, werden wir sie zu verhindern wissen.«

Das war mir ziemlich neu. Ich muß Phil reichlich zweifelnd angesehen haben, denn er lächelte und sagte: »Ein einfaches Beispiel. Wenn du dich zum Schlafen hingelegt hast und dein Halter ruft dich, nur um dich zu streicheln. Was tust du dann? Entweder du stehst auf und gehst zu ihm, weil du ihn nicht enttäuschen willst. Oder du bleibst liegen und gehorchst nicht. Unser Ungehorsam ist immer eine Reaktion auf die Unlogik der Hochnasen.«

Der Wilde seufzte erneut: »Phils Lieblingsthema.«

»Hör nicht auf ihn«, sagte der Dicke. »Gris ist ein Zyniker. Was er bei uns sucht, weiß nur er selbst.«

»Ich bin eben unlogisch«, grollte Gris.

»Wer seid ihr denn?« fragte ich.

»Wir sind«, verkündete Phil, »die Liga für Verständigung.«

»Nun ist es raus«, sagte Gris. »Erzähl es nicht weiter.«

»Warum nicht?«

»Nun ja«, schaltete sich der Professor ein, »es gibt einige, die gegen uns sind und sehr viel Macht haben.«

»Kato und die Mafia«, warf ich ein.

»Die auch«, sagte Zottel. »Aber unsere Hauptgegner sind die Stummen. Und die haben auch sehr viel Macht. Sie wissen zwar, daß es uns gibt, aber sie wissen nicht, wo wir uns treffen.«

»Und was passiert, wenn sie es erfahren?«

Zottel wiegte sein Haupt. »Das wissen wir nicht genau. Fest steht, daß sie uns den Krieg erklärt haben.«

»Gehörte Jach auch zu euch?«

Der Wilde hob den Kopf.

»Ja«, seufzte der Professor. »Ein schlimmer Verlust. Sie war außerordentlich sprachbegabt. Ich verdanke ihr viele Aufschlüsselungen.«

»Dann haben die Stummen sie umgebracht?«

»Wir wissen es nicht«, sagte Zottel langsam.

»Das Problem ist«, sagte Gris, »die Stummen gehen ihrer Ungehorsamkeit wegen fast immer an der Leine. Und sie können nicht mit den Hochnasen reden. Wie sollten sie ihre Helfer dazu bringen, Gift auszulegen?«

»Es könnte natürlich sein«, warf Phil ein, »daß sie eben doch mit den Hochnasen reden können. Das wäre nur logisch. Denn man braucht nur das zu bekämpfen und zu verbieten, was im Bereich des Möglichen ist.«

Das leuchtete mir sofort ein. Das war die Lösung. Aber der Professor widersprach: »Dagegen spricht, daß die Stummen keine Forschungsprogramme haben. Und daß sie intelligent und sprachbegabt sein sollen, daß sie die Hochnasensprache benutzen können, ohne sie gelernt zu haben und ohne technische Hilfsmittel, halte ich für extrem unwahrscheinlich.«

Das leuchtete mir ebenfalls ein.

»Ich halte es für wahrscheinlicher«, sagte Zottel, »daß Jachs Tod nicht mit der Liga zu tun hat. Denn warum wurde sie dann nicht früher ermordet? Nein. Sie ist womöglich nur zufällig Opfer des Giftes geworden.«

»Und ich?« fragte ich. »Vor meiner Tür lag auch Gift. Wie würdest du das erklären?«

Zottel sah mich erschrocken an. »Du auch? Du bist neu hier. Du gehörtest bislang nicht zur Liga. Das verstehe ich gar nicht. Es spricht ja dann wohl auch für die Zufallstheorie.«

»Nicht sehr tröstlich«, sagte ich.

»Aber auch eine Chance«, meinte Zottel. »Dann wird der Anschlag auf dich womöglich nicht wiederholt.«

»Aber es heißt, daß noch andere sterben werden«, sagte ich. Der Gedanke war den anderen ebenso unbehaglich wie mir. Andererseits fühlten sich weder Zottel noch Gris persönlich bedroht. Und Phil glaubte, gut genährt wie er war, er könne seinen Freßtrieb, wenn es drauf ankam, bremsen.

»Ich bin ein Rüde«, sagte er, »wir sind von Natur aus nicht so verfressen.«

Plötzlich war ein Zwerg unter uns, ein winziges glattes, hüpfendes Tierchen mit Fistelstimme. Niemand hatte gesehen, wie es gekommen war. Es war Kim, der winzigste Anube unter der Sonne, eine verschmitzte Fähe, die von allen erfreut begrüßt wurde. »Wollte nur mal vorbeischauen«, wisperte sie. »Abend allerseits. Muß gleich wieder weg. Habe nur kurz Ausgang. Muß zurück, ehe mein Meister mich vermißt. Hallo, Füchschen. Willkommen in der Liga. Bist neugierig, was? Stellst allerlei Fragen. Das spricht sich herum. Vorsicht. Vorsicht. Und nun, schnell, schnell, auf ein Wort, meine Lieben. Wißt ihr, was mein Meister sagt? Kato muß bald einen Maulkorb tragen. Killer werden verboten. Glückliche Zeiten.«

»Ja«, sagte Zottel, »das habe ich auch im Fernsehen gesehen.«

Gris schmunzelte. »Wenn wir, bedauerlicherweise, Gewalt nicht ablehnen würden, könnten wir es ihm endlich heimzahlen.«

Kim kicherte. Dann war sie wieder verschwunden.

»Ich muß auch gehen«, fiel mir ein. Es wäre peinlich, wenn meine Familie vor mir zurückkehrte. Der Wilde sprang auf: »Ich bring dich rauf.« Es war nicht Höflichkeit. Gris traute mir nicht zu, den Weg allein zu finden. Außerdem wollte er mich noch einmal warnen. »Sag niemandem, was du hier gesehen hast. Sprich mit niemandem über die Liga, den du nicht hier gesehen hast. Und wenn du hierherkommst, vergewissere dich, daß niemand dir folgt.«

Ich versprach's und fragtee ihn dann: »Hat Zottel keinen Halter?«

»Der ist tot«, sagte Gris. »Zottel hat sich versteckt, als sie kamen, um ihn ins Heim zu holen. Sein Fressen bekommt er von uns. Sein Geschäft verrichtet er in der Kellertoilette.«

Wir kamen an den Zaun. Gris verabschiedete sich kurz. Und ich lag schon wieder brav zusammengerollt unter dem Tisch im Sesselzimmer, als meine Familie heimkam.

7

Obgleich ich in dieser Nacht nicht genug Schlaf bekommen hatte, zwang ich mich, am anderen Morgen aufzustehen und, als Mama die Terrassentür öffnete, um zu lüften, hinauszugehen. Unser Leben wird nun mal vom Rhythmus der Hochnasen bestimmt. Wir haben nur die Wahl, die Gelegenheiten zu ergreifen, die sich uns bieten, Müdigkeit hin oder her. Fern von dem Zaun, hinter dem Pinsel auf mein Kommen lauerte, schlich ich mich hinunter in den wilden Garten. Mama rumorte im Haus. Ich hoffte, sie würde mich für die nächsten zwei Stunden vergessen. Ich wollte zum Professor. Ich quetschte mich auf dem Katzenwechsel unter dem Maschendraht durch und knackste durchs Unterholz. Als ich an den Wäschetrockenplatz kam, sah ich zwei grün uniformierte Hochnasen an dem Kellerfenster. Sie bückten sich und schnüffelten hinein. Einer der Polizisten kratzte dann an der hinteren Tür, hantierte mit einem Haken und öffnete sie. Beide verschwanden im Haus.

Jetzt blieb nicht mehr viel Zeit. Ich sauste über den Wäschetrockenplatz und sprang durch die Luke in den Keller. In der Eile knallte ich gegen eine Wand. Es war rattenfinster. Immer an der Wand entlang tastete ich mich vor zu Zottels Zimmer.

Auch hier war kein Licht. Es roch nach Schlaf. Ich stolperte über den Professor. Knurrend schlug er seine Zähne in meinen Pelz.

»Ich bin's«, sagte ich. »Schnell, Polizei ist im Haus. Du mußt verschwinden.«

»Verzeihung«, murmelte Zottel freundlich. »Ich hab dich nicht gleich erkannt. Was sagst du?«

Oben im Haus hörten wir die Schritte der Hochnasen, die durch alle Zimmer gingen. Ich drängte: »Komm, schnell.«

Zottel klagte verwirrt: »Aber... Ich muß... ich kann doch nicht... «

Kurzentschlossen riß ich ihn an seinen Schlappohren von seinem Bücherstapel und zerrte ihn zur Tür. Der Professor war es nicht gewohnt, Widerstand zu leisten. Schlaftrunken folgte er mir. Schon ging oben an der Kellertreppe die Tür auf. Licht flutete die Gänge. Wir huschten ins Rattenzimmer. Ich sprang auf die Kisten, die bis an die Kellerluke hinauf reichten. Aber Zottel kam nicht hoch. Für seine kurzen Beine und sein Alter waren die Kisten zu hoch. Also ich wieder runter. Ich boxte eine kleinere Kiste vor die große. Die Schritte der Polizisten hallten durch den Keller. Wenigstens war Zottel inzwischen wach genug, um die Gefahr zu erkennen. Er mühte sich redlich. Auf die kleinere Kiste schaffte er es gerade. Doch die begann, während er sich mit seinen Stummelbeinen an der größeren hochkrallte, unter ihm einzubrechen. Ich bekam wieder einen seiner Ohrlappen zu fassen und zog. Die Kisten schwankten. In letzter Sekunde, gerade als die Polizisten das Rattenzimmer betraten, schafften wir es nach draußen. Zottel nieste im Sonnenlicht, wobei seine Schnauze heftig auf die Platten schlug. Ich trieb und zog ihn, der vom ungewohnten Licht halb blind war, über den Platz hinauf ins Dickicht. Der Professor keuchte. Jedoch sollten wir auch hier nicht zur Ruhe kommen. Die Hochnasen rumpelten eine Weile im Haus herum und kamen dann zur Tür hinaus in den Garten – genau auf uns zu. Sie schienen etwas Bestimmtes zu suchen. Wir verzogen uns rückwärts bis zum Zaun. Dann ging es nicht mehr anders. Wir schlüpften in meinen Garten. Hinter dem Zaun hockten wir wie zwei arglose törichte Kläffer und verbellten die Hochnasen.

»Ein Dackel«, sagte einer der Polizisten.

»Der gehört wohl den Leuten, meinte ein anderer. Sie kehrten mißmutig um.

Zottel hustete. »Habe schon lange nicht mehr gebellt«, sagte er. »Komisches Gefühl.« Er kratzte sich verlegen hinterm Ohr. »Wollen hoffen«, sagte er dann, »daß die beiden nicht auf die Idee kommen, bei deinen Haltern nachzufragen, ob ich ihnen gehöre.«

Während wir noch am Zaun saßen und uns über unsere gelungene Flucht freuten, hörten wir, wie die Polizisten daran gingen, die Kellerluke mit Holz zu verrammeln und zu vernageln. Hammerschläge hallten durch die Gärten. Was nun? Zottel bekam große runde Augen. Er war es nicht gewöhnt, draußen zu leben. Ihn fröstelte im Gebüsch. Tautropfen perlten auf seiner stellenweise nackten Haut. Er mußte in die Sonne. Es ließ sich ohnehin nicht vermeiden, daß er in meinem Garten auftauchte. Ich wußte auch nicht, wohin mit ihm.

Kaum traten wir ans Licht, war auch schon Pinsel da. Er hopste über den Rasen. Neugierig musterte er den Professor.

»Das ist...«, sagte ich, nach einem falschen Namen suchend, »äh, Heini.« Zottel kniff die Augen zu und schüttelte sich, als gelte es, den idiotischen Namen wieder loszuwerden.

Pinsel sagte nichts und staunte.

»Er ist ein Streuner«, behauptete ich. Aber das war ein Fehler. Denn sogar Pinsel mußte erkennen, daß weder Zottels Fell noch sein Geruch zu einem Streuner paßten. Doch Fifi nahm meine Lüge ohne Zeichen des Mißtrauens hin. Er stellte seltsamerweise keine Fragen. Auch der Lärm am leeren Haus entlockte ihm keinen Kommentar. Statt dessen plapperte er über das traurige Los der Streuner. Offenbar wußte er ganz genau, was geschehen war. Während wir noch halb unter einer Forsythia in der Sonne lagen, Pinsel schwatzte und Zottel sich von der ungewohnten Anstrengung erholte, fuhr das grüne Auto oben vor meinem Haus vor. Ich blickte Zottel an. Heiliger Anubis.

Pinsel meinte: »Schaut mal. Polizei. Was die wohl will?« Er grinste rattig. Ich wußte, was geschehen würde. Die Polizisten würden Mama nach dem Stummelbein fragen. Sie würde mit ihnen in den Garten kommen und nach mir rufen. Dann würden die Hochnasen nach Zottel suchen. Und es gab nur eine Lösung.

»Los, verschwindet«, sagte ich zu Pinsel und Zottel. Hoffentlich war Zottel nicht zu schwer von Begriff. Pinsel huschte über die Wiese. »Hinterher«, flüsterte ich dem Professor zu. »Versteck dich bei Pinsel.«

»Entschuldige«, sagte Zottel, »du hast recht. Ich bin so dumm. Natürlich.«

»Aber Vorsicht, Pinsel ist Katos Spitzel«, flüsterte ich ihm hinterher. Zottel hoppelte über die Wiese davon.

Mama trat mit den Polizisten auf die Terrasse und rief nach mir. Ich schwänzelte harmlos hinauf. Die bescheuerte Katze hatte natürlich sofort begriffen, daß irgendwas schiefgegangen war. Sie schnurrte schadenfroh um Mamas Beine, die mich mit den Worten empfing: »Da bist du ja.«

Ich knurrte die Polizisten an, nicht nur, weil die Hochnasen so was erwarten, sondern auch, weil es mir ein Bedürfnis war.

»Sei still«, befahl Mama. Bei dem Wortwechsel der Hochnasen war Dackel das Hauptwort. Mama griff mir ins Halsband, als die Polizisten in den Garten hinabgingen.

»Jetzt wirst du eingesperrt«, triumphierte Emma.

Mir wurden die Pfoten weich. Was sollte dann aus Zottel werden? Wenn Pinsel wirklich Katos Spitzel war, würde er Zottel eher schaden als nutzen. Vorausgesetzt, er wußte tatsächlich, wer Zottel war. Und selbst wenn nicht, der Professor würde eine kalte Spätsommernacht im Freien nicht überstehen. Und ob Pinsels Herbert einen zugelaufenen, räudigen Stummelbein aufnehmen würde, schien mir fraglich. Der Professor würde unweigerlich im Tierheim landen. Zwar war er einmal so schlau gewesen, sich den Fängern zu entziehen. Aber jetzt war er alt und lahm. Und er hatte sein Haus verloren.

Wie die Katze mir prophezeit hatte, so geschah es. Mama sperrte die Terrassentür zu. Ich fiel dem Säugling in die Hände. Er quietschte und gluckste in Vorfreude auf all das, was er mir antun würde. Ich zog mich die Treppe hinauf in Sabines Zimmer zurück. Seltsam, dachte ich kurz vor dem Einschlafen, daß ausgerechnet heute die Polizei gekommen war, um in dem leeren Haus nach Zottel zu suchen, einen Tag nachdem ich Zottel kennengelernt hatte. Und war nicht auch Jach vergiftet worden, kurz nachdem ich sie kennengelernt hatte? Hatte nicht das Gift vor meiner Tür gelegen, einen Tag nach Jachs Tod? War das alles Zufall? Und wenn nicht, warum war es für die Anuben so gefährlich, mich kennenzulernen? Gab es jemanden, der all diese merkwürdigen Zufälle arrangierte?

Ich schlief, bis Sabine aus der Schule heimkam.

Leider hatten auch meine wirren Träume keine der Fragen beantwortet. Ach, wie sehr wünschte ich, mit Sabine reden zu können, um ihr zu erklären, daß sie mit mir hinausgehen und mich für eine Stunde laufen lassen mußte, damit ich zur Insel konnte, um Gris oder Blacky um Hilfe zu bitten. Sabine sah ganz so aus, als hätte sie Verständnis für meine Not. Sie ahnte sogar, daß ich ein Problem hatte. Sie streichelte mich und sprach tröstend auf mich ein: »Hund müßte man sein. Den ganzen Tag schlafen und spielen. Immer wird man gefüttert. Und man muß gar nichts dafür tun. Keiner will was von dir.«

»Wenn du wüßtest«, maunzte ich.

Worauf sie sagte: »Wenn du nur reden könntest. Ich möchte manchmal wirklich wissen, was in deinem Kopf vorgeht.« Wieder einmal schien mir der Sprung zur Verständigung nur klein. Man müßte nur eine Idee haben. Es konnte doch nicht so schwierig sein.

»Was würdest du sagen«, sprach ich Sabine an, »wenn ich dir heute noch mal davonliefe?« Aber sie hörte schon nicht mehr. Sie drückte sich vor dem Spiegel einen Pickel aus und ging dann zum Essen hinunter. Ich mußte eine Entscheidung treffen, die schwerwiegend war. Wenn ich alles Notwendige unternahm, um Zottel zu retten, müßte ich meiner Familie untreu werden. Schon mein letzter unfreiwilliger Ausflug hatte mich drei Tage Gefangenschaft gekostet. Was würden sie tun, wenn ich ohne ersichtlichen Grund davonliefe? Ich hasse solche Entscheidungen. Ich beneidete die dumme Katze um ihre unverdiente Freiheit. Die Katze. Das brachte mich auf eine Idee. Ich fand Emma auf ihrem Sessel im Wohnzimmer. Sie schlief.

»Entschuldige bitte«, sprach ich sie an. In der Not muß man seinen Stolz einfach vergessen.

Träge hob Emma ihren runden Kopf. Sie machte die Augen nicht mal richtig auf. »Ist was, du Stinker?« knurrte sie.

»Es tut mir leid, dich zu belästigen«, flötete ich.

»Vergiß es, du bist lästig.«

»Ich will offen sein, ich brauche deine Hilfe.«

Emma zog die Augenbrauen hoch, krümmte die Pfoten und schlug mit dem Schwanz. Ihr Schweifwedeln war, anders als bei uns, keineswegs freundlich gemeint. »So«, grunzte sie, »in der Not frißt der Kläffer Fliegen, was?«

Ich bekämpfte meinen Ärger und säuselte: »Ich habe noch nie etwas gegen Katzen gehabt. Ich finde, wir Nasen müssen gegen die Hochnasen zusammenhalten.«

»Finde ich nicht.«

Darauf fiel mir nichts ein. Ich hätte mir denken können, daß Katzen, ehe sie sich mit uns solidarisch erklärten, lieber mit den Hochnasen zusammengingen. Ein hochnäsiges Gesocks.

»Hör mal«, begann ich von neuem. »Ich bitte dich um Hilfe.«

Emma kniff die Augen zusammen. Zum Glück

war sie zu neugierig, um nicht wissen zu wollen, worum es ging. »Also?« fauchte sie.

»Drüben bei Pinsel«, sagte ist, »ist ein Anube, der Hilfe braucht. Du mußt für mich nach Lykopolis laufen und Gris Bescheid sagen.«

»Wohin?«

Ich beschrieb ihr den Weg zur Insel. Wohl war mir nicht dabei. Die Wölfe hatten mir zwar nicht verboten, jemandem von der Insel zu erzählen, aber es erschien mir nicht richtig, ihre Zuflucht zu verraten. Doch dies war ein Notfall. Für Emma gab es jedoch ein unüberwindliches Problem: das Wasser.

»Du glaubst doch nicht«, grinste sie, »daß ich mir die Pfoten naß mache. Für einen Anuben. Vergiß es. Und außerdem, wer garantiert mir, daß die Verrückten mir nichts tun?«

»Du brauchst nur zu sagen, daß du von mir kommst. Bitte. Und wenn du nicht schwimmen kannst, dann geh wenigstens hin und rufe sie.«

»Selbstverständlich kann ich schwimmen«, fauchte Emma. »Ich bin eine Fischkatze. Außerdem können alle Katzen schwimmen.«

»Also bitte, wo liegt dann das Problem?«

»Was kriege ich dafür?«

»Du kriegst mein Futter«, bot ich ihr an.

Aber Emma rümpfte die Nase. »Diesen Fraß!«

»Was willst du dann?«

Die Katze überlegte. »Es gibt nichts, was du mir geben könntest«, stellte sie zufrieden fest und rollte sich wieder zusammen.

»Ich verspreche dir«, sagte ich, »ich gehe dir in Zukunft aus dem Weg.«

Emma zuckte nur mit den Ohren. Es war nichts zu machen. Ich wandte mich ab. Die Katze setzte sich auf. »Also gut«, sagte sie. »Ich tu's. Aber du darfst nie wieder Katzen jagen. Und wenn du uns begegnest, mußt du dich verbeugen. Der Garten gehört mir. Ich kann so viele Katzen herbringen, wie ich will. Und du hältst deine Schnauze, verstanden?«

Ich nahm die Bedingungen an. Dafür sicherte mir Emma zu, daß sie sehen wolle, was sie in dieser Angelegenheit tun könne. Dennoch war ich unzufrieden mit mir. Ich hatte versagt, war außerstande, Zottel selbst zu helfen. Um Gris und seine Sippe zu Hilfe zu rufen, brauchte ich überdies die Unterstützung einer Katze. Außerdem war Zottels Tarnung nun wohl aufgeflogen. Wenn Pinsel ihn kannte, würde bald das ganze Revier von ihm wissen. Ob Kato oder die Stummen seine Existenz hinnehmen würden, war zweifelhaft. Ich konnte nur auf Gris hoffen.

Nach dem Essen nahm Sabine endlich die Leine. Ich war so erpicht darauf, in den Wald zu kommen, daß Sabine mich mehrmals zurückpfeifen mußte. Doch der Wald war leergefegt. Ich traf nur Wolle, der sich in heller Erregung befand, weil die Afghanin Fareh ranzig war. Er hatte sich unsterblich in die langhaarige Tänzerin verliebt und beklagte seine Kleinheit. Dennoch war er guten Mutes, den

Abstand überwinden zu können, um Fareh zu dekken, wenn sie ihn denn heranließ. Aber offenbar hatte sie wenig Interesse an ihm. Außerdem paßte ihre Halterin auf, daß sich ihr kein Rüde näherte. Doch auch dieses Hindernis wollte Wolle überwinden. Er schwärmte mir von der Tänzerin vor, deren Stammbaum so edel war, daß er sich bis zu den Königen von Kynopolis, ja bis zu Anubis selbst zurückführen ließ. Nur der berauschende Duft der Liebe konnte den parfümierten Kerl so verblenden, daß er glaubte, Fareh würde einen Rüden an sich heranlassen, dessen Rasse erst vor zweihundertfünfzig Jahren als Ersatz für Affen und zur Unterhaltung der Hochnasen geschaffen worden war.

Erst als wir schon wieder auf dem Heimweg waren, tauchte Gris auf. Er sprang aus dem Unterholz.

»Was ist das für eine Geschichte mit Zottel?« fragte er.

»Dann hat dich die Katze also gefunden«, sagte ich.

»Was für eine Katze?«

Ich gestand ihm, daß ich Emma zu ihm geschickt hatte. Er konnte es kaum fassen: »Du blödes Vieh, du hast einer Katze unser Versteck verraten? Bist du noch zu retten?«

Da schrie ich los: »Stell dich nicht so an. Wie hätte ich euch sonst benachrichtigen sollen? Außerdem, was kann euch Emma schon schaden? Und Zottel befindet sich schließlich in Not.«

Der Wilde schwieg mißmutig. Nachdem er diverse Markierungen abgeschnüffelt, draufgepinkelt und das Erdreich mit seinen Hinterpfoten durch die Gegend geschleudert hatte, sagte er: »Du hast recht.«

»Und woher hast du es erfahren?« fragte ich.

»Ich habe es gehört«, sagte er, nicht gewillt, mir seinen Informanten preiszugeben. »Und was ist nun wirklich passiert?«

Ich erzählte ihm die Geschichte. Auch wenn er sich lieber die Zunge abgebissen hätte, als zuzugeben, daß ich richtig gehandelt hatte, sah ich ihm an, daß er froh war, daß ich zur Stelle gewesen war.

»Ich kümmere mich darum«, knurrte er und verschwand so schnell und leise, wie er gekommen war. Ich war vorerst beruhigt.

Der Nachmittag verging in gewohnter Eintönigkeit. Ich wartete auf den Moment, da Sabine oder Mama meine Dose öffneten und Futter in meinen Napf löffelten. Als meine Familie endlich ins Bett ging, hatte ich meinerseits genügend geschlafen und war unternehmungslustig. Außer einem kurzen Pinkelspaziergang mit Papa war abends nichts angesagt. Also mußte ich Sabine bemühen. Sie nahm mich, wie jeden Abend, mit auf ihr Zimmer und schloß die Tür, um sich für die nächste Stunde ganz ihrer Pflege hinzugeben. Ich setzte mich an die Tür und wartete. Sabine hatte nur Augen für ihre Haarspitzen. Ich fiepte, quietschte, sang.

»Was hast du? Willst du raus? Komm, leg dich hin.«

Ich wedelte. Sabine sortierte die Strähnen. Ich fiepte. Sabine warf den blonden Kopf über die Schulter und stand auf, um mir die Tür zu öffnen. Ich sauste hinunter. Für den Fall, daß Sabine lauschte, um zu wissen, was ich unten wollte, schlappte ich laut und deutlich an meinem Wassernapf. Zum Glück sah Sabine keinen Grund, mich wieder hochzurufen. Als endlich auch bei ihr das Licht ausging, als Papa und Mama im Schlafzimmer ruhig geworden waren und auch der Säugling keine Muckser mehr machte, ging ich in den Keller, nachsehen, ob das Katzenfenster offenstand. Ich war kaum draußen, da stand Gris neben mir. »Scht«, machte er, ehe ich was sagen konnte. »Komm mit.«

Blacky war auch da. Zusammen rannten wir die Wiese hinunter in den verwilderten Garten hinüber. Blacky und Gris setzten sich vor mich hin. Gris sagte: »Dein Garten hat Ohren. Zottel ist weg.«

»Weg, verschwunden, tot, entführt«, ergänzte Blacky mit ihrer rauhen Stimme.

»Und du bist schuld!« sagte Tris. Es war ein Tribunal. Das einzige, was mich hinderte, wütend zu werden, war der Umstand, daß der Wilde ziemlich verzweifelt aussah. Daß er derart an dem Professor hing, erstaunte mich.

»Wie konntest du so blöd sein«, fluchte Gris, »und Zottel diesem Pinsel anvertrauen.«

»Wir waren bei ihm im Garten«, berichtete Blacky ernst. »Kein Pinsel, kein Zottel. Abends ging Pinsel mit seinem Halter aus. Zottel nicht dabei.«

»Und die Spuren?« fragte ich.

»Keine Spuren«, brummte Gris.

»Das muß ich sehen«, sagte ich.

»Glaubst du im Ernst, du siehst mehr als wir?« sagte der Wilde bitter. Aber ich mußte es selber riechen. Wir wechselten in Zottels Garten. Gris zeigte mir die Stelle. Unter einem Haselnußbusch hatte Zottel gesessen und gewartet. Er hatte sich nicht von der Stelle gerührt. Nur eine Spur führte von meinem Zaun herüber unter den Busch. Gris' und Blackys frische Spuren waren sichtbar, auch Pinsels Tritte waren da. Herberts Geruch hing über allem. »Herbert hat ihn reingetragen«, sagte ich.

Gris schnaubte, und Blacky sagte: »Herberts Spuren sind Tage alt. Nur Zottels und Pinsels Spuren sind frisch.«

Einige Katzen waren seit Zottels Verschwinden dagewesen, so auch Emma. Ein paar Mäuse hatten den Platz gekreuzt. Ein Eichhörnchen hatte am Fuß des Busches eine Nuß vergraben. Mehr war für mich nicht zu riechen. Es war unheimlich. Anuben können nicht fliegen. Aber, was auch immer dagewesen war, um Zottel fortzutragen, es hatte keine sichtbaren Spuren hinterlassen. So etwas gab es nicht. Wir starrten uns ratlos an. »Siehst du«, sagte Gris grimmig.

»Hm«, machte Blacky. Sie schnüffelte herum. Im Stakkato sog sie die Luft vom Boden und schniefte sie ab. Gris steckte seine Nase dazwischen, aber Blacky schnappte nach ihm. Mit hochgereckter Fahne und tiefer Nase zog sie zum Haus, am Haus vorbei zum Gartentörchen vor. Wir folgten der Fähe. Am Tor ging Blacky rückwärts, sammelte sich, nahm Anlauf und sprang auf die Straße. Gris folgte ihr. Ich kam nicht hinüber. Gris grinste spöttisch. Ich versuchte es am Zaun. Ich sprang hoch, konnte mich festkrallen, rüberarbeiten und drüben auf den Fußweg fallen lassen. Blacky und Gris waren schon ein Stück die Straße hinab. Plötzlich stoppte Blacky. Auch mir fuhr der Schreck in alle Glieder: Kato. Sein Brodem schwappte über uns zusammen. Von allen Seiten drang das Böse auf uns ein. Die Erde schien von seinem Grollen zu beben. Die beiden Wilden drehten auf den Hinterläufen um und rannten die Straße hinauf. In meiner Kopflosigkeit fiel mir nichts Besseres ein, als ihnen zu folgen. Wir tauchten in die Finsternis des Waldes. Blacky und Gris prasselten in zwei verschiedenen Richtungen ins Unterholz. Ich sah meine Chance auf der freien Strecke. Ich rannte um mein Leben. An der Waldwegkreuzung stöberte ich eine Katze auf, die gerade in aller Gemütsruhe ihr Häufchen im Sand des Spielplatzes vergrub. Sie krallte sich eilig einen Baum hinauf, und ich, in meiner Angst, sprang hinterher. Der Stamm war leicht geneigt. Die Katze war ziemlich erstaunt, ich nicht weniger. Sie maunzte und fauchte von einem oberen Ast auf mich herab.

»Füchschen ist mein Name«, sagte ich kühl in meiner Astgabel. »Es ist verboten, in Kinderspielplätze zu scheißen. Aber so seid ihr nun mal. Und wir Anuben müssen es dann ausbaden. Die Hochnasen glauben immer, wir seien es gewesen.«

»'tschuldigung, kommt nicht wieder vor«, miaute die erschrockene Katze. Ich versuchte, es mir in der Astgabel bequem zu machen, und lauschte in die Dunkelheit. Eine Eule strich vorbei. Im Laub raschelten die Mäuse. Aber keine trappelnden Pfoten, kein hechelnder Killer. Auf einmal kam mir unsere Flucht lächerlich vor. Aber Kato war doch dagewesen, wenigstens so gut wie leibhaftig. Womöglich waren wir in unserer Nervosität zu ängstlich gewesen und hatten seine Duftmarke mit seiner Gegenwart verwechselt. Da sich im Wald nichts rührte, beschloß ich, meinen Baum zu verlassen. Aber der Boden lag für mein Gefühl ganz schön weit unten. Zu meinem Unglück kamen nun auch Blacky und Gris. Als sie mich oben im Baum sahen, fingen sie furchtbar an zu lachen.

»Schau an«, kicherte Blacky, »muß das Füchschen aber Angst gehabt haben.«

»Ja wirklich«, lachte Gris. »Wie ist das? Gehst du seit neuestem als Kätzchen? Ist deine Nase nicht ein bißchen lang für eine Miezekatze?« Er begann zu miauen.

»Verrückte«, flüsterte die Katze über mir entsetzt. »Alles Verrückte.«

Ich nahm meinen Mut zusammen und sprang den Stamm hinunter. Es gelang mir, mit Würde auf meinen vier Pfoten zu landen. »Es ist«, sagte ich kalt, »zuweilen nützlich, klettern zu können.«

»Aber ja«, seufzte Gris glucksend. Blacky stöhnte vor Vergnügen. »Aber nur für Katzen.«

»Ich hab schon immer gewußt, daß du anders bist als alle andern«, jaulte Gris. »Miezekatze, Miezekatze.«

»Es gibt«, sagte ich steif, »chinesische Anuben, die sehr gut klettern können.«

»Tatsächlich?!« Blacky kreischte vor Lachen.

»Aber die haben alle Katzengesichter«, krächzte Gris.

»Dummes Wolfsgezücht«, knurrte ich und wandte mich heimwärts. Blacky trabte mir hinterher. »Sei nicht gleich beleidigt«, sagte sie. »Es war nur so komisch. Ich habe noch nie einen Anuben auf einem Baum gesehen.«

»Was war denn das für eine Spur, die du vorhin hattest?« fragte ich nun.

»Ja, sehr seltsam. Nichts Hochnasiges. Roch wie eine Mischung aus Zucker und Öl.«

»Ich hab's nicht gerochen«, gestand der Graue. »Und dann kam Kato dazwischen. Vielmehr seine Spur.«

Wir waren am Waldrand angelangt und trennten uns. Es war für uns nichts weiter zu tun. Wir verabredeten uns für die nächste Nacht am leeren Haus. Ich kehrte heim und rollte mich auf Emmas Sessel zusammen. Da sie ihr Versprechen nicht gehalten hatte, fühlte ich mich auch an meines nicht gebunden. Im Gegenteil, ich würde sie so viel wie nur möglich ärgern.

8

Pinsel war ein elender Feigling. Ich hätte wissen müssen, daß er sich am nächsten Tag nicht bei mir im Garten zeigen würde. Er war sich seiner Schuld sehr wohl bewußt. Dabei wollte ich es nicht bewenden lassen. Herbert hatte ihn sicher auch heute in den Garten geschickt, bevor er ging. Also suchte ich ihn dort. Zwischen zwei Blumentöpfen mit langen stachligen Agaven stöberte ich den Wicht auf. Er hatte solche Angst, daß er sich schon durch sein Jammern verriet.

»Komm raus«, knurrte ich. »Wenn ich dich holen muß, wird's nur noch schlimmer.«

»Ich weiß nichts«, quietschte die Ratte. »Ich habe nichts getan. Ich kann nichts dafür.«

»Wo ist Zottel?«

»Wer? Ich weiß nicht, wen du meinst«, jammerte Fifi. Mir fiel ein, daß ich Pinsel ja einen falschen Namen genannt hatte. Aber das Spiel war mir jetzt zu dumm. »Du weißt genau, wen ich meine«, fuhr ich ihn an. »Komm raus und sag mir, wo er ist.«

»Versprich mir, daß du mir nichts tust. Ich kann doch nichts dafür.«

»Komm raus und sag die Wahrheit.«

Ein kleines glänzendes Näschen wurde sichtbar. Daran hing ein struppiger Kopf und ein zitternder kleiner Körper. Er war furchtbar verängstigt. Mir tat es wohl, daß ich einen so bedrohlichen Eindruck auf ihn machte.

»Es tut mir so leid«, winselte Fifi. »Dein Freund ist tot. Ich kann nichts dafür. Wir waren ganz lieb zu ihm. Aber er hat sich einfach auf die Seite gelegt und ist gestorben. Er war doch schon sehr alt.«

Ich war perplex. »Wo?« fragte ich.

Pinsel war ebenfalls für einen Augenblick verwirrt. »Na, hier«, sagte er.

»Unterm Haselnußbusch?«

»Oh, nein«, beeilte sich Fifi zu versichern, »bei uns im Haus. Herbert hat ihn reingetragen. Er hat ihn entdeckt, als er nach mir suchte, gestern mittag. Da hat er ihn entdeckt. Verstehst du? Aber er war so lieb zu deinem Freund, wie heißt der, Zottel? Er hat ihm zu fressen angeboten. Aber Zottel wollte nichts. Es war zu spät. Dann hat er sich auf die Seite gelegt und aufgehört zu atmen. Es war schrecklich, Du hast mir so leid getan, glaub mir. Er war doch dein Freund. Ich kann wirklich nichts dafür. Wir haben alles getan.«

»Und wo ist die Leiche?«

Pinsel erschrak. »Weg«, stotterte er, »beim, wie heißt das?«

»Beim Abdecker?«

Pinsel nickte zitternd. Der arme Professor. Die Aufregung war offenbar zuviel für ihn gewesen. So ist er gestorben, nicht unter seinen Büchern nach Vollendung seines Lebenswerks, sondern unter den Augen Pinsels und seines Riesen. Und nun wurde er vom Abdecker ausgezogen, ausgebeint, zerlegt und zu Seife oder Industriefett verarbeitet. Pinsel war so aufgebracht und aufgelöst, daß er mir ebenfalls leid tat. Es war sicher keine angenehme Sache, einen Anuben sterben zu sehen, zumal, wenn er Gast im Hause war.

9

Gris wartete am Waldrand. Er sah etwas zerrauft aus. Sein graues Drahthaar starrte vor Schmutz. Knötchen und Krümel von Lehm und Erde rieselten aus seinem Fell. Er war ganz der tapfere alte Kämpfer, der mich mit kurzem Schwanzwedeln begrüßte. »Hallo, Mieze«, konnte er sich nicht verkneifen, ehe er zum ernsten Teil kam. »Heute früh haben Waldarbeiter unsere Insel plattgemacht«, sagte er im Spaziergängerton.

»Wie bitte?«

»Das ist doch nicht so schwer zu verstehen«, sagte der Wilde mit einem gewissen Vergnügen an der Katastrophe in der Stimme. Während wir nebeneinander hertrabten und hier und da Markierungen besichtigten, erzählte Gris, was geschehen war.

Als die Sonne gerade an der Eiche vorbei auf den Liegeplatz gewandert war, waren die Welpen unruhig geworden. Ein Grollen näherte sich durch den Wald. Wenig später sahen Blacky und Gris, die nach den nächtlichen Jagden verschlafen aus dem Bau krochen, eine riesige Maschine mit aufgerissenem Maul auf den Tümpel zukommen. Das Maul steckte voller Erde. Nur kurz hielt das Ungetüm am Teichrand. Hochnasen kletterten heraus, stapften um den Teich, während Blacky in den Bau stürzte und mit einem Welpen im Maul wieder herauskam. Das Ungeheuer brüllte auf, entlud Erde, Gehölz und Steine in den Teich. Gris holte sich den zweiten Welpen. Das Ungeheuer fuhr zurück, fraß Erde und schob sie erneut ins Wasser. In Minutenschnelle war die Insel überflutet, der Tümpel in einen lehmigen Sumpf verwandelt. Die Familie ergriff die Flucht. Mit Maul und Eisenklauen zerwühlte das Ungetüm Teich und Insel, stampfte alles platt, kotzte immer neuen Unrat aus. Und ehe die Sonne nur um Anubenpfotenbreite weitergewandert war, hatte die Insel mit ihrem Freßplatz, der Sonnenplatte und dem Bau in den Buchenwurzeln aufgehört zu existieren.

»Und jetzt?« fragte ich entsetzt.

Gris lächelte. »Wir sind umgezogen. Das ist kein Problem. Blacky ist zwar etwas wütend. Aber so was kann immer vorkommen.«

»Aber wieso gerade jetzt«, sagte ich. Mich streifte die Ahnung, daß Gris mir den Vorwurf vorenthielt, ich sei schuld, da ich die Zuflucht verraten hatte. Er hätte es auch nicht belegen können. Aber seltsam war es doch.

Der Wilde schüttelte sich, wobei Steinchen aus seinem Fell rieselten und Krümel durch die Luft spritzten. »Zufall«, sagte er und blinzelte.

Nun fing ich meinen Teil an. »Ich habe eine schlimme Nachricht«, sagte ich. »Zottel ist tot.«

Gris blieb abrupt stehen. »Was, wieso?« Seine gelben Augen verdunkelten sich zu ockerfarbenen.

Ich erzählte ihm, was Pinsel mir unter Heulen und Zähneklappern gestanden hatte. »Ihn trifft wohl wirklich keine Schuld«, sagte ich. »Zottel war doch schon alt.«

»So alt auch wieder nicht«, grollte Gris. »Seine Art kann fünfzehn werden, und er war erst zehn.«

»Aber die Aufregung, die Anstrengung.«

Gris beschnüffelte routinemäßig das Ich-war-Hier von Bolle und hob sein Bein. »Stummelbeine sind robust«, murmelte er.

»Glaubst du, er wurde vergiftet?«

»Wer sollte das getan haben, und wie?« sagte der Wilde. »Das kann ich mir nicht vorstellen.« Er wischte sich mit der Vorderpfote übers Gesicht. »Zottel tot. Wir haben immer gedacht, er hat das ewige Leben. Ein zäher Bursche. Ich kann es gar nicht glauben.«

Noch nie hatte ich den Wilden so erschüttert gesehen. Es kam mir seltsam vor, daß er an dem Professor so gehangen hatte. Überhaupt paßte Gris nicht in die Liga. Er war doch ein Freier, ein Outlaw, der das Zusammenleben mit den Hochnasen ablehnte. Was interessierte diesen Burschen Zottels Lebensaufgabe, die Verständigung mit den Hochnasen? Wozu brauchte einer wie er die Hochnasensprache?

»Was wird jetzt aus der Liga?« fragte ich, angesteckt von Gris' Ratlosigkeit.

»Ach, die Liga«, sagte er geringschätzig. »Um die mache ich mir keine Sorgen. Phil wird Zottels

Nachfolge antreten. Er ist zwar ein Schwätzer, aber seine Philosophie hat viele Anhänger. Leider hat er nicht Zottels Verstand. Es ist eine Schande, daß Zottel sein Werk nicht vollenden konnte. Er allein hätte es schaffen können. Und er war so dicht davor.«

»Du meinst, er hätte bald mit den Hochnasen reden können?«

»Ja. Er hatte da eine Idee. Er hatte sich da was gebaut.«

»Was?«

»Hat er mir nicht gesagt. Er war ein Geheimniskrämer und ein echter Wissenschaftler. Er ging erst an die Öffentlichkeit, wenn er sich sicher war. Einen wie ihn findest du nicht wieder. Er war ein Analytiker, gewissenhaft und sorgfältig. Er hatte wie ein Wolf alle Fakten in seinem Kopf, nicht nur in seinem Computer. Ungeheuerlich, was er alles wußte. Und er war ein wahrer Demokrat. Er strebte nach einem echten von gleich zu gleich. Er liebte alles Lebendige. Über kurz oder lang wäre er wahrscheinlich Vegetarier geworden.« Gris blieb erneut stehen und starrte traurig vor sich hin. »Die Liga, die bleibt bestehen. Aber es wird ein Haufen der Sinnlosigkeit. Im Grunde hat doch niemand ein Interesse an einer Verständigung. Sie kamen alle nur, weil man in Zottels Keller andere Anuben treffen konnte. Viele Familien wurden dort gegründet. Sie kamen wegen der Freiheit. Das war es, was alle suchten. Ungezwungene Gesellschaft, einen

Gesprächskreis mit beschränkter Haftung. Einmal die Woche Austausch von Klatsch. Zottels Forschungen interessierten niemanden. Im Gegenteil. Wenn Zottel uns morgen eröffnet hätte: Das Geheimnis ist entdeckt. Geht hinaus und redet mit euren Haltern und allem, was da hochnasig ist. Glaub mir, das Entsetzen hätte kaum größer sein können. Dann wären sie alle verantwortlich gewesen für ihr Leben. In Wahrheit haben sie doch alle Zottels Forschungen hintertrieben, nicht nur Phil mit seinen ewigen Fragen nach dem Warum. Niemand hat ihm wirklich geholfen. Was hatten wir nicht schon allein für Mühe, Zottel regelmäßig zu versorgen! Keiner wollte von seinem Fressen nur ein Gramm an ihn abtreten. Nur Jach ließ ab und zu eine geschossene Taube oder einen gerissenen Hasen liegen, damit Blacky oder ich sie ihm bringen könnten. Zottel hat es entweder nie gemerkt oder immer ignoriert. Nein, die Liga wird nicht untergehen. Aber Zottels Lebenswerk wird vergessen werden. Das große Streben nach Verantwortung versickert im Gekläff der infantilen Nasen, die nichts mehr lieben als Feigheit, Gefangenschaft und Unterwerfung.«

Der Wilde hatte den Professor geliebt. Sein großes Gefühl verbot mir zu fragen, warum.

»Ich kann es einfach nicht glauben«, seufzte Gris und setzte sich, da Sabine nach mir pfiff, langsam wieder in Bewegung. »Das Auto mag die Liga holen. Sie hat ihre Aufgabe verloren. Ja sicher, wir werden Verfolgte bleiben. Aus schierer Gewohnheit. Das wird uns zusammenschweißen zu einer Notgemeinschaft ohne Not. Aus der politischen Vereinigung wird ein Club der Hobbyphilosophen. Phil wird die geistige Führung übernehmen. Wir werden steckenbleiben in der Frage, warum Kommunikation sein soll. Und wenn wir sie geklärt haben, dann wird es nichts mehr geben, was eine Antwort nötig macht. Es gibt keine Verständigung.«

»Wozu brauchen wir sie auch?«

Gris' Bernsteinaugen blitzten. »Liebes, dummes Miezekätzchen. Du hast es auch nie kapiert. Gib's zu. Du paßt wunderbar in die Liga. Es wird dir Spaß machen. Wozu sollen wir mit den Hochnasen kommunizieren? Wir sind ihnen doch haushoch überlegen, nicht wahr? Nur, daß sie uns gefangenhalten. Nur, daß sie die Macht haben über uns.«

»Aber es gibt doch auch einige, zum Beispiel die Stummen, die eine Verständigung ablehnen.«

»Klar«, sagte Gris. »Weißt du auch, warum?«

»Das ist ganz einfach«, sagte ich. »Es wird immer Anuben geben, die die Kommunikation für ihre Zwecke ausnutzen werden. Stell dir vor, Kato wüßte das Geheimnis.«

Gris blieb wieder stehen. »Eben. Solange es ein Geheimnis bleibt, ist es gefährlich. Aber Zottel hätte es sofort veröffentlicht. Wenn alle mit allen reden könnten, kann keiner die Fähigkeit für seine

Macht ausnutzen. Zottel war kein Politiker. Er war Wissenschaftler und Freidenker. Er hat nicht für die Liga geforscht, sondern für die Anubenheit, ja für die Gesamtheit aller Nasen, für das waagerechte Lebensprinzip und letztendlich auch für die Hochnasen, das senkrechte Lebensprinzip. Er glaubte, daß auch sie Wesen von Anubis Gnade seien. Das war das Besondere an Zottel. Er sprach auch dem anderen ein Lebensrecht zu. Er hatte nicht nur einen großen Kopf, sondern auch ein riesiges Herz. Ach, Zottel.«

Der Wilde schluckte.

»Er war wohl dein besseres Ich«, sagte ich kühl.

»Schwachkopf«, knurrte Gris. »Geh zu Phil und erklär ihm deine These. Mit ihm kannst du in Psychologie schwelgen. Er sagt immer, Anuben seien treu. Treue sei ihre angeborene Eigenschaft. Es sei die Aufgabe der Anuben, treu zu sein. Sie bestehen nur aus Treue. Motiv ihres Handelns ist immer die Treue. Im guten Sinn. Im bösen ist es natürlich die Herrschaft übers Revier. Aber auch da kommt alles Übel vom Konflikt mit der angeborenen Treue. Laß dir das von Phil erklären.«

Gris hatte sich wieder gefangen und schnürte energisch den Wegsaum entlang, beiläufig alle Spuren sichtend, die sich ergaben. Als wir Sabine eingeholt hatten, sprach sie ihn freundlich an: »Was bist du denn für einer?« Er schüttelte sein Haupt und würdigte Sabine keines Blickes.

»Heute abend«, raunte er mir zu. »Im Keller.«

Und mit einem Satz war er im Gebüsch verschwunden.

Als ich gegen Mitternacht auf dem gewohnten Weg zum unteren Gartenzaun kam, schlug mir der Geruch einer massiven Ansammlung von Anuben entgegen. Sie saßen im Gebüsch, still und stumm, und warteten. An jeder Baumwurzel, unter jedem Busch einer, groß, klein, dick, dünn, behaart oder nackt. Kein Knurren, kein Fiepen, nur stummes Hecheln, Schnüffeln, Warten. Bolle lag unter einer Buche, am Halsband ein durchgebissener Strick. Unter der Forsythia drei stummelbeinige Fähen, rostrot mit seidigem Fell, die mit drei damenhaft duldsamen Nasen in drei verschiedene Richtungen sicherten. Wolle harrte, sprungbereit mit zusammengelegten Vorderläufen, einen Meter weiter. In seinen langen Ohren hatten sich Laub und Häcksel verfangen. Ein kräftiger Sucher, den die Hochnasen Apportierer nennen, goldfarben, bekämpfte seinen Bewegungsdrang, indem er ein Stöckchen nach dem anderen zerkaute. Die Mischlinge Zeck und Struppi waren aus der Stadt raufgekommen. Ganz vorn am Wäschetrockenplatz hechelte eine schwarzweiße Hüterin, Whis, groß, leicht gebaut, beweglich, klug. Doch jahrelange Langeweile und Unterforderung hatten einen mißmutigen, übellaunigen Zug in ihr hübsches Gesicht gegraben. Sie lauerte, und es war, als warte sie auf den Moment, da ihre Hüterinnenfähigkeiten endlich einmal zum Einsatz kämen. Neben ihr wabbelte Phil in seinem

Fett und Fell. Der Zwerg Kim wuselte zwischen allen herum. Im Dunkeln konnte ich gar nicht alle erkennen, die da warteten.

Als Gris und Blacky erschienen, kam Bewegung in den Trupp. Wir versammelten uns auf dem Wäschetrockenplatz. Es war ein Wedeln und Trappeln, ein stummes Lecken und Stubsen. Dann verteilte Gris die Aufgaben. Die stummelbeinigen Drillinge sollten nach Stöcken suchen, die man als Hebel einsetzen konnte. Gold sollte sein Gebiß an den Latten des zugenagelten Kellerfensters probieren. Bolle warf sich mit seinem Gewicht gegen die Bretter. Es war ein mühseliges Geschäft, das uns die halbe Nacht kosten würde. Zwar flogen aus Golds Zähnen die Späne, aber die Bretter waren dick und fest. Die von den Drillingen herbeigeschleppten Stöcke paßten entweder nicht in die Fuge zwischen Latten und Wand oder brachen unter Bolles Gewicht ab. Die, die nichts zu tun hatten, gaben gute Ratschläge.

Eine vage Idee, die ich später als meine Schlauheit auslegte, trieb mich um das Haus herum. Die Vordertür war fest verschlossen. Hier kamen nur Mäuse rein und raus. Aber als ich die hintere Tür betrachtete, durch die die Polizisten gestern ins Haus gekommen waren, fiel mir auf, daß zwischen Tür und Rahmen der dunkle Ritz breiter war, als er sein durfte. Die Tür war nur angelehnt. Ein Stubs mit der Schnauze, und sie schwang ins Haus.

»He, alles herkommen«, rief ich leise. Blacky

reagierte als erste. Ihr folgte die ganze Rotte. Mit weichen Pfoten und klappernden Krallen sprangen alle die drei Stufen ins Haus, nagelten über das glatte Linoleum ins dunkle Innere. Gris kam als letzter und zog die Tür zu. Inzwischen hatte Gold die Kellertür geöffnet. Der Schwung sauste die Kellertreppe hinab.

Zottels Keller war, wie er ihn verlassen hatte. Nur die Bildschirme waren tot. Und er selber fehlte. Keiner wagte es, sich auf seinen Bücherthron zu setzen. Wir lagerten uns im Kreis um seinen Platz. Phil baute sich neben dem Computer auf. Er ergriff als erster das Wort. »Ihr habt alle die traurige Nachricht gehört«, begann er seine unvergleichlich gefühlvolle Rede, die von Seufzern und Quietschen der Anwesenden begleitet wurde. Phil würdigte den Professor mit ähnlichen Worten wie Gris. Nur daß er sich auf Zottels Kosten wirkungsvoll in Szene setzte. Er war ein geschickter Moderator, der das, was er hören wollte, niemals selber aussprach. Und so kam es, daß nach einiger Zeit würdigen und ausführlichen Klagens, Weinens und Bedauerns von der weißen Fähe namens Bürste, die in der Liga für die Tagesordnung zuständig war, der Vorschlag gemacht wurde, Phil durch Akklamation zum Vorsitzenden der Liga zu machen, bis nach angemessener Trauerzeit eine Neuwahl stattfinden würde.

Danach forderte Phil mich auf, zu erzählen, was geschehen war, wie ich Zottel vor den Polizisten gerettet, an Pinsel übergeben und schließlich von seinem Tod erfahren hatte. Da ich nicht gewohnt war, vor einer großen Gruppe zu reden, verhaspelte ich mich ständig. Und meine Geschichte geriet lieblos kurz.

»Wer ist eigentlich dieser Pinsel?« fragte die schwarzweiße Hüterin Whis, der mein Vortrag sichtlich auf die Nerven ging.

»Mein Nachbar«, antwortete ich.

»Ein Spitzel«, ergänzte Gris. »Eine Ratte.« Die Unruhe, die darauf entstand, brachte mich auf den Gedanken, daß Gris mir Schwierigkeiten machen wollte. Denn Whis stellte fest: »Dann ist er nicht glaubwürdig.«

»Ich denke«, verteidigte ich Fifi, »es war für ihn schwieriger zu sagen, daß Zottel tot ist, als zu behaupten, daß er davongelaufen sei. Ich habe ihm immerhin erzählt, Zottel sei ein Streuner.«

»Wie konntest du Zottel diesem Pinsel anvertrauen? Das war doch dann sein Todesurteil«, sagte Whis.

Ich hatte das schon erklärt und schwieg dazu. Gris grinste hämisch.

»Der Schluß liegt doch nahe«, meinte Whis bissig, »daß sich hinter deiner scheinbaren Dummheit eine Absicht verbirgt.«

Es dauerte nur einen Moment, bis die anderen begriffen. »Verrat, Verrat«, murmelten sie. Vielleicht fünfzehn Augenpaare funkelten rötlich. Bei jedem neuen »Verrat, Verrat« rückte die Meute auf mich zu. Der Kreis wurde immer enger. Ich knurrte. Mein Fell sträubte sich. Sofort wichen die Ligisten zurück. Noch nie in meinem Leben waren so viele Anuben vor mir zurückgeschreckt, als sei ich eine gefährliche Beißerin.

»Seid ihr noch zu retten?« schrie ich los. »Hier geht es nicht um mich. Es geht darum, daß Zottel tot ist. Und daß eine Serie von Morden uns bedroht!«

»Was für eine Serie, bitte sehr?« sagte Whis sanft. »Meines Wissens ist nur Jach vergiftet worden. Und vermutlich hat sie eine vergiftete Maus gefressen, oder Schneckenkorn von dem Hasser mit der Hecke. Und für den Anschlag auf dich haben wir nur dein Wort. Und«, fügte sie säuselnd an, »das Zeugnis von Pinsel, der ein Verräter ist. Es muß doch zu denken geben, daß dir das Unglück auf der Pfote folgt. Du triffst Jach: Jetzt ist sie tot. Du lernst Zottel kennen: auch tot. Du kommst auf die Insel: Sie existiert nicht mehr.«

Whis kostete die Wirkung ihrer Worte aus. Die Meute schauerte förmlich. Winseln und Knurren schwoll an.

»Es würde mich nicht wundern«, fuhr die schlaue Hündin fort, »wenn bald die ganze Liga ausgerottet würde.«

Die Knurrer rückten wieder vor.

»Ihr Lieben«, beschwichtigte Phil, dem die Aggression, die sich aufbaute, über den Kopf wuchs. »Bitte, keine vorschnellen Urteile.«

»Phil, du bist zu gut für diese Welt«, sagte Whis und meinte: zu dumm.

Solange die großen Anuben, Bolle und Gold, noch ruhig auf ihren Plätzen lagen, fürchtete ich mich nicht allzusehr. Aber die kleinen ereiferten sich mit der Wut derer, die nie für das einstehen müssen, was sie tun oder sagen. Sie keiften mich an: »Du Ratte, du Verräterin, ein Auto möge dich holen. Kato soll dich reißen.«

»Kaum ist Zottel tot«, sagte ich eisig, »verratet ihr alle Prinzipien der Vernunft.«

»Unverschämtheit«, jaulte die Bürste. »Sie hat Zottel umgebracht und beruft sich auch noch auf ihn. Hat man so was schon gehört?«

»Ehe ihr mich hinrichtet«, knurrte ich, »überlegt euch, warum ich Jach und Zottel ermordet haben sollte und wie. Was habe ich davon? Ich gehöre nicht zu Katos Mafia. Er hätte mich fast getötet. Gris ist Zeuge.«

»Das war inszeniert«, sagte Whis prompt.

»War's nicht«, widersprach Gris lakonisch. Er beobachtete durchaus amüsiert das Durcheinander. Meine Schwierigkeiten gefielen ihm ebenso wie die Kopflosigkeit der Meute.

»Und schließlich«, fuhr ich fort, »wie soll ich es denn gemacht haben? Wie habe ich das Gift gemischt und ausgelegt? Wie habe ich die Polizei veranlaßt, Zottels Keller auszuheben? Wie habe ich die Waldarbeiter dazu gebracht, die Insel einzuebnen?«

»Heiliger Anubis«, flüsterte Bürste entsetzt, »sie kennt das Geheimnis.«

»Und wenn«, erklärte ich, »so brauche ich immer noch eine Hochnase, die mir hilft. Traut ihr das meiner Herrin zu?«

»Hochnasen sind unberechenbar«, sagte Whis. »Niemand weiß, aus welchen Gründen sie was tun.«

»Aber aus welchen Gründen sollte ich Jach und Zottel töten?«

»Vielleicht«, überlegte Whis immer noch sanft und heimtückisch, »hat Zottel die Schwäche besessen, dir das Geheimnis zu verraten.«

»Er kannte es nicht«, fiel Gris ein.

»Armer Tropf«, seufzte Whis. »In deiner dummen Treue nimmst du natürlich an, daß Zottel es dir als erstem gesagt hätte. Aber was, wenn nicht? Zottel wußte doch auch, wie wir alle hier, daß du die Hochnasen haßt. Du bist ein Geprügelter. So einem verrät man das Geheimnis nicht. Aber wenn so eine hübsche Fähe kommt und mit ihren Mandelaugen treuherzig blinzelt, kann ein alter Rüde schon schwach werden. Er hat dem Füchschen das Geheimnis verraten. Und zum Dank hat sie ihn umgebracht.«

Gris knurrte tief vor Wut und Ärger. Mit ihrer Verachtung hatte Whis sich seine Unterstützung verscherzt. Das war mein Glück. Die Meute jaulte und kläffte. Einer der Drillinge schoß auf mich zu. Ich bleckte die Zähne, und die Fähe duckte sich, über ihren eigenen Wagemut erschrocken.

»Irrtum«, knurrte Gris. »Jach starb, bevor Füchschen Zottel kennenlernte.«

»Um so schlimmer«, fauchte Whis. »Dann hat sie Jach umgebracht, weil sie das Geheimnis kannte, und Zottel, weil er im Begriff war, es zu finden.«

»Und warum, bitte schön?« sagte Gris. Er hatte sich, gedrungen und kräftig wie er war, vor der feingliedrigen Hündin aufgebaut.

»Aus Machtgelüsten«, knurrte Whis.

»Ach was«, grinste Gris, »sie war nie Alphatier. Sie war immer Underdog. Und Phil wird dir bestätigen: Underdogs streben nie die Herrschaft an. Das wäre wider die Natur.«

»Das stimmt«, grunzte Phil.

»Aber«, trumpfte Whis ruhig, »das hieße, die Rechnung ohne die Heimtücke zu machen. Füchschen ist falsch. Dafür, daß ihre Geschwister sie einst vom Freßnapf gedrängt und ihr alles weggefressen haben, rächt sie sich jetzt, indem sie den Anuben das Futter vergiftet.«

»Es lebe die Psychologie«, sagte Gris. »Bleibt noch die Frage, wer ihr Gehilfe ist.«

»Ein Hasser«, sagte Whis.

»Und wer ist es? Etwa der Alte mit dem Stock und seiner Hecke?«

»Es ist einer«, ergriff Blacky plötzlich das Wort, »der etwa in der Mitte der Straße wohnt. Er benutzt Gummihandschuhe und Gummistiefel, um seinen Geruch zu überdecken. Ich habe seine Spur in Pinsels Garten gefunden.«

Alle starrten Blacky an. Für einen Moment war es absolut still. Auf einmal fiel es mir wie Kleister von der Nase. »Bei Anubis«, sagte ich. »Zottel lebt.«

Gris hob den Kopf. Er begriff ebenfalls. »Aber klar«, sagte er. »Blacky hat ja die Spuren gesehen. Zottel ist nicht in Pinsels Garten oder Haus gestorben. Ein anderer hat ihn weggeholt. Einer in Gummistiefeln.«

Gemurmel. Blacky leckte sich zufrieden die Schnauze. Phil faltete seine Stirn. Ihm behagte der Gedanke nicht, Vorsitzender auf Abruf zu sein.

»Aber«, wandte Whis ein, »ändert das etwas an unserem Verdacht?«

Gris schwieg.

»Kato hat Zottel«, sagte ich. »Das ist doch logisch.«

»Und warum, bitte schön, hat er ihn nicht umgebracht?« fragte Whis mißtrauisch. »Da stimmt doch was nicht. Da ist nichts logisch. Sind etwa der Giftleger und derjenige, der Zottel geholt hat, nicht identisch? Gibt es etwa zwei mit Gummihandschuhen und Gummistiefeln? Das ist doch unwahrscheinlich. Der eine bringt Anuben um, und der andere entführt sie. Und wenn er ein und derselbe ist, dann hat er auch Zottel getötet. Und Füchschen ist eine Verräterin.«

Blacky, Gris, Phil, Bolle, Gold, alle grübelten stumm. Dann kam Blacky eine neue Idee: »Vielleicht kennt Kato das Geheimnis. Und er hat seinen

Halter dazu gebracht, Jach zu töten und Zottel zu holen.«

»Und was will er dann von Zottel?«

»Er hat Zottel entführt, weil er das Geheimnis nicht kennt, aber von ihm zu erfahren hofft«, sagte ich.

»Immer noch unlogisch«, stellte Whis fest. »Wenn Kato das Geheimnis nicht hat, kann er seinen Halter nicht dazu bringen, Zottel zu entführen. Und wenn er es hat, braucht er Zottel nicht.«

»Falsch«, sagte ich. »Katos Halter ist der Hasser.«

»Wie?« fragte Bolle auf einmal.

»Das funktioniert so«, erklärte ich. »Katos Halter haßt die Anuben. Darum hat er sich einen Killer angeschafft. Beide sind sich einig, daß sie alle anderen vernichten und das Revier beherrschen wollen. Vielleicht funktioniert die Verständigung zwischen ihnen auf rudimentäre Weise. Das gab es schließlich schon immer, daß Anuben den Hochnasen auch ohne Worte begreiflich machen konnten, was sie wollen. Ich erinnere mich noch genau: Als ich Kato begegnete, hat sein Halter auf Katos Zuruf die Leine losgelassen. Und nun hofft Kato eben, mit Zottels Hilfe die Verständigung zu verbessern. Vielleicht will er auch die Herrschaft seines Halters brechen. Wer weiß?«

Bolle grollte: »Wenn das wahr wäre...«

»Und was Pinsel betrifft«, ergänzte ich, »so ist

er Katos Spitzel. Er hat ihm mitgeteilt, daß Zottel sich bei ihm befindet. Und Kato hat ihn geholt.«

»Den bringe ich um«, knurrte Gris grimmig.

»Wir lehnen Gewalt ab«, mahnte Phil.

»Aber wir müssen etwas tun«, sagte ich. »Wir müssen uns zusammentun und Zottel befreien.«

»Ein paar von uns würden dabei draufgehen«, sagte Phil. »Möchtest du das?«

»Wir sind nämlich alle Feiglinge«, spottete Gris.

»Dann müssen wir eine Falle legen«, sagte ich. »Wir verbreiten, wir hätten das Geheimnis. Dann sehen wir, was passiert.«

»Das kann ich dir auch so sagen«, antwortete Phil. »Kato bringt uns der Reihe nach um.«

»Das tut er sowieso.«

»Er hat es bislang nicht getan«, widersprach Phil.

»Er hat es nicht getan, bevor Füchschen herkam«, sagte Whis.

»Dann müssen wir mit ihm verhandeln«, sagte ich.

»Wozu?« fragte Whis.

»Damit er Zottel freigibt uns uns in Ruhe läßt.«

»Aber er läßt uns doch in Ruhe«, sagte Phil. »Seit Jahren leben wir in Frieden mit ihm.«

»Wie bitte? Wir fürchten uns Tag und Nacht vor ihm, und du sagst, wir leben in Frieden?« Ich war sprachlos.

»Ich hatte noch nie Probleme mit ihm«, sagte Whis.

»Ich auch nicht«, ergänzte Gold mit einem Unterton kampfbereiten Übermuts.

»Ihr seid ihm wohl noch nie begegnet«, sagte ich.

»Genau«, sagte Phil. »Solange wir ihm aus dem Weg gehen, ist Kato keine echte Gefahr. Außerdem hängt er an der Leine.«

Und da waren sie sich wieder alle einig. Sie hatten sich längst mit Zottels Tod abgefunden. Daß er noch leben sollte, war den Ligisten eher unbequem. Sie zogen es vor, es nicht zu glauben. Zumal sie keine Chance sahen, Kato zu Leibe zu rücken, ohne sich selbst zu opfern. Und die Ligisten waren keine Krieger und Kämpfer. Sie liebten das friedliche Leben. Sie hatten die allgemeine Verständigung auf ihre Fahnen geschrieben. Kein Anube opfert sich für andere, höchstens für die eigenen Welpen, solange sie Säuglinge sind. Unter den Ligisten war kein Führertier, das auf Kosten der eigenen Gesundheit bei Streitigkeiten eingriff. Kato würde sich in jede Beißerei mischen, nur weil einer gewagt hatte, seine Killervorherrschaft anzutasten, aber nicht die Ligisten. Der einzige, der bereit gewesen wäre, etwas gegen Kato zu unternehmen, war Gris. Aber er war ein Einzelkämpfer, der sich nicht unterordnete, ohne freilich dabei das Bedürfnis zu haben, andere zu unterwerfen. Aber auch Gris war kein Selbstmörder. Gegen Katos Zangengebiß konnte er alleine nichts ausrichten. Unsere Beratungen waren in eine Sackgasse geraten. Und ich stand als Feindin aller da, ohne recht zu begreifen, wie es dazu gekommen war.

Blacky machte einen Versuch, uns zu trösten. »Ich werde aufpassen«, sagte sie in ihrer verbindlichen Art. »Wenn der Giftmischer wieder auftaucht, werde ich ihn sehen. Dann wissen wir mehr.« Allein ihre Nase war fein genug, seine Spur aufzunehmen. Und damit war den anderen die Verantwortung wiederum abgenommen. Blacky würde es schon richten. So kam es, daß wir weit nach Mitternacht alle einigermaßen gefaßt auseinandergingen.

Gris' Miene drückte nur noch herzliche Verachtung aus. Er verließ Zottels Keller als letzter. Sorgsam zog er, nachdem sich alle stumm und eilig, wie sie gekommen waren, ins Gebüsch zerstreut hatten, die Haustür zu, damit den Hochnasen am anderen Tag nichts auffiel.

Bolle zog mit den Drillingen davon. Blacky erklärte mir, daß er sie brauchte, damit sie ihn wieder an seiner Hütte festbänden. Sie seien sehr geschickt mit ihren kleinen spitzen Mäulern. Ich erkundigte mich, wie die anderen es schafften, aus ihren Häusern zu kommen. Blacky berichtete, daß Gold jede Tür öffnen und schließen konnte. Bolle biß sich los und ließ sich hinterher festbinden. Wolles Halter schlief stets bei offenem Fenster. Und da er, wie alle Pseudoäffchen, gut springen konnte, entwich er übers Fensterbrett. Die Drillinge hatten sich als stammbaumechte Karnickeljäger einen Gang aus ihrem Zwinger gegraben. Kim, der Zwerg, der auch Botendienste machte, benutzte einen Rattengang. Ihm war überhaupt kein Spalt zu eng. Struppi und Zeck hatten Halter, denen es egal war, wenn sie sich nachts herumtrieben, Hauptsache, sie kamen am nächsten Tag wieder. Die Bürste hatte eine Katze wie ich. Whis benutzte ihre sonst brachliegende Intelligenz, um die Mitglieder ihrer kinderreichen Familie so geschickt gegeneinander auszuspielen, daß sich hinterher keiner mehr erinnerte, wer sie rausgelassen hatte.

»Whis«, sagte Blacky, »ist übrigens sehr unglücklich. Sie ist so klug. Aber niemand braucht das, was sie kann. Sie langweilt sich zu Tode. Aber noch schlimmer ist es für Maxi.«

»Wer ist Maxi?«

»Sie gehört zur Rasse der Hofwarte. Aber ihr Halter sperrt sie seit Jahren in einen Zwinger. Sie kommt praktisch nie raus. Wenn du Zeit hast, besuch sie mal. Sie wohnt nur zwei Häuser weiter unten. Sie ist der klügste Anube, den ich kenne. Sie gehört auch zur Liga, kann aber nie kommen, weil sie sich nie befreien kann.«

10

Warum nur hatte Pinsel nicht behauptet, Zottel sei davongelaufen? Ich hatte ihn doch als Streuner vorgestellt. Warum die Geschichte von Zottels Tod, wenn er es einfacher hätte haben können? Aber vielleicht hatte er, oder derjenige, der Zottel entführt hatte, nicht gewollt, daß wir nach dem Professor suchten. Oder Pinsel hatte sich denken können, daß ich niemals geglaubt hätte, daß Zottel davongelaufen sein könnte. Und so hatte er ihn kurzerhand für tot erklärt. Aus und Schluß. Und nun konnte Kato den Professor in Ruhe so lange foltern, bis der ihm irgendwelche Geheimnisse, falls er sie hatte, verriet. Aber konnte sich die Mafia nicht denken, daß wir der Geschichte auf die Spur kommen mußten? Ein lebendiger Anube ließ sich auf Dauer nicht versteckt halten. Jeder Anube hinterläßt Spuren. Unser ganzes Leben ist auf den Spuren aufgebaut, die wir hinterlassen. Über kurz oder lang mußten Blacky oder Gris herausfinden, wo Zottel war. Oder hatten wir uns doch geirrt? War die Spur des Gummierten ein Phantom? Hatte Herbert den toten oder kranken Professor doch eigenhändig ins Haus getragen? Stimmte Pinsels Geschichte am Ende doch? Konnte es denn wirklich sein, daß Kato eine Hochnase in Gummistiefeln dirigierte? Und war der Gummierte identisch mit dem Hasser, der das Gift auslegte? Und was für eine Absicht verfolgte er dann?

Etwas später als sonst nahm Sabine an diesem Tag die Leine. Es war ein Tag, den man besser verschläft. Die Sonne schlug breit und schwer eine Schneise in die Straße. Die Autos stanken noch mehr als sonst. Aus allen Poren schwitzten Rasen, Erde und Steine den Dunst der Unterwelt aus. Mäuse, die es in ihren Gängen nicht aushielten, huschten über die Fußwege, taumelten über die Straße, irrten ziellos über den Waldweg. Kein Blatt rührte sich. Schatten und Sonnenflecken standen still. Gerüche ballten sich zu massigen Kugeln. Es war, als sei es der Welt heute zu anstrengend, sich zu drehen. Und ausgerechnet jetzt fiel es Sabine ein, den Spaziergang auszudehnen. Beim Kinderspielplatz bog sie Richtung Schlucht ab. Wir schlugen einen Pfad durch das Buchengehölz ein, den wir noch nie gegangen waren. Ein Specht kraxelte einen Stamm hinauf und trommelte. Im Laub saßen dicke schwarze Amseln und zogen Würmer aus dem Boden. Und dann war da noch etwas, das mir sofort in den Nacken fuhr. Etwas Furchtbares, absolut Entsetzliches. Ich wußte zunächst nicht einmal, ob ich es hörte oder roch. Es war ein stummes Gewinsel, ein wortloses Grauen, Blut und Tod.

Sabine hatte nichts bemerkt. Sie stapfte wohlgemut voraus. Doch mich zog es, sosehr es mir graute, vom Pfad ab ins Gebüsch, durchs Unterholz auf eine hochgrasige Lichtung. Die Witterung trieb mich durch den Vorhang der Gräser. Blind näherte ich mich dem Furchtbaren, dessen Zeichen trotzdem nicht lauter wurden. Sabines Rufe versanken in der Ferne. Ich tauchte in einen Trichter von Wildheit, einen Sog tödlicher Bitterkeit, wurde hineingezogen und fortgeschleust. Meine Pfoten hingen an Fäden, die vorausgeankert waren am Ort des Unglücks. Es holte mich ein. Plötzlich war das Gras fort. Vor mir eine zerwühlte Kuhle, aufgeworfene schwarze Erde, der Ort eines Kampfes, Blut, schwarze Haare, ein Zangenbiß aus gleißendem Eisen, in dem, mit verrenkten Gliedern, offenem Maul, dicker schwarzer Zunge und verdrehten Augen, Blacky hing. Ich hatte noch nie zuvor eine Falle gesehen. Sie hatte Blackys Vorderläufe durchschlagen. Fleisch und Knochen waren entblößt. Das Tier stöhnte: »Beiß mich tot.« Ich floh, besann mich, kehrte um.

»Beiß mich tot!«

Da sah ich am Lichtungsrand Sabine stehen. Ihre lila Jacke brannte vor dem Buchengrün. Ich warf mich ihr zu Füßen, winselte. Sie faßte nach mir, aber ich sprang davon, kehrte um, winselte. »Komm mit, hilf mir.« Warum sind Hochnasen nur immer so schwer von Begriff! Sie warten auf Worte, um zu verstehen. Ich mußte jaulen, bellen, toben, heulen, ihr davonrennen, sobald sie mich zu fangen suchte, ehe sie begriff.

Blacky atmete nur noch schwach. Wenn es Sabine nicht gelang, sie zu befreien, würde sie sterben, elend verrecken. Blacky mußte seit Stunden hier liegen. Sie hatte versucht, sich die Vorderbeine durchzubeißen. Aber sei es aus Schmerz, oder weil sie nicht hoffen konnte, ohne ihre Vorderbeine weiterzuleben, hatte sie es aufgegeben.

»Tu was«, schrie ich Sabine an. Doch sie starrte fassungslos auf die Falle. »Wer tut so was?« murmelte sie. Sie ekelte sich. Sie wagte nicht, in Blackys Blut und Fleisch zu fassen. Als ich die Falle berührte, winselte die Fähe auf. Wenn sie es nicht geschafft hatte, das Eisen zu öffnen, konnte ich es niemals. Sabine mußte es tun. Sie mußte es tun. Aber sie zögerte. »Lebt der Hund überhaupt noch?« fragte sie.

»Sie lebt, sie lebt«, sagte ich. »Beeil dich.«

Sabine machte zwei Schritte zurück, drehte sich um, suchte nach etwas, nahm einen Stock. Törichtes Geschöpf. Es hatte zwei Hände und wollte mit einem Stock hantieren. Ich verzweifelte schier.

Über die Lichtung kam einer. Ein Riese in Lederjacke. Im nächsten Moment war er da: Kato. Ich prallte gegen ihn. Das verbüffte ihn so, daß er wie ein alter Herr »Hoppla« sagte. Er war nicht an der Leine und feixte. Manchmal hilft einem die Begriffsstutzigkeit der eigenen Seele. Ich war so erfüllt von Blackys Not, daß ich die Gefahr nicht achtete. »Schau dir das an«, klagte ich. »Was haben sie mit Blacky gemacht!«

Kato stieß seine kantige Schnauze vor. Seine Schweinsaugen kullerten. Was er sah, beeindruckte selbst den abgebrühten Killer. Im Augenblick versagten Haß und Kampflust. Er schauderte. Er schlappte Blacky übers Gesicht. Sie stöhnte erneut: »Beiß mich tot.«

Kato senkte den Schädel, schnüffelte mit geweiteten Nüstern, überlegte. Vielleicht hätte er es gekonnt. Aber sein lederner Halter stieß ihn fort, packte mit großen Händen das Eisen, öffnete es, zog Blackys zerschlagene Läufe heraus, nahm den schwarzen, blutigen Leib, legte ihn Sabine in die Arme.

Der Weg war weit. Unendlich langsam zogen die Hochnasen durch den Wald. Blackys gebrochene Pfoten baumelten bei jedem Schritt. Die Zunge hing ihr aus dem Maul. Vielleicht war es ihr Stöhnen, das Kato fromm machte. Er trottete mit gesenkter Rute an den Fersen des Ledernen.

»So eine Gemeinheit«, brummte er. »Das ist nicht fair.«

»Gift ist auch nicht fair«, sagte ich.

»Bist du verrückt?« knurrte Kato. »Wieso Gift?«

»Tu nicht so«, fauchte ich. »Du weißt ganz genau, daß hier einer Gift legt.«

»Wieso?« Der Tiger schien ehrlich erstaunt. »Was geht hier vor? Rede, mein Mäuschen.«

»Erst Jach, dann ich, dann Zottel, jetzt Blacky. Ein Mörder ist unter den Hochnasen. Hat dich keiner informiert?«

»Zottel habe ich«, sagte Kato. Er grinste. »Es

geht ihm den Umständen entsprechend gut. Aber weißt du, seitdem ich den Professor kenne, glaube ich, daß die Liga nichts taugt. Der Kerl weiß überhaupt nichts. Ein Schwachkopf. Er frißt mir die Haare vom Kopf und faselt dummes Zeug. Ich werde ihn wohl bald töten.«

»Du lügst«, sagte ich. »Du hast ihn gar nicht.«

»Nimm dich in acht«, sagte Kato leise. »Mich nennt niemand ungestraft einen Lügner. Ihr werdet mir schon glauben, wenn ich euch Zottels Leichenteile einzeln vor eure Türen lege.«

»Dann«, sagte ich, »werden wir deine Ratten einzeln zerrupfen. Wir haben nämlich auch ein Pfand.«

Katos Augen glimmten. Er war nicht besonders schnell im Denken. Eine Weile trabte er stumm. Dann fragte er: »Wer ist es?«

»Einer deiner Spitzel.«

»Ich habe tausend Spitzel. Auf einen mehr oder weniger kommt es nicht an.«

»Schön«, sagte ich, »wir werden's ihm sagen. Vielleicht teilt er uns dann noch etwas mehr über die Mafia mit.«

»Was könnte euch das nutzen?«

»Was glaubst du, was dein Riese macht, wenn wir ihm sagen, daß du vorhast, ihn umzubringen? Er bringt dich ins Heim oder in ein Labor. Oder er läßt dich einschläfern. Gute Nacht, kann ich da nur sagen. Deine Tage sind gezählt.«

»Du Maus«, knurrte der Tiger. »Mir machst du

keine Angst. Keiner kann mit den Hochnasen reden. Ihr auch nicht.«

»Das glaubst du, weil dir Zottel nichts sagt. Aber der kann auch nichts sagen. Denn er ist nicht der Professor. Ihr habt den Falschen. Pech für euch.«

Kato fletschte die Zähne. »Halt dein vorlautes Maul, Mäuschen. Zottel ist der Professor. Das weiß ich.«

»Pinsel hat dich falsch informiert«, sagte ich.

Der Tiger glotzte mich an. Dann erhellte ein Grinsen sein klobiges Gesicht. Er lachte rauh.

»Aus!« fuhr ihn sein Halter an. »Sei still.« Er kettete den Tiger an, der weiter vor sich hingluckste.

Mit dem, was nun kam, hatte ich nichts mehr zu tun. Mama und Sabine warfen sich mit der halbtoten Blacky ins Auto und fuhren zu einem Tierarzt. Ich mußte warten, bis sie zurückkamen.

11

Und als sie dann wiederkamen, dachten sie selbstverständlich nicht daran, mich zu informieren. Ich mußte wiederum warten, bis Papa heimkam und die Geschichte zum Abendessen aufgetischt bekam. Aus dem Wortschwall fing ich die Worte Falle, Mini, schwarzer Hund, Tierarzt, Narkose, Operation und abwarten auf. Also abwarten. Und wo die Katze abgeblieben war, interessierte Mama letztlich mehr, als ein Findelanube, der lahm im Tierheim landen würde. In der Tat hatte ich Emma seit jenem Gespräch über die Insel nicht mehr gesehen. Mama vermißte sie freilich mehr als ich. Aber auch mir lag an der Katze, wurde doch für sie das Fenster offengehalten.

Dann wartete ich auf den Moment, da meine Familie die Sessel vor dem Fernseher räumte, um sich ins obere Stockwerk zu begeben. Aber auch dann war lange noch nicht Ruhe. Die Hochnasen gehen erst nach längeren Prozeduren, zu denen sie viel Wasser verwenden, ins Bett. Sie brauchen überhaupt für ihr Leben eine Menge Dinge. Da sie kein Fell haben, schichten sie Stoffe über ihre Haut, je nach Wärme mehr oder weniger. Abends schälen sie sich, verstreuen ihre Häute im Zimmer und stopfen sie in Schränke. Zum Reinigen benutzen sie nicht ihre Zungen, sondern Wasser, Seife, Shampoo. Hochnasen kleistern, kleiden und sprühen sich permanent mit fremden Stoffen zu. Ohne all diese externen Teile, die sie in riesigen Schränken, Kästen und Koffern aufbewahren und mit sich herumschleppen, können sie nicht leben. Hochnasen an sich sind nicht lebensfähig. Daher kommt auch ihre enorme Trägheit. Keine Hochnase kann einfach aus dem Bau gehen. Er muß sich darauf vorbereiten, indem er sich mit Hüllen und Geräten ausstattet, und das dauert seine Zeit. Täte er das nicht, würde er vermutlich erfrieren oder verhungern. Hochnasen sind auch, wesentlich mehr als wir, auf ihren Bau angewiesen. Sie können nie länger als ein paar Stunden ohne Haus leben. Wenn sie in ihren eigenen Bau nicht einfahren können, müssen sie fremde benutzen. Außerhalb der Häuser sind sie binnen kurzem verloren. Von dieser besonderen Lebensuntüchtigkeit und Abhängigkeit vom Externen rührt das Überlegenheitsgefühl der Hochnasen her. Ihr Prinzip ist das Senkrechte, das Wacklige, darum Schwache, Träge, stets Gefährdete. Ihre Nasen sind zu weit oben, um ihnen das Aufspüren von Nahrung oder Gefahr zu gestatten. Auf zwei Beinen stehen sie wacklig. Ihr Gehör ist zu schlecht für eine Orientierung. Man sagt, sie hätten gute Augen, aber ich habe nicht feststellen können, daß ein junger Hochnase einer jungen Nase in der Schnelligkeit des Erkennens und Reagierens überlegen gewesen wäre. Etwa die Hälfte aller Hochnasen muß überdies, ihrer Sehfehler wegen, Gläser im

Gesicht tragen. Ihr Urteilsvermögen über die Welt muß sehr eingeschränkt sein. Darum halten sie sich für einzigartig. Grundsätzlich tendiert die Entwicklung der Hochnasen zu einer immer größeren Abhängigkeit vom Externen. Sie verlieren, blickt man auf ihre Geschichte zurück, mit großer Geschwindigkeit an Eigenständigkeit. Sie haben Fell, Geruchssinn, Gehör, aber auch Kraft, Schnelligkeit, Jagd- und Bewegungsfähigkeit eingebüßt. Ihre Leben findet fast ausschließlich in Häusern statt. Immer sind sie eingehüllt, in fremde Stoffe, fremde Gerüche, fremde Bewegungsapparate, fremde Wärme. Das Externe, in deren Mitte die Hochnasen regelrecht verkümmern, gewinnt dabei immer größere Macht über sie. Während sie mit der Beschaffung der Nahrung offenbar nur geringe Mühe haben, verwenden sie enorm viel Zeit darauf, sich all dies Externe, das Haus, das Auto, die Kleider zu beschaffen, es zu arrangieren, zu pflegen und zu unterhalten. Und da sie ihre Kenntnis der Welt nicht mehr durch Geruch, Gehör und Augen gewinnen können, sind sie auf Bücher und entsprechende Kästen angewiesen. Auch den Inhalt ihres Gehirns müssen sie permanent veräußern, indem sie alles aufschreiben, aufzeichnen und abbilden. Sie haben gewissermaßen nichts in sich oder bei sich. Sie sind immer außer sich.

Die Unterlegenheit des senkrechten gegenüber dem waagerechten Prinzip ist so offensichtlich, daß ich mich immer wieder wundere, daß wir trotzdem von den Hochnasen abhängig sind. Was mag unsere Vorfahren noch vor der Zeit des Anubis bewegt haben, sich den Hochnasen derart auszuliefern? War es wirklich nur die Sehnsucht, ernährt zu werden? Oder aber unser Mitleid mit den Unfähigen? In der Zeit des Anubis im Sonnenland waren die Anuben dereinst Göttinnen und Götter. Anubis mit dem Schakalskopf ist der doppelgeschlechtliche Ursprung und zugleich der höchste Gott unserer Art. Auch wenn es vor ihm Anuben gab, so ist er unser aller überzeitlicher Schöpfer und zugleich unsere Seele. Und wir waren die Götter der Hochnasen. Sie verehrten uns, vertrauten uns ihre Toten an, damit wir sie in die ewigen Jagdgründe brachten, wo sie als unsere Diener lebten. Unsere Legenden erzählen von Zeiten, da die Hochnasen unsere Überlegenheit anerkannten. Wenn es auch viele von uns nicht gern wahrhaben wollen, viel spricht dafür, daß die Hochnasen erst dank unserer Pflege und Leitung an Geschicklichkeit gewonnen haben. Sie haben sich von uns emanzipiert. Sie erwarben nach und nach Fertigkeiten, sich das Externe untertan zu machen. Sie fanden Wege, Freßbares zu zähmen und immer zu ihrer Verfügung zu halten. Sie wandten sich von der Jagd ab. Das war die große Erfindung, mit der es ihnen gelang, uns in Abhängigkeit zu bringen. Denn unsere große Schwäche ist die Freßgier. Wir schützen sie, bewachen sie, führen ihre Blinden, jagen für sie, unterhalten sie, betreuen sie, trösten sie. Dafür geben sie uns pünktlich und meist reichlich zu fressen. Wir sind ihre Augen, Nasen, Ohren, Gebisse, Läufe, Pfoten, ihr Gewissen. Sie sind unsere Dosenöffner. Dennoch glauben sich Nasen und Hochnasen jeweils den anderen überlegen. Das scheint das Prinzip alles Lebendigen, welcher Art auch immer, zu sein: sich für einzigartig intelligent zu halten. Da aber wir die Sprache der Hochnasen verstehen können, sie unsere jedoch nicht, besteht ein gewisser Grund anzunehmen, daß unsere Kultur höher ist und unsere Wissenschaft weiter entwickelt ist als ihre. Ihnen ist eine eigenartige Kopflosigkeit und Nervosität eigen, die wahrscheinlich damit zusammenhängt, daß ihre Sinne unterentwickelt sind. Sie haben ihren Kern verloren. Sie können sich nur schlecht konzentrieren und nur sehr wenig verstehen. Es soll allerdings unter ihnen auch noch Rassen geben, die weniger degeneriert sind.

Nachdem es endlich still geworden war, Sabines Musik ausgedröhnt hatte, Papa und Mama ihr Raunen eingestellt hatten und der Säugling selig eingeschlummert war, verließ ich das Haus. Insgeheim hatte ich gehofft, im Garten Gris zu treffen. Aber es raschelten nur die Mäuse im Laub. Ein Kater huschte davon. Sonst nichts. Ich besann mich auf Blackys Tip, Maxi zu besuchen. In Gedanken an Blacky, die jetzt im Käfig irgendeines Tierarztes litt, machte ich mich auf den Weg. Ich mußte mit jemandem reden.

Es war nicht schwierig, durch die Gärten unterhalb der Häuser an der Hasenbergsteige in den dritten Garten zu schlüpfen. Es war sehr dunkel und still. Kein Mond. Ich setzte meine Pfoten leise. Dennoch hatte Maxi mich gehört. Sie bellte dreimal. Mir fiel ein, was Gris über das Gebell gesagt hatte. Es bedeutete nichts, es war nur für die Hochnasen. Verrückt, daß das einzige, was die Hochnasen von uns verstanden, das war, was eigentlich nichts aussagte. Maxi bellte, weil sie Hofwärterin war, aus Gewohnheit und Treue zu ihren Haltern, die sie im Zwinger hielten. Es war ein Drahtkäfig ähnlich wie die im Heim. Maxi lag schon wieder, als ich herankam.

»Guten Abend«, grüßte ich.

»'n Abend«, sagte sie, »du bist Füchschen, stimmt's? Nett, daß du mich besuchst. Habe schon von dir gehört.« Maxi klopfte mit der Rute aufs Bodenbrett. »Habe gehört, du bist Kato entkommen. Beachtlich. Zumal du ziemlich klein bist.« Sie maß mich ruhig, aber zweifelnd. Eine ältere Dame, die wenig herauskam und wohl vergessen hatte, wieviel Schnelligkeit in uns steckt.

»Seitdem ist viel geschehen«, sagte ich.

Maxi zog ihre Tatzen ein und legte sich bequem zurecht. »Ach, das Rheuma«, seufzte sie dabei, »bin schon ganz steif.« Ihr langes schwarzbraunes Fell war zottig und verfilzt. »Aber«, fuhr sie freundlich fort, »du willst was erzählen. Ich höre zu. Ich bin eine gute Zuhörerin, notgedrungen.« Sie senkte ihren breiten Schädel auf ihre Pfoten. Ich hatte gleich Vertrauen zu der Alten und sprudelte alles hervor, was sich an schrecklichen Dingen ereignet hatte. Maxi wiegte ihren Kopf hin und her. Ihr scharfes Gesicht hatte eine elegant gezeichnete Maske, die den klugen Ausdruck ihrer Augen unterstrich.

»Schlimm«, sagte sie. »Aber Blacky. Ich kenne sie von klein auf. Schon als Welpe hatte sie diesen Drang zur Freiheit. Sie lief ihrem Halter ein paarmal davon. Da gab er sie in ein Tierheim. Gris half ihr zu entkommen. Seitdem ist sie Wölfin. Und sie genießt es. Weißt du, es genießen nicht alle, die im Wald leben müssen. In ihren Adern fließt Anubis' Blut. Sie war immer mutig und schnell. Was wird nun aus ihr werden? Weiß es Gris schon?«

»Ich habe ihn noch nicht getroffen. Liebt er sie sehr?«

Maxi schmunzelte. »Nun ja. Er hat mit ihr Welpen. Aber du weißt doch, wie das ist. Rüden bleiben nie lange treu. Es ist keine böse Absicht. Und Gris ist ein Filou. Die meisten Mischlinge im Revier sind seine Kinder.«

»Aber Zottel, dem war er immer treu ergeben.«

»Ja, Zottel ist sein Vater. Nicht sein leiblicher. Verstehst du, Gris ist kein Raufer. Er hat Zottel immer als Überlegenen anerkannt, obwohl er kleiner und schwächer ist als er selber. Kennst du Gris' Geschichte nicht?«

Ich schüttelte den Kopf.

»Ich wundere mich manchmal, daß er trotzdem

so ein netter Kerl geworden ist. Weißt du, er kam als kleiner Welpe zu einem Hasser. Einem perversen, der Anuben über alles liebte, aber nur wenn sie so waren, wie er sie haben wollte. Er hatte sich kein Rassetier leisten können. Nun wollte er dafür einen Killer. Gris war ein lieber, verspielter Welpe, draufgängerisch zwar, aber eigentlich gutartig. Man konnte mit ihm raufen, aber er wurde nie wirklich böse. Seine Spezialität war, Fahrradfahrer im Wald zu stellen. Er rannte ihnen nicht blöde hinterher, er umkreiste sie wie ein Jäger und stellte sie von vorn. Sein Hasser dressierte ihn mit allen Finessen. Gris sollte blind gehorchen. Stundenlang mußte der kleine Kerl mit triefenden Lefzen und tropfender Nase neben seinem vollen Freßnapf sitzen und auf den Befehl warten: ›Friß.‹ Er mußte Fußgehen, sich setzen, legen, wie sein Halter wollte. Gris gehört zu den wenigen Anuben, die den Befehl ›Faß‹ lernen mußten. Sein Halsband hatte Zähne. Seine Leine war eine Peitsche. Der Stock seines Halters hatte Krallen. Mit Elektroschocks wurde ihm das Bellen ausgetrieben. Gris war eine Maschine ohne Willen und Verstand. Er spricht nicht gern darüber. Aber einmal hat er mir alles erzählt. Was ihn damals am meisten quälte, waren sein Haß und seine Angst: daß er es nicht fertigbrächte davonzulaufen. Idiotische Treue nannte er es. Es war gegen seine Ehre, seinen Hasser zu verlassen. Sosehr war er darauf gedrillt, nichts ohne dessen Befehl zu tun. Selbst wenn er ohne Halsband war, fürchtete er sich ununterbrochen. Sein Halter war sein Gott. Er war allmächtig und unberechenbar. Gris glaubte, er beherrsche die ganze Welt. Wenn er Bauchgrimmen hatte, dachte er, sein Halter hätte das verursacht, um ihn zu strafen. Und er müsse nur besonders unterwürfig sein, damit er die Strafe von ihm nähme. Ja, du lachst. Aber du bist nie in bösen Händen gewesen. Weißt du, das Geheimnis der Perversen ist, daß du dich eigentlich immer schlecht fühlst und immer glaubst, du müßtest ihm nur noch perfekter dienen, damit du dich gut fühlst. Aber was du auch tust, es ist verkehrt. Es trägt dir Tritte, Prügel und Schmerzen ein. Logisch, daß Anuben, die unter diesem Fluch aufwachsen, blöde und dumm werden. Dein Halter sorgt dafür, daß du mit keinem anderen Anuben Freundschaft schließt. Vielmehr sollst du alle verbellen und beißen. Entweder er hetzt dich auf die anderen, oder er drosselt die Leine so, daß die anderen Lust kriegen, sich auf dich zu stürzen. Und wenn du dich jaulend am Strick krümmst, wirst du verprügelt. Mut soll dir eingedroschen werden, aber du wirst feige. Man läßt dich zur Strafe hungern. Nie kannst du dich darauf verlassen, daß dein Halter den Kreuzvertrag hält und dich versorgt.«

»Kreuzvertrag?«

Maxi lächelte. »Ich nenne das immer so. Verstehst du, das ist der alte Vertrag zwischen den Hochnasen und Nasen, den Senkrechten und Waagrechten, der Vertrag auf gegenseitige Hilfe.

Senkrecht und waagrecht gibt ein Kreuz. Übrigens ein Hauptsymbol der Hochnasen.«

»Und wie hat es Gris dann geschafft, sich zu befreien?«

»Zottel hat ihn gerettet. Zottel war immer schon schlauer als alle. Er hat seine genetische Behinderung, seine Stummelbeine, nicht, wie viele seiner Rasse, durch besondere Aggressivität kompensiert, sondern durch seinen Verstand. Ich denke, daß Kurzbeinige besonders disponiert sind für Weisheit, da ihre Nase so dicht am Boden ist. Denn alle Erkenntnis kommt von der Natur und der Nähe zum Waagrechten, nämlich zur Erde. Aber ich komme vom Thema ab. Was wollte ich sagen? Ach ja, Zottel. Das war so. Damals lebte Zottels Halter noch, eine ungewöhnlich kluge Hochnase mit riesigem Kopf. Es war lustig anzusehen, wenn beide durch den Wald hoppelten, beide klein, schrumpelig und abgrundtief häßlich, unproportioniert. Ihre krummen, dünnen Körper hingen wie Wurmfortsätze an ihren großen Köpfen. Sie paßten gut zueinander. Natürlich konnte es nicht ausbleiben, daß sie irgendwann einmal Gris und seinem Hasser begegneten. Damals gab es Kato noch nicht. Gris war derjenige, vor dem sich alle fürchteten. Er war ein hemmungsloser, kopfloser Beißer, einer, der sich ohne nachzudenken auf alles stürzte, was sich bewegte, also auch auf Zottel. Aber der war damals noch flink wie ein Wiesel. Sich umdrehen und ins Dickicht fahren war eins. Gris hinterher. Zottel nichts wie rein in den Wald und in den nächsten Fuchsbau. Gris rammelte hinterher und blieb stekken. Zottel zum nächsten Ausgang wieder raus und den zappelnden Gris in den Hintern gezwickt. Der hing fest und strampelte. Dumm wie er war, wühlte er sich nur noch tiefer in die Röhre. Nachdem Zottel sich weidlich über den Idioten lustig gemacht hatte, bot er ihm seine Hilfe an. Aber er stellte Bedingungen: Keine Beißerei mehr in Kynopolis. Was sollte Gris machen? Ließ er sich darauf ein, würde sein Halter ihn totprügeln. Stimmte er nicht zu, mußte er warten, bis sein Halter ihn ausgrub und windelweich schlug. Und da muß es in Gris' verkorkstem Hirn einen Knackser gegeben haben. Statt eine der beiden trostlosen Alternativen wählte er den dritten Weg. Rückwärts kam er nicht, also vorwärts. Gris grub sich ein. Zottel schaufelte den Gang zu. So saß Gris drei Tage wie eine Made im Holz. Vorne zu, hinten zu. Für seinen Halter war er verschwunden. Nur Zottel kam jeden Tag vorbei und schaute nach. Gris erzählte mir, daß er damals beschlossen hatte zu sterben. Kein Anube beschließt zu sterben. Aber ich glaube, er hatte es ernsthaft vor. Er war in einer Identitätskrise. Er war treu, also war er ein Anube, sagte er sich. Aber seine Treue führte dazu, daß er kaputtging. Und so war sie sinnlos und mithin seine Existenz als Anube. Aber nun kam Zottel und redete auf ihn ein. Er sagte: Wenn du schon treu sein mußt, dann such dir doch jemanden, bei dem es sich lohnt. Kein Anube ist gezwungen, den Zufall zu akzeptieren. Und wenn eine Hochnase den Kreuzvertrag nicht hält, muß eine Nase ihr auch nicht dienen. Obwohl Gris damals nicht gewohnt war zu denken, war er ja nicht blöd. Und Zottels einfache Logik leuchtete ihm ein. Nach drei Tagen erlaubte er Zottel, ihn auszugraben. Zottel zerrte seinen Großkopf herbei und beide nahmen Gris auf. Daß Zottel fähig war, sein eigenes Futter mit ihm zu teilen, beeindruckte Gris so, daß er ihm Treue schwor. Und er begriff, daß es auch andere Halter gab als Hasser. Kurz und gut, Gris begann die Welt zu verstehen. Zottel war sein Lehrer. Darum wurde aus Gris am Ende doch noch ein akzeptabler Anube. Er hat nur einen Fehler: Er haßt die Hochnasen und ihre Häuser. Zottels Großkopf war schlau genug, ihn laufenzulassen und ihn zu füttern, wenn er zu Besuch kam. So war das.«

»Glaubst du«, fragte ich, »daß es vom Halter abhängt, was aus uns wird?«

»Bestimmt. Schau mich an. Ich sehe aus wie ein alter, steifer Anube am Tor zu den ewigen Jagdgründen. Dabei bin ich erst sechs Jahre alt. Ich wäre eine gute Wächterin geworden, wenn man mir einen großen Hof gegeben hätte. Statt dessen vegetiere ich auf drei Quadratmetern. Und wenn ich nicht ab und zu bellen würde, wenn jemand kommt, täte ich gar nichts. Statt eines tatkräftigen Hofwarts bin ich eine senile Historikerin geworden. Manchmal kommen Anuben zu mir, wenn sie Streit haben. Dann bin ich Richterin. Es ist nicht schlecht, weißt du, aber eigentlich ist es nicht meine Bestimmung. Ich hätte davonlaufen können. Aber ich bin zu groß und zu schwer zum Jagen. Die Wälder sind kein gutes Revier für Riesen wie mich.«

»Du hättest aber auch in ein Heim kommen können, und ein anderer hätte dich geholt.«

»Einen ausgewachsenen Hofhund wie mich? Du warst doch selber da. Du weißt, daß die Hochnasen entweder Welpen oder so hübsche kleine Nasen wie dich wollen. Aber ich gebe zu, ich bin das Risiko auch nicht eingegangen. Ich mag Risiken nicht. Durch mein eigenes Leben bin ich ängstlich geworden, verstehst du? Ständige Gefangenschaft lähmt. Ich weiß das, aber ich kann nichts dagegen machen. Ich bin halt so. Zottel an meiner Stelle hätte es anders gemacht. Er war immer unternehmungslustig. Ich nicht. Ich denke, es ist wohl so, daß wir unsere Veranlagung haben, die uns auf bestimmte Vorlieben festlegt. Es gibt Halter, die kommen unseren Veranlagungen entgegen, und solche, die tun es nicht. Jeder Anube löst, je nach Veranlagung, seine Probleme anders. Zottel wäre abgehauen, immer wieder. Kein Halter hätte Zottels Eigenwillen brechen können. Er hatte überdies das Glück, daß sein Halter kaum Gehorsam von ihm verlangte. Übrigens hat Zottel auch seinen Großkopf beeinflußt. Zottel sagt immer, die Hochnasen seien innerlich leblos, darum brauchten sie uns, weil wir für sie das Lebendige verkörpern. Großkopf wußte Zottels Lebhaftigkeit zu schätzen. Zottel zwang ihn rauszugehen. Und wenn er manchmal stundenlang auf einer Fährte war, dann marschierte sein Halter eben mehrmals am Tag raus, bis Zottel wieder auftauchte. Und er warf es ihm nicht vor. Sie verstanden einander wirklich gut. Sie ließen sich sogar ihre kleinen Freiheiten. Großkopf ließ Zottel seinen Fährten folgen, Zottel störte ihn dafür nicht, wenn er in seinen Büchern wühlte. Und dann wieder streiften die beiden Professoren wie zwei junge Anuben durch den Wald, stöberten Hasen auf und wurden frech zum Förster und seiner Jägerin. Es war ein lustiges Paar, die beiden. Beide blitzgescheit und immer zu Unsinn aufgelegt. Von seinem Halter hat Zottel viel gelernt. Großkopf hatte nichts dagegen, daß Zottel in seinen Büchern schnüffelte. Er nahm ihn überallhin mit. Zottel saß unter so manchem Tisch in der Universität oder bei gelehrten Hochnasen und lauschte. Irgendwie muß der Großkopf der Meinung gewesen sein, daß sein Anube, den er, wie alle Hochnasen, für ungebildet hielt, doch alles verstand. Zottel erzählte, daß sein Halter manchmal stundenlang Vorträge hielt, nur für ihn. Wenn du nur reden könntest, sagte er immer. Ich glaube, das war für Zottel auch der Grund, warum er sich immer mehr mit dem Problem der Verständigung zu beschäftigen begann. Obwohl Zottel immer sagt, daß die Hochnasen gar nicht wollen, daß wir mit ihnen reden. Auch wenn sie es manchmal zu wünschen vorgeben. Er ist eigentlich der Überzeugung, daß die Basis der Freundschaft zwischen den Nasen und Hochnasen unsere vermeintliche Stummheit ist. Sie wollen nichts wissen. Am wenigsten mögen sie Widerspruch. Und daß es intelligente Wesen neben ihnen gibt, würden sie gar nicht aushalten. Zumal sie uns wie Idioten halten. Trotzdem suchte er nach einem Weg der Verständigung. Der eigentliche Anlaß war der Tod von Großkopf.«

»Wieso?«

»Na, ganz einfach. Zottel sagt immer, wenn er hätte telefonieren können, wäre sein Halter noch am Leben.«

»Und die Stummen«, fragte ich, »sind die gegen den Kreuzvertrag?«

»Sie sind Anubis erklärte Söhne und Töchter«, sagte Maxi. »Ist dir schon aufgefallen, daß nur bestimmte Rassen zu den Stummen gehören? Es sind nicht einfach die Gekränkten. Denn dann müßte auch ich bei den Stummen sein. Aber ich bin eben ein klassischer Hochnasenanube. Die Stummen dagegen sind Renner, Windgesellen, leichtgebaut, mit weitschauenden Augen, schmalen Köpfen, langen Beinen. Und mit schlechten Nasen, darum fern von Erkenntnis und Einsicht in den Wert der Zivilisation. Wenn ihre Mandelaugen über dich hinirren, dann halten sie Ausschau nach den Wüsten des Sonnenlandes, suchen nach den Steppen der

Tundra, sehnen sich nach endlosem Horizont. Sie trauern. Du mußt das verstehen, du hast selbst etwas von ihrer Leichtbauweise, Füchschen. Weil sie unglücklich sind, hassen sie ihre Halter. Du hast doch Wind schon kennengelernt. Armer Kerl. Als ihn sein Halter das erste Mal von der Leine ließ und Wind in seiner Freude davonrannte, strauchelte er im Gebüsch und brach sich ein Bein. Manche von ihnen sind glücklicher dran, wenn sie einen Halter haben, der sie ab und zu im Wettstreit mit anderen hinter einem Hasenbalg herlaufen läßt. Es ist nur eine Attrappe, und alle wissen es, und trotzdem rennen sie aus Leibeskräften, weil sie rennen müssen. Das schafft Selbstverachtung. Sie sind überflüssig in dieser Welt. Und wo Selbstverachtung ist, da ist auch Verachtung für diejenigen, die es erzwingen.«

»Aber dann«, wandte ich ein, »wäre es doch gerade gut, wenn wir es den Hochnasen erklären könnten. Wenn sie wüßten, wie wir leiden, könnten sie es ändern.«

»Ach, meine Liebe, sie wissen es doch. Sie haben genug Bücher, wo es drinsteht. Und es gibt viele unter ihnen, die es immer wieder sagen. Aber den Hochnasen ist es einfach egal. Sie haben alles in ihren Schriften abgelegt und verewigt und darum nichts mehr in ihren Seelen.«

»Das heißt, sie handeln wider besseres Wissen.«

»Genau. Das wirst du noch merken. Eines ihrer Grundprinzipien ist es, wider besseres Wissen zu handeln. Das kommt davon, daß sie ihre Nasen so hoch tragen, weit entfernt vom guten Boden der Erkenntnis.«

»Dann können sie gar nichts dafür?«

Maxi nickte schlicht und traurig.

»Und auch die Stummen können nichts dafür, daß sie so sind, wie sie sind. Und die Mafia? Und Kato, kann der auch nicht anders?«

»Genau.«

Eine Weile lagen wir stumm unter der Last der Erkenntnis. Dann fragte ich Maxi, worauf die Macht der Mafia beruhe.

»Gewalt«, sagte die Alte. »Kato herrscht seit drei Jahren. Sein Schicksal ist Gris' sehr ähnlich. Sein Halter wollte einen Beißer. Kato kontrolliert alle, sogar die Katzen. Wer ihm Tribut zollt, den läßt er in Frieden. Geh mal Anfang der Woche frühmorgens die Hasenbergsteige entlang. Jeder Anube, der hier lebt, muß regelmäßig einen Teil seines Futters an ihn abtreten. Sie kotzen es beim abendlichen Ausgang vors Tor.«

»Du meine Güte.«

»Aber es funktioniert. Sicherheit hat einen großen Wert. Kato gehört zu denen, die aus reinem Selbstzweck die Herrschaft anstreben: das Futtervorrecht und das Recht, jede ranzige Fähe zu bespringen.«

»Dann begibt sich Wolle ganz schön in Gefahr, wenn er hinter der Afghanin Fareh her ist«, fiel mir ein.

»Sehr wahr. Allerdings gehört Fareh zu den Stummen. Sie wird Wolle niemals erhören. Und Kato ist schlau genug, seine Untertanen nicht zu überfordern, damit sie sich nicht auflehnen. Solange Wolle ranzige Fähen nur anhimmelt, duldet er es. Er straft nur nach Vollzug, dann aber tötet er. Pinsels Vorgänger, der von deiner Rasse war, ist darum gestorben.«

»Ich habe immer gehört, er wurde von einer Jägerin gerissen.«

»Das behauptet Pinsel. Ich glaube, es war Kato.«

»Und die Fähen? Was macht Kato mit uns?«

»Das wirst du merken, wenn du in die Ranz kommst. Dann kann dir deine Sabine auch nicht helfen. Der Lederne freut sich diebisch, wenn sein Potenzbolzen alle Fähen des Reviers schwängert.«

»Und die Stummen? Beherrscht er sie auch?«

»In gewisser Weise. Sie zahlen zwar kein Schutzgeld, und Kato kann sie nicht bespringen, schon weil er meistens zu klein ist. Aber sie fürchten sein Gebiß, zumal sie immer an der Leine gehen. Kaum ein Halter ist so intelligent, sie laufenzulassen, wenn Kato kommt. Doch von allen Anuben im Revier sind es am ehesten die Stummen, die ihm gefährlich werden können. Sie wirken immer so ruhig und gelangweilt, aber im Grunde sind sie voller Wut. Kato weiß nicht, ob sie sich nicht eines Tages gegen ihn verbünden. Da sie sich selbst verachten, fürchten sie den Tod nicht. Das ist anders als bei uns Ligisten.«

»Dann müßten wir die Stummen für unsere Sache gewinnen«, überlegte ich.

»Das wird dir nicht gelingen«, prophezeite Maxi lächelnd.

»Und warum«, fragte ich, »hat Kato von mir noch kein Schutzgeld verlangt?«

»Das braucht er nicht. Du wirst es ihm irgendwann von alleine zahlen. Dann, wenn du die Bedrohung nicht mehr erträgst. Es ist nur eine Frage der Zeit.«

»Niemals«, sagte ich.

Maxi lächelte weise.

»Zahlen denn die Ligisten auch?« fragte ich.

»Jeder in der Straße zahlt. Darum gehören sie noch nicht zur Mafia. Pinsel ist ein Spitzel, das ist klar. Aber auch bei den Ligisten kannst du nie ganz sicher sein. Wir sind alle erpreßbar. Du kannst niemandem trauen. Die Mafia ist überall.«

Das waren finstere Aussichten. Aber, sagte ich mir, vielleicht war Maxi auch nur eine frustrierte, verbitterte Alte, die dazu neigte, die Welt schwarz zu sehen.

»Niemand von uns kennt Pinsel so gut wie du«, fuhr sie fort. »Sein Halter will ihn vor anderen Anuben schützen. Er nimmt ihn immer hoch, wenn andere kommen. So ein Anube bleibt dumm. Er verliert den Kontakt zum Boden. Darum kennen wir ihn auch nicht. Was glaubst du, wie er es gemacht hat, um Zottel aus seinem Garten zu entführen?«

»Keine Ahnung«, sagte ich. »Er kann mit seinem Herbert nicht reden. Und daß er sich mit Kato trifft, kann ich mir gar nicht vorstellen. Ich sehe in ihm nicht den Arrangeur, für den man ihn halten müßte.«

»Nimm dich dennoch vor ihm in acht«, warnte Maxi. »Er ist eine Ratte, eine Pest. Vielleicht ist es dein Kontakt zu ihm, der uns Unglück bringt.« Offenbar hatte auch Maxi sich darüber Gedanken gemacht, warum mir der Tod folgte.

12

Samstag nachmittag absolvierte Sabine einen eiligen Spaziergang mit mir. Danach brach die ganze Familie in Sack und Pack zu einem Besuch auf. Doch sie gingen nicht, ohne daß Mama mit den Worten »Es sieht nach Regen aus« das Katzenfenster schloß, Emma hin oder her. »Die kommt sowieso nicht wieder. Da ist deine Töle schuld, Sabine.«

»Warum nehmen wir Mini nicht mit?« nölte Sabine. Aber Mama verbot es: »Wer weiß, ob sich die Hunde vertragen.« Woraus ich schloß, daß sie zu Hochnasen gingen, die einen Anuben hatten.

Obwohl es immer unangenehm ist, zu einem anderen in den Bau gezerrt zu werden, wäre ich lieber mitgegangen. Die Aussicht, im verschlossenen Haus stundenlang allein zu sein, erheiterte mich nicht gerade. Zunächst vertrieb ich mir die Zeit mit Schlafen. Dann trieb mich die Unruhe durchs Haus. Zu guter Letzt stand ich im Keller vor dem Fenster und dachte: Das muß doch gehen. Gold kriegt jede Tür auf. Ich bin zu klein, um an die Klinken zu kommen. Aber warum sollte ich dieses Fenster nicht aufkriegen? Der Anube wächst mit seinen Aufgaben.

Ich probierte meine Zähne. Der Fensterrahmen war glatt und unnachgiebig. Außerdem würde ich darauf zu viele Spuren hinterlassen. Einfach durch die Scheibe springen ging aus demselben Grund nicht. Heimlichkeit ist Gesetz. Ich hatte oft gesehen, daß die Hochnasen am Fenstergriff drehen. Er funktionierte ähnlich wie eine Klinke, nur daß er schwergängiger war. Überdies war er glatt wie ein Eiszapfen. Ich rutschte ständig ab. Bei der Schlabberkost, den Breis und weichen Stücken, die ich meist zu fressen bekam, hatte ich verlernt, der Kraft meiner Kiefer zu vertrauen. Dabei wäre ich, wenn ich gewollt hätte, wohl durchaus imstande, einen Hochnasenfinger glatt durchzubeißen. Wenn ich nur fest zupackte, mußte es gehen. Und es ging. Als ich draußen stand, war ich zuerst ganz taumelig vor Stolz. Wozu brauchte ich eine Katze im Haus? Selbst ist der Anube.

Ich zog das Fenster so weit zu, daß es nicht reinregnen konnte. In der Tat waren dunkle Wolken aufgezogen. Sie schoben sich dicht über den Baumwipfeln dahin. Es war ziemlich windig und kühl, aber angenehm klar. Und nun los. Zunächst wußte ich gar nicht, was ich tun sollte. Aber die Freiheit mußte genutzt werden. Ein kurzer Inspektionsgang in den verwilderten Garten und zum leeren Haus. Keine neuen Spuren. Wo Gris nur steckte? Er mußte Blacky doch vermissen. Außerdem mußte er längst die Falle gefunden haben und wissen, was geschehen war. Warum kam er nicht, um sich nach Blackys Schicksal zu erkundigen? War er gar eingefangen worden? Im Heim? Mir wurde kalt bei dem Gedanken. Ich ganz alleine! Nach Maxis Berichten sah ich Gris mit etwas freundlicheren Augen. Er schien mir der einzig Zuverlässige im Revier, der einzige, mit dem man vernünftig reden konnte. Und ich war da in etwas verwickelt, das mir über den Kopf wuchs. Gris war außerdem meine einzige Verbindung zur Liga. Ich wußte gar nicht, welche Kommunikationsmittel sie benutzten, um sich gegenseitig Nachrichten zukommen zu lassen. Ich kann euch sagen, ich kam mir in dem Moment, als ich unter den düsteren Regenwolken durch die Gärten schlich, verlassen und klein vor. Das drohende Unwetter hatte die Anwesen und Straße leergefegt. Ein Vorteil, aber es multiplizierte meine Einsamkeitsgefühle. Was wollte ich eigentlich? Ich sehnte mich nach Sabine, einem kleinen Ballspiel, dem Kampf um eine alte Socke, danach, nur Anube zu sein, und sonst nichts.

Je weiter ich die Straße hinunterlief, desto kleiner wurden die Gärten und desto enger und höher wuchsen die Häuser. Wand an Wand drängelten sie an die Straße vor und fochten in ihrem Rücken den Kampf um kleine und kleinste Hinterhöfe aus. Hier regierten Tomatenbeete, Blumentöpfe, markierte Parkplätze, Autos, Mülltonnen und Katzen. Dazwischen reckte schon mal ein dürres Bäumchen seinen Blattpinsel über die Dächer hinaus. Alles schoß ins Senkrechte. Einst hatte ich selber in so einem Turm gewohnt. Heute erschien mir das grausam. Keine Anuben zu sehen. Dafür begann jetzt das Unwetter. Mit einem Schlag wurde es dunkel und rundum naß. Ich klemmte mich zwischen ein paar Mülltonnen. Aber es half nichts. Binnen kurzem triefte alles. Der Regen klatschte gegen die Hauswand. Die Einfahrt schwoll zu einem Bach, der um die Mülltonnen kräuselte. Ich konnte meine Pfoten gar nicht so schnell heben, wie sie naß wurden. Ekelhaft. Das Fell klebte kalt an meinen Rippen. Ich gab meinen Unterschlupf auf, der sowieso nichts wert war. Nichts wie heim. Ich entschloß mich zum kürzesten Weg, nämlich den Fußweg hinauf. Aber ich kam gerade ein paar Häuser weit, als mich jemand rief: »He, hier lang!«

Da war ein kleiner Vorgarten, über den eine senkrechte Reihe von Balkonen ragte. Der unterste saß fast auf der Wiese auf. Darunter schaute eine lange sandweiße Schnauze hervor. Es war Wind. Ich schlüpfte in seine Kuhle. Dort war es trocken. Wind hatte kleine Dämme aufgehäuft, die die Fluten ableiteten. Er sammelte seine langen Läufe ein und knickte sie unter seinen dünnen Leib.

»Was machst du denn hier?« fragte ich.

»Tja«, sagte er und blinzelte mit seinen schönen Mandelaugen, »wie das Leben so spielt. Man hat mich rausgeworfen.«

Ich muß ihn ziemlich überrascht angestarrt haben, denn Wind ließ sich unaufgefordert zu einer Erklärung herab. »Klaus hat Besuch. Es ärgert ihn, wenn ich dabei bin.«

»Das heißt, du ärgerst ihn.«

Wind grinste traurig. »Nun ja, man hat so gewisse Möglichkeiten: jaulen, in die Waden zwikken, Bettdecke wegziehen, Teppich zerbeißen. Müssen die Hochnasen sich auch ununterbrochen paaren!«

»Und dann schmeißt dein Klaus dich immer raus.«

»Und nicht gerade selten.«

»Weißt du«, sagte ich und richtete mich behaglich mit dampfendem Fell an seiner Seite ein. »Weißt du, manchmal kommt ihr mir ziemlich bescheuert vor.«

»Dein Problem«, sagte Wind eingeschnappt.

»Manchmal ist es doch besser, Kompromisse zu schließen. Oder macht es dir etwa Spaß, hier unter dem Balkon zu schmollen?«

»Darauf kommt es nicht an. Ich werde nie begreifen, daß ihr euch so bereitwillig unterwerfen könnt. Ich bin wenigstens ehrlich. Das Leben mit diesen paarungswütigen Fressern ist kein Spaß. Da sitze ich lieber unter dem Balkon und weiß, daß das Leben nichts taugt.«

»Aber wenn du den Fressern ein bißchen entgegenkommen würdest, würde es vielleicht etwas erträglicher.«

»Ein wenig reicht mir nicht. Alles oder nichts. Überhaupt, was treibst du hier? Warum sitzt du nicht im Trocknen und läßt dir von deiner Familie das Fell kraulen und dich mit Keksen vollstopfen?

Es ist ein Wetter, von dem die Hochnasen sagen, daß man keinen Hund vor die Tür jagen würde.«

Wind hatte das Wort der Hochnasen für Anube benutzt. Darum fragte ich: »Sprichst du deren Sprache?«

Wind lachte plötzlich laut auf. »Na, Füchschen, immer auf der Suche? Immer neue Fragen? Weißt du, daß du schon jetzt fast eine Legende geworden bist? Bei uns heißt du nur noch die Neugierige. Ich habe noch keinen Anuben getroffen, der so viel fragt und überall seine Nase reinsteckt. Paß nur auf, daß sie dir nicht einmal abgebissen wird. Wie sagen die Hochnasen doch so schön: Du bist ein Naseweis. Aber laß nur, sei nicht beleidigt. Es ist schon in Ordnung. Und um deine Frage zu beantworten: Ja, ich beherrsche das Hochnasenkauderwelsch. Ich kann fast alle Sprachen.«

»Und dann gehörst du zu den Stummen?« platzte ich heraus.

»Na und? Im Grunde hat mir diese Bezeichnung nie gefallen. Wir sind doch keine bornierten Maulhalter. Die meisten von uns sind sogar ausgesprochen gebildet. Nein. Die Kompromißlosen, das wäre treffender. Aber es paßt nicht in euer Konzept. Ihr liebt es eben polemisch und vereinfachend. Dabei verfolgen wir doch alle das gleiche Ziel.«

»Das ist mir aber neu.«

»Reines Vorurteil. Die Ligisten, nimm's mir nicht übel, sind ein elitäres, vertrotteltes und ängstliches Häufchen. Sie glauben, sie vergeben sich etwas, wenn sie sich mit anderen Weltanschauungen abgeben. Zottel in allen Ehren. Aber er ist doch ein ziemlich gefährlicher Trottel.«

»Wieso?!«

»Reg dich nicht auf. Hast du dich mal mit Phil unterhalten? Tu das mal. Der kann dir das auch erklären, und er ist immerhin Ligist. Überleg dir bloß mal, was Zottel tut. Und dann überleg dir, warum er es tut. Phil hat schon recht mit seiner ewigen Fragerei nach dem Warum. Er ist zwar ein bißchen langsam im Denken und kommt auch mit seinem Philosophieren nicht besonders voran, aber er hat recht.«

»Womit denn? Was ist denn verkehrt daran, die Verständigung zu suchen?«

»Verständigung ist schon in Ordnung. Aber wie wird die aussehen? Stell dir mal vor, was passiert, wenn die Hochnasen merken, daß wir sie verstehen? Und wenn sie gar merken, daß wir mit ihnen reden können, also sie mit uns? Was wären die Folgen?«

Ich glotzte ihn an.

»Tu dies, tu das! Das wären die Folgen. Es wäre die Vollendung unserer Unterwerfung. Unsere Natur würde alldem noch Vorschub leisten. Wir lieben unsere Hochnasen doch sosehr. Unser halbes, ach was, unser ganzes Leben besteht aus Überlegungen, wie wir es ihnen recht machen können, damit sie uns lieben. Und wenn die merken, daß sie bloß ein Wort zu sagen brauchen, und schon machen wir Purzelbäume, gehen einkaufen, telefonieren, pflegen, kochen, betreuen deren Welpen und was nicht noch alles. Kapierst du, sie würden uns instrumentalisieren.«

»Glaub' ich nicht.«

»So spricht die optimistische Jugend. Intelligenz ohne Erfahrung. Ich habe gesehen, was Hochnasen mit Nasen machen. Die Fresser sind unfähig, anderes Leben als gleichwertig anzuerkennen. Sie sind verdammte Rassisten. Und sie haben die Macht. Sie teilen dir das Fressen zu, schlagen dich, leinen dich an. Du hast keine Wahl. Wir sind schon jetzt ihre Komplizen. Was glaubst du, was passiert, wenn sich Nasen und Hochnasen absprechen können?«

»Aber das funktioniert doch jetzt schon. Die meisten von uns verstehen genau, was die Hochnasen verlangen.«

»Das bereitet mir auch Sorgen. Aber es hat trotzdem eine andere Qualität. Bislang gehen die Hochnasen davon aus, daß wir begriffstutzig sind. Was sie von uns verlangen, ist nicht sonderlich viel, ein bißchen Komm, Fuß und Platz. Sie halten uns für das Andere, das Niedrige. Und so behandeln sie uns. Wir haben noch Narrenfreiheit. Stell dir vor, sie fangen an, an unsere Vernunft zu appellieren. Sie erkennen uns als Freunde und damit als ihre Feinde. Wen der König an seinen Hof beruft, der ist weit emporgestiegen, aber er lebt in ständiger Todesgefahr. Und wenn er fällt, fällt er sehr tief.«

»Aber dann«, sagte ich, »habt ihr nicht das gleiche Ziel wie die Liga. Ihr lehnt die Verständigung ab. Wenn auch vielleicht aus ehrenwerten Gründen.«

»Danke«, schmunzelte Wind. »Aber du irrst. Wir lehnen nicht die Verständigung ab. Wir glauben nur nicht, daß sie zu unserem Vorteil funktioniert. Das ist der Unterschied. Zottel hofft auf eine Zeit der Freundschaft und Harmonie, eine Zeit des von gleich zu gleich. Er glaubt, daß die Anerkennung der Nasen beginnt, wenn es ihm nur gelingt, das Geheimnis zu finden. Und wenn ich das noch sagen darf, mir persönlich wäre es lieber, einer wie Kato hätte das Geheimnis, denn er würde es für sich zu nutzen wissen. Zottel dagegen ist ein elender Hochnasenfreund.«

»Habt ihr es denn?«

»Was?«

»Das Geheimnis.«

Wind senkte die Schnauze auf seine Pfoten. Er überlegte. Er zögerte recht lange. Dann sagte er bestimmt: »Nein.«

»Du erlaubst, daß ich dir nicht glaube.«

»Oh, aber bitte. Du kannst nicht wissen, daß Kompromißlose niemals lügen.«

»Dann sag mir doch bitte, woher du all diese Informationen über die Liga hast.«

»Ich hoffe«, grinste er, »du weißt, daß Antworten manchmal schwerer zu ertragen sind als offene Fragen.«

»Weich nicht aus. Wer ist der Spitzel?«

»Gris.«

Ich sprang auf und knallte mit voller Wucht gegen den Balkonboden. In meiner Betäubung brachte ich meine Pfoten nicht in die richtige Ordnung und stolperte in Winds scharfe Rippen. Er bebte, nicht nur, weil ihm kalt war, sondern, weil er angesichts meines Mißgeschicks auch noch ein Lachen unterdrückte.

»Du lügst, du lügst«, fauchte ich ihn an. »Wer behauptet, daß er niemals lügt, der lügt schon.«

»Beruhige dich. Was ist denn dabei? Haben wir der Liga jemals geschadet? Was hast du denn gegen Spione? Ich dachte immer, ihr seid für Kommunikation. Hat Gris euch nicht auch über uns berichtet?«

»Aber nicht Gris. Das geht nicht. Das glaube ich nicht. Du vergiftetes Aas. Du machst dich über mich lustig. Du willst mich gegen Gris aufhetzen. Ein Auto möge dich holen. Oder noch besser, dein Fresser möge dich verstoßen. Dann wollen wir mal sehen, wie ernst du es mit deiner Freiheit meinst.«

»Moment«, sagte Wind plötzlich ernst, »lauf nicht weg. Ich möchte dir noch was sagen. Gris hat uns gesagt, wir sollten Zottel entführen.«

Ich sank in die Kuhle zurück.

»Ja, wirklich. Emma kam zu uns und sagte, Gris habe ihr aufgetragen, uns zu sagen, wo Zottel ist, und daß wir ihn uns holen könnten. Leider hat Kato ihn uns abgejagt.«

»Warum?« stöhnte ich. »Warum? Und wie? Dann hast du gelogen. Ihr kennt doch das Geheimnis. Eine Hochnase hat Zottel aus dem Garten getragen.«

»Ach du heilige Einfalt. Was nutzen all deine Fragen, wenn du zwischen Lüge und Wahrheit nicht unterscheiden kannst. Was haben dir Gris und Blacky denn erzählt? Es war doch Blacky, die uns Zottel brachte. Auf ihrem Rücken.«

Ich war erledigt. Die ganze Spurensuche in Pinsels Garten war ein Täuschungsmanöver gewesen. Den Hasser in Gummistiefeln gab es gar nicht. Blacky und Gris waren die Bösen.

»Und warum? Sag mir, warum?«

Wind schaute mich mitleidig an. »Weil Zottel gefährlich ist.«

»Was hättet ihr mit ihm gemacht?«

»Wir hätten ihn umgebracht.«

»Und warum haben Blacky oder Gris es nicht gleich in Pinsels Garteen getan? Wozu der Umweg?«

»Weiß ich nicht. Vermutlich, um dich zu täuschen.«

»Zuviel Ehre. Wenn ich das der Liga erzähle, glaubt sie mir sowieso nicht. Und warum erzählst du mir das?« Ich war ziemlich verwirrt. Wind lächelte amüsiert.

»Ihr seid alle Spinner und Psychopathen«, schrie ich. »Es gibt keinen harmloseren, freundlicheren und klügeren Anuben als Zottel. Vermutlich seid ihr alle zu dumm, das zu kapieren.«

Der Renner verlor etwas von seiner lächelnden Arroganz. Wie die meisten, die sich für schlau hielten, war er über den Vorwurf der Dummheit am leichtesten zu packen.

»Hör mal«, sagte er mit der Miene eines verkannten Ehrenrüden, »glaubst du vielleicht, Kato tötet Zottel nicht, wenn er ihm das Geheimnis verraten hat?«

»Dann hast du ja, was du wolltest. Kato hat das Geheimnis und beherrscht uns vollkommen. Da ist nur ein kleines Problem. Zottel weiß nämlich noch nicht, wie es geht.«

»Weißt du das so genau?«

»Gris hat gesagt, er sei erst kurz davor...« Mir blieben die Worte im Halse stecken. Was waren Gris' Worte überhaupt wert? Oder log Wind? Hier führten mich, wie es schien, alle an der Nase herum. Aber warum? Ich war doch bloß ein kleiner neugieriger Anube. Von mir ging keine Gefahr aus. Oder hatten sie alle nur ihren Spaß daran, sich gegenseitig in die Irre zu führen? War es nur ein hübsches Spiel, das sie da trieben? Amüsierten sie sich nur über meinen Ernst? Wind sah mich mit seinen schwarzen Mandelaugen geduldig an. Lang und dünn, wie er war, zitterte er in der Kälte. Sein elegantes, schmales Gesicht war gezeichnet von der Sehnsucht nach Wärme und Weite. Die steile Straße, der Wald mit seinem Dickichtgitter, die Stadt mit ihren Autowegen, das alles war für ihn Knochenbrecherland. Statt in der fernen Wüste

Gazellen zusammenzutreiben, hockte er mit untergeschlagenen Läufen unter einem Balkon und wartete darauf, daß sein Fresser die Paarung beendete und ihn wieder hereinließ. Stolz ist ein ziemlich leidvolles Prinzip.

Inzwischen hatte der Regen nachgelassen. Ich mußte nach Hause. Es wäre peinlich gewesen, wenn meine Familie vor mir zurückkam. Überdies war ich naß und mußte trocknen, bevor mich einer von ihnen sah und anfaßte. Außerdem wollte ich den Platz neben meinem ungemütlichen Feind verlassen, ehe ihm einfiel, auch mich für gefährlich zu halten.

»Siehst du«, sagte Wind gutgelaunt, »Politik ist kein Spiel. So gefährlich hast du es dir nicht vorgestellt. Hier geht es um Leben und Tod.«

»Aber nur«, sagte ich, »weil ihr Politik als Mörder betreibt.« Ich kroch unter dem Balkon hervor. »Aber wir werden gewinnen.«

»Wer?« rief er mir hinterher.

Daheim schloß ich das Fenster wieder, wälzte mich auf Sabines Flokati und legte mich dann zum Trocknen aus. Ich bemühtee mich, die Informationen zu ordnen. Kato hatte sozusagen unabsichtlich Zottel das Leben gerettet. Emma war eine Agentin der Stummen. Aber daß auch Gris ein Spitzel der Verrückten war, wollte mir nicht in den Kopf. Andererseits hatte ich auch nie verstanden, warum er zur Liga gehörte. Ich bedachte, was Maxi mir über seine Vergangenheit erzählt hatte. Vielleicht hatte Gris, der sich geschworen hatte, nie wieder einer Hochnase treu zu sein, seine Treue gegen den Professor auch nur geheuchelt.

Und konnte es wirklich sein, daß Blacky Zottel auf ihrem Rücken aus dem Garten trug? Und alles nur, um mich zu täuschen? Und wer war es denn nun, der Gift auslegte? Gab es den Hasser neben all diesem auch noch? Die Liga, die Mafia, die Stummen und ein Hasser, das waren die vier Kräfte, die in Kynopolis gegeneinander arbeiteten. Jetzt, da die Rollen verteilt waren, schien mir das Problem noch unübersichtlicher als zuvor. Wer arbeitete mit wem zusammen? Und auch die Katzen hatten eine Funktion, die mir ziemlich dunkel erschien. Es gab jede Menge Spione und Boten. Es gab unzählige Querverbindungen. Und auch ich war ein Teil dieser Verknüpfungen. Ich hatte schließlich sowohl mit Kato als auch mit Wind gesprochen und gehörte zur Liga. Den anderen mußte meine Rolle ebenfalls undurchsichtig erscheinen, falls sie sich darüber Gedanken machten. Immerhin verdächtigte Whis mich des Mordes. Und für wen hatte nun Pinsel eigentlich spioniert? Für die Mafia oder für die Stummen? Oder für beide? Oder für keinen, sondern für den unbekannten Hasser? Und war der identisch mit Herbert oder Klaus oder dem Alten mit dem Stock, oder ein ganz anderer, der Gummistiefel benutzte und Gummihandschuhe und es verstand, kaum Spuren zu hinterlassen, falls es stimmte, was Blacky über ihn gesagt hatte?

Alle Fragen hin oder her, wichtiger, als den Mörder zu finden, schien mir jetzt, Zottel zu befreien. Er mußte sich irgendwo im Machtbereich Katos befinden. Aber wie sollte ich das alleine schaffen? Blacky war so gut wie tot, außerdem zusammen mit Gris nicht mehr vertrauenswürdig. Überdies war Gris verschwunden. Die Stummen waren Verrückte. Maxi, die einzig klardenkende, lag eingesperrt in ihrem Zwinger und war überdies durch Rheuma behindert.

Als meine Familie lange nach Einbruch der Dunkelheit zurückkehrte, war ich äußerlich trocken und innerlich so vereinsamt, daß ich nichts sehnlicher wünschte, als ein ganz normaler Anube zu sein, mich streicheln und füttern zu lassen, ein Spielchen mit Sabine zu machen, herumzutoben, beim Spaziergang Markierungen zu setzen und Kato aus dem Weg zu gehen. Sabines Liebe war das einzig Sichere auf der Welt. Ich war entschlossen, diese Nacht neben ihrem Bett zu verbringen. Doch kaum war ich eingeschlafen, verfolgten mich dürre weiße Renner, geifernde Killer, aufgerissene Mäuler. Duftendes Gift lockte zum Selbstmord. Ich schrie und quietschte vor Grauen, so daß Sabine mich aufweckte.

Schluß mit dem Schlafen. Der Regen hatte aufgehört. Tropfen glitzerten in den Zweigen der Büsche. Das Gras kitzelte kühl und naß. Frisch wirbelten Gerüche von einem leichten Lüftchen her. Es war die Nacht der Freiheit. Stille in den umliegenden Gärten. Ich trat auf die Straße. Autos schliefen am Bordstein. Einige knackten noch und dünsteten warmen Ölgeruch aus. Keine Seele war unterwegs. Ich wandte mich abwärts. Nicht, daß ich nicht ängstlich war. Ich machte mir nur klar, daß der Brodem des Bösen, der bedrohlich zunahm, je näher ich Katos Haus und Garten kam, nicht mit Katos Leib identisch war. Nur ein Wahnsinniger oder ein zivilisierter Anube würde es wagen, in das Kernrevier eines Herrschers vorzudringen. Mit Recht hätte Kato sein Heim bis zum Tod verteidigt, wenn er ein freier Anube gewesen wäre. Aber er saß hinter den Mauern seines Hauses. Ich schlich so leise, daß er mich nicht hörte. Zwar würde er morgen wissen, daß ich in seinem Garten gewesen war, aber das würde die Gefahr für mich kaum noch vergrößern. Nicht einmal Katzen trauten sich in sein inneres Reich. Die Spuren des Ledernen fand ich auch nur auf dem Plattenweg zum Tor und auf der Wiese vor dem Haus. Dort lagen von Katos Zähnen zerbissene Stöcke und ein Tennisball herum, das Spielzeug von Halter und Anube. Schon der Seitenweg am Haus gehörte Kato allein. Damit Kato meine Krallen auf den Platten nicht hören konnte, storchte ich durch die Wiese nebenan. Trotz aller Vernunft fürchtete ich, Kato jeden Augenblick in meinem Nacken zu haben. Ich spürte förmlich sein Gebiß und das Knacken meiner Wirbelsäule, wenn er mir das Genick brechen würde. Ich zog meine Rute unter den Bauch und machte die Afterdrüsen zu, um möglichst wenig Geruch abzusondern. Aber im Haus rührte sich nichts. Im Garten schon gar nicht. Hier suchten nicht mal die dicken schwarzen Bodenvögel nach Würmern. Es war wie ausgestorben. Hinter dem Haus gab es eine Veranda. Decke und Kette wiesen sie als Katos Tagesplatz aus. Gut zu wissen. Ich setzte keine Pfote auf diesen Platz. Das hätte Kato mir nie verziehen.

Die steile Straße hob sich wie ein aufspringender Hase aus der Stadt, Kopf und Löffel im Wald, die Hinterläufe im Kessel. Links und rechts des Hasenrückens fielen die Grundstücke ab. Nur gab es auf dieser Seite der Straße keine Häuser unterhalb der obersten Reihe, sondern Schrebergärten und Weinberge. Katos Hinterhauswiese war noch steiler als meine. Die Hochnasen hatten eine Treppe hinuntergebaut. Der untere Zaun hatte ein Törchen, das halb offen stand. Unmittelbar dahinter erstreckte sich wildes Gestrüpp, mäusereiches Gebiet. Weiter unten schimmerte ein Weg im Mondschein. Hier und da ragten dunkle Holzhäuschen steil auf. Zwischen ihnen funkelten die Lichter der Stadt.

Katos Kette reichte offenbar bis knapp hinter das Törchen. In einem kleinen Halbkreis endete sein Geruch. Die Eigenheit der Hochnasen, ihre Areale einzuzäunen, statt zu markieren, behinderte mein Fortkommen schon nach wenigen Metern. Ich suchte nach einem Katzenwechsel, der mir den Eingang in einen der Schrebergärten wies. Das Gelände war mehr noch als der Wald ein Refugium von Wieseln, Mardern, Füchsen und Katzen, die hier reichlich Beute fanden. Hinter dem Zaun war gepflegter Rasen. Die Mäuse sprangen mir förmlich vor die Pfoten.

Die Gegend gefiel mir gut. Aber sei es, daß die überstandene Angst in Katos Garten und die Erleichterung, dort ungeschoren durchgekommen zu sein, mich blind machten, oder daß die Mäuse mich ablenkten, ich bemerkte die Gefahr erst, als sie schon da war. An meinem Ohr schnappte ein Kiefer. Gerade noch konnte ich dem Rattenfänger ausweichen, der sogleich zum zweiten Angriff ansetzte. Er sprang. Ich duckte mich. Seine Reißzähne ratschten über meinen Rücken. Ich bekam seinen Hinterlauf zu fassen. Dann entschied ich mich zur Flucht, Terry dicht an meiner Schwanzspitze. Verflucht, wo war der Ausgang? Ich prallte gegen den Maschendrahtzaun, der mich in Terrys gebleckte Zähne zurückwippte. »Hab' dich«, knurrte er und verbiß sich in meiner Wolle. Ich angelte erneut nach seinen Pfoten. Er versuchte, sich tiefer zu beißen, doch in dem Augenblick, als er seinen Biß lockerte, um nachzufassen, konnte ich mich losreißen. Ich sprintete den Zaun entlang, aber, wie ich sofort merkte, in die falsche Richtung. Grollend heftete der Rattenfänger sich an meine Fersen. Ich schlug Hasenhaken und fühlte schon wieder seine Zähne. Da er nicht schnell genug umschwenken konnte, gewann ich Raum. Zurück, am Zaun entlang zum Katzenwechsel. Terry war teuflisch schnell. Hier ging es nicht um eine schlichte Vertreibung aus seinem Revier. Er wollte mich haben und töten. Um nicht am Katzenloch vorbeizurennen, bremste ich meine Flucht. Ein Fehler. Im nächsten Moment hatte der Kerl mich eingeholt. Doch sein Schwung warf ihn über mich hinweg. Er riß mich mit. Wir kugelten gegen das Zaunnetz, er oben, ich unten. Augenblicklich packte er mich an der Kehle, kam aber wieder nicht durch mein Fell. Aus meinen Welpentagen erinnerte ich mich an Kämpfe dieser Art. Doch damals war es nie um Leben und Tod gegangen. Ich kratzte dem Rattenfänger mit meinen Hinterkrallen den Bauch auf. Es störte ihn nicht, sein ganzer Wille war auf sein Gebiß konzentriert, das mir die Luft abdrückte.

Er war ein geübter Kämpfer. Und mich lähmte noch immer die Überraschung. Dann bekam ich eins seiner Ohren zu fassen und biß hinein. Blut rann mir über die Lefzen ins Ohr. Einen Augenblick war der Giftzwerg irritiert. Ich wand mich auf die Pfoten und schlug meine Hauer in seine Nakkenschwarte. Ineinander verbissen, torkelten wir herum. Ein absurder Gedanke schoß mir durch den Kopf: Wie sollte ich meiner Familie erklären, daß ich blutig heimkam? Ich mußte ihm entkommen, und das möglichst unverletzt. Die Angst von der anderen Art gab mir plötzlich Kraft. Ich schüttelte den Beißer ab. Seine Kiefer schnappten ins Leere. Ich sprang gegen den Zaun, traf das Katzenloch und sauste die Wiese hinunter zum Weg. Daß der Rattenfänger einen Moment zu lange überlegte, ob er mir folgen sollte, war meine Chance.

Ich rannte um mein Leben. Hinter mir hörte ich bald Terrys Pfoten. Er kannte sich hier aus, ich nicht. Und plötzlich hörte ich ihn nicht mehr. Ehe ich einen Gedanken fassen konnte, stand er wieder vor mir, geduckt, mit gefletschten Zähnen. Ich konnte nicht bremsen und sprang. Aber er sprang auch, und wir prallten in der Luft zusammen. Doch mein Schwung war größer, ich warf ihn auf den Rücken, während ich auf meinen Läufen landete und weiterrennen konnte. Der Weg mündete in eine Straße, an der Autos parkten und Mülltonnen standen. Ich fuhr zwischen zwei Tonnen an eine Hauswand. Terry sauste um die Hausecke und schoß erst mal an mir vorbei. Natürlich würde er bald merken, daß ich nicht mehr vor ihm war. Für einen Rattenfänger wie ihn wäre es ein Kinderspiel, mich hinter den Mülltonnen aufzustöbern. Ich war jedoch ziemlich außer Atem. Diese Rennerei war ich nicht gewohnt. Ich hoffte, daß es Terry ähnlich ging. Trotzdem mußte ich sehen, daß ich hier wegkam. Ich taumelte ein paar Schritte zurück. Dann kam mir die rettende Idee. Wenn ich auf meiner eigenen Spur zurückrannte, würde der Rattenfänger in seiner Aufregung vermutlich nicht gleich merken, wohin ich verschwunden war. Es würde einige Zeit vergehen, bis er die Mülltonnen abgesucht und seine Verwirrung über das Ende der Spur überwunden haben würde.

Ich rannte los, immer haargenau auf meiner Spur. Unterhalb von Katos Garten sprang ich den Hang hinauf und sauste durch sein Revier. Er mußte ziemlich taub sein, wenn er das nicht hörte. Aber er bellte nicht. Erst als ich wieder auf der steilen Straße war und zur Besinnung kam, spürte ich meine Wunden. Eines meiner Ohren brannte. In meiner linken Schulter bohrte ein stechender Schmerz. Mein Fell war von Terrys Geifer verklebt. Ich hinkte heim. Die Spuren des Kampfes waren so deutlich, daß ich nicht hoffen konnte, sie würden meiner Familie entgehen.

Am Kellerfenster stieß ich auf Emma. Ihre Augen glühten so frech, daß mich die Wut übermannte. Ohne Besinnung hieb ich meine Zähne in ihren Nacken. Sie schrie und kratzte wie eine Wilde und schlug auf mich ein. Wir plumpsten durch das Kellerfenster ins Haus. Dabei entkam sie mir und sauste hinauf in die Wohnung. Aber ich hatte mein Alibi. Wenn die Hochnasen am anderen Morgen eine zerraufte Katze und einen zugerichteten Anuben finden würden, mußten sie glauben, daß meine Wunden auf Kosten der Katze gingen. Das würde mir zwar nicht ihre Freundschaft eintragen. Aber sie konnten mich nicht des Streunens verdächtigen.

13

Aber ich hatte die Rechnung ohne Mama gemacht. Emma wußte nur zu gut, daß sie sich auf Mama verlassen konnte. Als sie vor dem Frühstück mit klagendem Miauen ihre kleine Blessur an der Schulter vorwies, war das Geschrei groß.

Sabine stand müde in der Tür, da brüllte Mama schon: »Dieser Köter, ich hab's ja gesagt. Schau dir Emma an! Schau dir an, was dein Hund angerichtet hat!«

Sabine rieb sich die Augen. Ihr Mitleid galt weniger der dreisten Katze als mir. Ich sah schließlich viel schlimmer aus. Blut in der weißen Halskrause, ein zerschlitztes Ohr, eine Wunde an der Schulter, einige kahle Stellen am Rücken. Außerdem hatte mir Emma gestern noch zwei ansehnliche Schrammen auf die Nase gesetzt. Zumindest Sabine begriff, daß ich die Verliererin gewesen sein mußte. Sie streichelte mich.

»Geschieht dem Köter ganz recht«, sagte Mama erbarmungslos. »Hab ich's nicht immer gesagt, Hund und Katze vertragen sich nicht. Du hast mir versprochen, daß Mini der Katze nichts tut.« Mama war wütend. Drei Tage sei die Katze schon fortgeblieben. Sie würde nicht abwarten, bis ich sie ganz aus dem Haus getrieben hätte. Sie hätten es nun versucht. Aber Sabine müsse einsehen, daß es so nicht ginge. Zurück mit dem Hund ins Tierheim!

Am liebsten wäre ich sofort aus der Küche rausgerannt, auf Nimmerwiedersehen verschwunden. Keine Panik, ermahnte ich mich, und mein Entsetzen endete an Sabines Brust, unter der ein eiliges Herz klopfte.

»Mini gehört mir«, schluchzte Sabine, die gute Seele. »Wenn sie gehen muß, geh ich auch.« Sehr tapfer. Ich leckte ihr das Kinn.

»Reiß dich zusammen«, forderte Mama. »Es ist nur ein Hund. Und du hast versprochen, wenn der Katze ein Haar gekrümmt wird, dann kommt er zurück ins Heim.«

»Aber«, schrie Sabine, »der Katze ist doch gar nichts passiert! Schau dir Mini an, wie die aussieht. Das war deine liebe, harmlose Katze, Mama!« Sabine schlug ihre Arme um mich. Allerdings bezweifelte ich, daß sie sich gegen Mama würde durchsetzen können. Und als sich jetzt auch noch Papa einmischte, war mein Schicksal so gut wie besiegelt. »Der Hund kommt weg. Morgen bringst du ihn zurück.«

Emma feixte.

Sabine riß mich in ihre Arme und stürzte mit mir die Treppe hinauf. »Arme Mini«, keuchte sie. »Ich gebe dich nicht weg.« Aber wir beide wußten, daß sie, wenn ihre Eltern nicht nachgaben, am Ende unterliegen würde.

»Warum mußtest du dich auch mit Emma beißen?« Sie liebkoste mich vorwurfsvoll. »Warum sind Hunde nur so dumm? Wenn du mich doch bloß verstehen könntest.«

»Es tut mir leid«, sagte ich und leckte ihr die Hände. »Aber was hättet ihr gesagt, wenn ihr gewußt hättet, daß ich heimlich nachts draußen war?«

Darauf konnte mir Sabine aus bekannten Gründen keine Antwort geben. Es war zweifelhaft, ob sich Mama und Papa oder sogar Sabine eher damit abgefunden hätten, daß ich nachts herumstrolchte, als daß ich ihre Katze ärgerte. Und auch dann wären die Folgen unangenehm gewesen: verschlossene Fenster und Türen, womöglich eine Kette.

Sabine schloß sich den Vormittag mit mir in ihrem Zimmer ein. Als es Zeit war zum Spazierengehen, humpelte ich so anschaulich auf drei Beinen, daß sie mich nur eben zum Pinkeln vor die Tür schaffte. Auf diese Weise konnte ich mich schonen. Denn ich brauchte meine Kraft für die Nacht. Es stand fest: Ich würde fliehen, koste es, was es wolle. Allerdings war mir ängstlich und jämmerlich zumute.

Am Abend nahmen die Gespräche meiner Familie keine Wendung, aus der ich schließen konnte, daß sie es sich anders überlegt hätten. Ich mußte davon ausgehen, daß sie ihre Drohung wahr machten und mich, wenn Sabine in der Schule war, zurück ins Heim bringen würden. Daß Sabine den ganzen Abend wortkarg schmollte, half mir auch nicht. Diplomatische Geschick war ihr offenbar nicht gegeben. Sie hätte reden müssen, um mich zu behalten, denn die Hochnasen lösen alle Konflikte mit Worten. Aber Sabine schwieg verstockt. Papa und Mama stierten auf den Fernseher. Er knuddelte den Säugling. Mama kraulte die Katze, die demonstrativ schnurrte. Alles ging schief.

Ich war froh, als sich der verkniffene Haufen Hochnasen endlich auf die Zimmer zur Nachtruhe verteilte. Kritisch wurde es, als Sabine sich wiederum mit mir in ihrem Zimmer einschloß. Sie wollte aus begreiflichen Gründen die letzte Nacht mit mir verbringen. Ich mußte quietschen, scharren und drängeln, daß sie mir die Tür öffnete. Und das befremdete sie sehr. Es tat mir leid, Sabine zu verlassen. Aber verlieren würde sie mich sowieso. Und wenn man sie verdächtigte, mich laufengelassen zu haben, würde ihr das nicht ernsthaft schaden.

Und so lief ich das erste und einzige Mal in meinem Leben davon, um zur Streunerin zu werden. Ich begriff schlagartig, was für ein Dämon die Treue ist. Wider besseres Wissen, trotz Kränkung und Wut, überwältigten mich schon im Garten Reue und Trauer. Der Seelenschmerz knickte mich zu Boden. Mir zitterten die Läufe. Am liebsten wäre ich sofort umgekehrt, hätte drinnen alle geweckt und demütig um Verzeihung gebeten. Wenn sie mich doch verstehen könnten! Vor der großen Freiheit um mich herum in all den finsteren, stillen Gärten und dem großen Wald am Ende der Straße graute mir nur. Zum Wolf muß man geboren sein oder geprügelt werden wie Gris. Ich war nur eine einfache Anubin, treue Freundin einer alten Dame, liebende Gesellin Sabines, geduldige Wächterin des Säuglings, rangniedrigstes Familienmitglied, Anbeterin eines Mülleimers. Wer behauptet, daß Anuben die Freiheit lieben, lügt. Wir brauchen nur die lange Leine, mehr nicht. Bebend vor Erschütterung, begab ich mich zunächst in den verwilderten Garten und legte mich unter die Brücke, um nachzudenken. Wo sollte ich jetzt hin? In Zottels Keller? Oder Gris suchen? Es war aber auch vertrackt. Bis vor ein paar Nächten noch hatte es in den Gärten von Anuben nur so gewimmelt. Wo waren sie nur alle? Wieso ließ sich niemand blicken? Ich dachte an Bolle, der einsam in seiner Hütte schlief. Dann fiel mir Maxi ein. Sie war genau die Richtige, um mir einen Rat zu geben. Ich hinkte los. Als ich den Garten hinauf zu Maxis Zwinger klomm, sah ich, daß sie schon Besuch hatte. Da der Wind aus meiner Richtung kam, erkannten sie mich eher als ich sie. Gris saß am Zwinger.

»Hallo«, wedelte Maxi freundlich. Nicht so der Wilde. Unfreundlich und finster blickte er mir entgegen.

»Vorsicht«, sagte ich zu Maxi, ohne Gris zu begrüßen, »du sprichst mit einem Verräter.«

Maxi leckte sich ungläubig die Schnauze. Gris knurrte: »Halt dein Maul, du Aas.«

»Ratte«, fauchte ich.

»Was sagst du da?« grunzte Maxi. »Wen meinst du denn?«

»Gris. Er spioniert für die Stummen.«

»Welche Pestratte hat dir das denn zugesteckt?« knurrte der Wilde, ohne mich anzusehen.

»Wind persönlich.«

»Und was hast du mit dem zu besprechen?«

Maxi hob fragend den Kopf. Die beiden starrten mich großäugig an. Ich merkte, daß ich mich selber in ein komisches Licht gerückt hatte. Ich schüttelte meinen zerbissenen Lauf. Das wirkte.

»Heiliger Anubis«, sagte Maxi bestürzt, »du bist ja verletzt. Hat Wind das getan?«

»Laß mal sehen«, sagte Gris. »Komm, zeig schon. Mit Bissen ist nicht zu spaßen.« Er beleckte meine Blessuren und stellte dann fest: »Halb so schlimm. Das heilt wieder.«

»Und nun erzähl mal«, forderte Maxi.

Ich berichtte von meinem Ausflug in Katos Kernrevier und der Begegnung mit Terry.

»Es gibt wohl kein Rattennest«, sagte Gris verächtlich, »in dem du dir in deiner unsäglichen Torheit nicht Kratzer auf der Nase holst. Es nutzt eben nichts, die Pestbrut aufzustöbern, wenn man sie nicht ausheben kann. Und du hast noch Glück gehabt, daß du nur nur auf den Rattenfänger Terry gestoßen bist, nicht auf die Plattnase Falle. Ich schlage vor, du drehst dich jetzt auf deinen Sprunggelenken um und kehrst zurück nach Hause, legst dich auf deine saubere, weiche Decke neben Sabines Bett und läßt dich pflegen, ehe du noch mehr Schaden anrichtest.«

Ich war sprachlos vor Zorn.

»Sei nicht so hart mit ihr«, mahnte Maxi bedächtig. »Sie meint es doch nur gut.«

Das war zuviel. Ich schrie: »Seid ihr alle bescheuert? Könnt ihr nichts anderes als reden? Es ist doch klar, daß Terry Zottel bewacht. Er ist dort. Wir müssen ihm helfen. Vielleicht wird Zottel in diesem Moment umgebracht. Eure Trägheit hat doch Methode. Der Professor war schon todgeweiht, ehe er überhaupt aus seinem Keller rauskam. Und du, du willst ihn ermorden, Gris. Du bist ein Agent der Stummen. Das wird mir immer klarer.«

Gris verdrehte die Augen. »Soviel Dummheit müßte verboten werden.«

»Scht, sei leise«, zischte Maxi. »Du weckst doch alle auf mit deinem Geschrei.«

»Aber Gris ist eine Ratte«, sagte ich. »Glaub mir. Er will Zottel gar nicht retten. Er will ihn töten. Er hat ihn entführt.«

Gris senkte den Schädel und knurrte: »Werd' nicht frech. Du hast mit deiner lächerlichen Schnüffelei alles verdorben. Wir waren so froh, daß die Mafia nicht wußte, daß wir wissen, wo Zottel ist. Wenn er jetzt umgebracht wird, dann ist es deine Schuld.«

Ich war perplex.

Maxi kratzte sich hinter dem Ohr. »Da ist was dran.«

»Hör mal«, begann Gris jetzt etwas freundlicher. »Du solltest dich mit deinen wilden Verdächtigungen zurückhalten. Bislang bist du die einzige im Revier, die sowohl mit Kato als auch mit Wind geredet hat und noch am Leben ist.«

Ich wandte mich an Maxi: »Stimmt es, daß die Stummen nicht lügen?«

Maxi legte den Kopf schief. »Sie haben ein Ehrlichkeitsgebot in ihren Statuten. Es verbietet taktisches Verhalten, Diplomatie und Lüge und empfiehlt statt dessen Schweigen. Sie selber nennen sich die Kompromißlosen. Aber daß einzelne darum niemals lügen, würde ich nicht behaupten.«

»Und woher weißt du das alles? Spioniert hier jeder für jeden?«

»Ich habe einmal zu den Stummen gehört«, sagte Gris leise. »Das weiß jeder in der Liga.«

»Du warst Zottels Freund und hast gleichzeitig zu den Stummen gehört?«

»Zottel hat es immer gewußt. Von Anfang an.«

»Und wo stehst du jetzt?«

»Hier.«

Maxi und Gris lächelten wie ein altes Ehepaar, das sich über die Begriffsstutzigkeit und den Übereifer der Jugend amüsiert. Ich kam mir verarscht vor. War das alles nur ein Spiel für gelangweilte Anuben, eine Art Räuber-und-Gendarm-Spiel, wie es die Hochnasenkinder trieben? Waren die ständigen Todesgefahren nur lächerliches Theater, da im Grunde alle miteinander verschworen waren, sich nach besten Kräftene zu unterhalten? Und ich hatte nur noch nicht begriffen, worum es eigentlich ging. Gehörten aber Jachs und Blackys Unglück mit zum Spiel? Oder war das eine ganz andere Geschichte?

»Na gut«, sagte ich. »Da Dummheit nun mal meine Natur zu sein scheint, gehe ich jetzt los, um Zottel zu befreien.«

»Das wäre Selbstmord«, sagte Maxi.

»Das werden wir sehen«, sagte ich und wandte mich um.

»Halt sie auf, Gris!« hörte ich Maxi noch rufen.

»Wer sich in Gefahr begibt, kommt darin um«, antwortete Gris. Aber ich war noch nicht draußen auf der Straße, da war der Wilde bereits an meiner Seite. »Hier entlang«, sagte er knapp, als ich den Weg in Katos Garten einschlug, und führte mich durch ein Gebiet oberhalb von Katos Residenz in die Schrebergärten.

»Da drüben, das Häuschen«, flüsterte er mir zu. »Aber es ist Wahnsinn.«

»Wir sind zu zweit«, sagte ich.

Gris setzte sich auf seine Hinterläufe und musterte das Gelände. Er legte sich einen Plan zurecht. Dann wandte er sich zu mir und erklärte: »Zottel ist in dem Häuschen in dem Garten, wo du mit Terry aneinandergeraten bist. Das Haus wird bewacht. Der Rattenfänger und die Plattnase wechseln sich ab. Kennst du die Plattnase?«

»Nein.«

»Sie hat Kiefer wie ein Baggermaul, erbarmungslos wie ein Fangeisen. Was sie hat, läßt sie nicht wieder los. Falle ist dreimal so groß wie du. Hast du dir das auch gut überlegt?«

»Nein«, sagte ich. »Du holst Zottel aus der Hütte, ich lenke Falle ab.«

»Umgekehrt«, widersprach Gris. »Falle macht Mus aus dir. Du holst Zottel.«

»Aber du kennst die Hütte, ich nicht. Du weißt, wo die Tür ist, ich nicht.«

»Und du wolltest Zottel da allein rausholen, heilige Einfalt.«

»Spar dir deinen Atem für die Tat«, sagte ich kalt und huschte durch Büsche und Gras auf den Garten zu. Gris schlich neben mir her und sichertee. Es galt, Falle auszumachen, bevor sie uns roch. Plötzlich verhielt Gris auf drei Pfoten. »Da drüben«, wisperte er. »Siehst du sie? Beim Holzstoß an der Hütte.«

Da lag die Plattnase und schlief. Sie ratzte so laut, daß wir sie bis zu uns schnarchen hörten. Der leichte Wind wehte uns Falles warme Träume zu. Sie dampfte Tiefschlaf aus. Wenn sie aufwachte, würde sie ausgeruht sein. Ich schauderte unwillkürlich zusammen. Gris grinste.

»Die Tür ist auf unserer Seite«, raunte er. »In den Garten kommt man unter dem Törchen durch. Aber am besten, du bleibst außerhalb des Hauns und lockst Falle hinter das Haus. Dann habe ich genug Zeit. Wenn ich Zottel draußen habe, pfeife ich. Dann hau ab, so schnell du kannst. Wir treffen uns in Zottels Keller. Viel Glück.«

Gris wartete, bis ich mich schräg den Hang hinunter zum unteren Zaun, der an den Weg grenzte, entfernt hatte. Dann tigerte er auf das Törchen zu. Falle schnurchelte noch immer. Ich tappte absichtlich auf einen Zweig. Er explodierte förmlich unter mir. Die Plattnase fuhr auf und spitzte die coupierten Ohren. Ich verhäkelte mich im Brombeergestrüpp und prasselte, eher unabsichtlich, auf den Weg. Falle schoß mit einem röchelnden Knurren auf den Zaun zu. Trotz ihrer Wucht warf sie sich in ein Bremsmanöver, ohne gegen den Zaun zu prallen. Sie war ein riesiges Tier in den besten Jahren, das praktisch nur aus Muskeln bestand. Ich war froh, daß der Zaun uns trennte.

Aber entweder hatte Gris nicht gewußt oder nicht bedacht, oder es mir nicht gesagt: Der Garten hatte, wie jeder Garten von Hochnasenhand, selbstverständlich ein Tor, das auf den Weg hinausging. Und dieses Tor knallte unter Falles Ansturm sperrangelweit auf. Wie ein Raubvogel fiel Falle auf mich herab. Ich entwischte ihr nur knapp und bereute bitter, diesen Part des Unternehmens übernommen zu haben. Noch so eine Hatz wie letzte Nacht würde ich nicht überstehen. Meine verletzte Schulter lahmte schon bei den ersten Sprüngen. Welcher Irrsinn bewog mich nur dazu, immer Situationen zu suchen, in denen ich das Hasenpanier ergreifen mußte? Ich schlug einen Haken vom Weg ab und schoß ins Leere. Nach einem endlosen Flug knallte ich auf eine Wiese. Die Plattnase hatte inzwischen gewendet und turnte das Mäuerchen herab. Ein paarmal würde es mir noch gelingen, sie im Slalom zwischen den Obstbäumen abzuschütteln. Dann würde sie mich packen. Ihre Triefaugen glühten an meinen Fersen.

Da fiel mir etwas ein: die Bäume. Ich hatte es ja schon einmal geschafft. Der nächste Stamm mußte es erweisen. Ich sprang mit letzten Kräften, umklammerte den rauhen Stamm mit den Vorderläufen, krabbelte, kratzte, kraxelte mit den Hinterpfoten, wie ich es bei den Katzen gesehen hatte – und oben war ich. Die Plattnase rammte gegen den Stamm, daß der ganze Baum erzitterte. Und springen konnte sie. Mehrmals gelang es Falle, ihre Zähne in den Ast zu schlagen, auf dem ich saß. Ich biß sie in die Nase. Da sie zurückbeißen wollte, mußte sie loslassen und fiel runter. Schließlich kapierte sie, daß sie es nicht schaffen würde. Und erst jetzt fing sie an zu knurren und zu bellen.

»Du feige Katze«, brüllte sie, »du heimtückischer Igel, du stinkendes Wiesel, du miese Maus«, tobte sie, um den Baum tanzend, »schämst du dich nicht, stell dich, kämpfe ehrlich! Aber warte nur, ich krieg' dich auch so. Irgendwann mußt du ja wieder runter.«

Immerhin konnte ich jetzt nachempfinden, wie sich Katzen fühlen, wenn man sie auf einen Baum gescheucht hat. Es wirkt schon komisch, wenn man von da oben auf ein winselndes, geiferndes, kläffendes Wesen herabblicken kann, das sich völlig umsonst ereifert. Es stellt sich nur die einzige bange Frage: Wann wird der Anube aufgeben? Wann ist er still und zieht ab?

Falle machte so viel Lärm, daß ich Gris' Pfeifen in keinem Fall gehört hätte. Seine Entwarnung hätte mir auch nichts genutzt, solange Falle am Fuße des Bäumchens geiferte. Und die Plattnase hatte gewiß nicht die Absicht, ohne weiteres aufzugeben.

Ich versuchte, es mir in einer Astgabel gemütlich zu machen, und spuckte auf die wildgewordene Fähe hinab.

Das brachte sie verständlicherweise nur noch mehr in Rage. Im nächsten Augenblick würde dieser Muskelprotz vor Wut platzen.

»Du Laus«, schrie sie mit überschnappender Stimme, »du Zecke in Anubis Fell, du Auswurf eines Autos, du Tollwutratte von Kynopolis, ich kriege dich, ich zermalme dich, ich kotze dich Kato zum Frühstück vor!«

»Frühestens zum Abendessen«, sagte ich.

»Dir wird das Lachen noch vergehen«, kreischte Falle. »Ich kann warten. Und später kommt Terry und löst mich ab. Wir kriegen dich, und wenn es dein verhungertes Gerippe ist, das wie eine faulige Pflaume vom Baum plumpst.«

Falles Vision hatte etwas für sich. Mir wurde ziemlich mulmig. Die Mafia war groß. Und sie bestand aus lauter Raufern und Beißern. Sie konnteen mich hier tagelang belagern. Ich mußte auf Gris hoffen. Wenn ich in Zottels Keller nicht erschien, würde er mich suchen. Aber konnte ich mich überhaupt noch auf ihn verlassen?

»Paß nur auf«, schrie ich, »daß dir niemand Zottel klaut in der Zwischenzeit.«

Falle klappte ihr lautes Maul zu und erstarrte. Ein schrecklicher Verdacht furchte ihr plattes Gesicht. Sie machte drei Sätze Richtung Schrebergarten. Dann hielt sie wieder inne, drehte um und kam zurück: »Wenn du mich reinlegst?« knurrte sie.

Ich lachte sie freundlich an. »Kato wird sich sicher freuen, wenn Zottel verschwunden ist.«

Falle jaulte auf. Sie erlitt ein schreckliches Dilemma. Die Wut hielt sie hier, die Sorge trieb sie fort. Mehrmals sprang sie mit allen vieren in die Luft und drehte sich um sich selbst. Dann endlich rannte sie in langen Sprüngen davon. Ich hoffte, daß Gris und Zottel längst über alle Berge waren. Und lange durfte ich auch nicht mehr warten. Falle würde nur Augenblicke brauchen, um festzustellen, daß die Hütte leer war.

Nie in meinem Leben bin ich sooft um mein Leben gerannt wie in diesen Nächten. Und das mit einer kaputten Schulter. Gris hatte recht: Ich war eine Närrin. Der Kürze halber und weil ich den Weg kannte, flüchtete ich durch Katos Garten, überquerte die Straße, quetschte mich durch den nächsten Zaun und rannte durch einen Garten in den nächsten. Obwohl Falle ohnehin zu groß gewesen wäre, um mir durch die Zäune zu folgen, hörte ich erst auf zu rennen, als ich den wilden Garten erreicht hatte. Die Tür zum leeren Haus war wieder nur angelehnt. Ich hagelte die Treppe hinunter. Zottel und Gris saßen im Keller. Halbtot und völlig außer Atem, sank ich den beiden Rauhbeinen vor die Pfoten.

»Sieh an«, sagte Gris. »Und ich dachte schon, dich hätte es endlich erwischt.«

»Hast du mir darum das zweite Tor verschwiegen?« japste ich.

»Tut mir leid, kleine Panne.«

Der Professor war etwas herzlicher. Es schien ihm recht gut zu gehen. Er war sichtlich vergnügt, nicht nur, weil er seine Bücher und seine Geräte wieder hatte, sondern weil ihm seine Gefangenschaft offenbar eher wie ein lustiges Abenteuer vorgekommen war.

Während ich mich bemühte, zu Atem zu kommen, nahm er seinen Bericht wieder auf. Er hatte bei Pinsel unter dem Haselbusch gesessen. Sogar ziemlich lange. Erst war lange Zeit nichts geschehen. Dann schnürte Emma vorbei. Etwas später kam Blacky.

Hier runzelte Gris seine Stirn.

Zottel hatte sich gefreut und wußte sich gerettet. Leider hatte er sich bei dem ungewohnten Geturne eine Pfote verrenkt. Und so war er dankbar gewesen, daß Blacky ihm angeboten hatte, ihn auf den

Rücken zu nehmen. Es war ein lustiger Ritt. Zuerst war er abgerutscht. Nach reichlich Gekicher und mehreren Versuchen war er schließlich oben geblieben. Blacky hatte ihn auf ihrem Buckel zum Tor gebracht. Er hatte sich drunter durchgequetscht, sie war darüber gesprungen. Dann war er erneut aufgestiegen. Aber sie waren kaum zwei Schritte weit gekommen, da rutschte er ab. Blacky war plötzlich beiseite gesprungen. Und dann ging alles sehr schnell. Ein fremder Anube war da. Geknurre. Zottel war in seinem Schreck durchgestartet und unglücklicherweise genau in Katos Garten gerannt. Dort lag der Killer an der Kette und brauchte den Professor nur in Empfang zu nehmen. Terry und Falle schleiften ihn zur Hütte und sperrten ihn ein.

»Ich weiß gar nicht«, erklärte Zottel munter, »warum ihr alle solche Angst vor Kato habt. Er liegt an der Kette und ist ganz harmlos. Mir hat er kein Haar gekrümmt, und dabei wäre es bei meinem Pelz nicht mal drauf angekommen.«

»Hör dir das an, Kätzchen«, sagte Gris, »der ist gerade dem Rachen des Bösen entkommen und fragt noch, wo es geknurrt hat. Lieber Professor, setz dich an deine Maschine und leck deine Bücher, da kennst du dich aus. Was glaubst du, was Kato mit dir gemacht hätte, wenn ihm klargeworden wäre, daß du weder willens noch fähig bist, ihm das Geheimnis zu verraten?«

»Ich habe ihm gleich gesagt, daß ich es nicht

kann, wenn ich meine Bücher und meinen Computer nicht habe«, sagte Zottel. »Diese Idioten glauben immer, ein Forscher setzt sich einfach hin, grübelt ein wenig, mixt aus irgendwelchen Wässerchen irgendwas zusammen, das ein bißchen grünlich brodelt, und fertig ist die Lösung.«

»Ich hoffe, du hast Kato deinen Keller nicht verraten«, sagte Gris.

»Wo denkst du hin? Außerdem mußte ich doch sowieso davon ausgehen, daß alles zerstört ist. Das war eigentlich das schlimmste.«

»Wieso hat eigentlich«, fiel mir nun ein, »Blacky Zottel geholt?«

Gris schüttelte den Schädel. »Vermutlich«, sagte er finster, »hat Emma ihr Bescheid gesagt, so wie du es wolltest. Ich war zu diesem Zeitpunkt woanders.«

Alles klar. Ich hatte Emma Unrecht getan. Blieben die Fragen, die ich Gris nicht stellte: Warum hatte Blacky uns nichts davon erzählt, und warum hatte Wind behauptet, Gris habe Zottel für die Stummen entführen wollen? Wind hatte immerhin gewußt, daß Blacky den Professor auf dem Rücken getragen hatte. Und wahrscheinlich war er der unbekannte Anube gewesen, vor dem Zottel die Flucht ergriffen hatte. Allerdings ein Leinenanube wie er? Nichts war klar.

»Und nun«, sagte der Wilde, »kannst du im Vollgefühl deiner Intelligenz und Tapferkeit heimgehen und dich neben Sabines Bett legen.« Er wollte mich offenbar loswerden, vielleicht um mit dem Professor allein zu sein. Was auch immer er vorhatte, es erschien mir nicht unbedingt etwas Gutes. Überdies fiel mir jetzt mein ganzes Unglück wieder ein, und aufgebrachter, als ich wollte, sagte ich: »Ich kann nicht zurück. Sie wollen mich ins Tierheim abschieben.«

»Dann bleibst du eben hier«, sagte Zottel fröhlich.

Gris machte dagegen ein bestürztes Gesicht. »Wie kommt das denn?« fragte er erregt.

»Sie glauben, ich hätte Emma zusammengebissen und verscheucht.«

»Hätte ich dir gleich sagen können«, grollte der Wilde. »Hochnasen kippen bei der kleinsten Schwierigkeit um.«

»Das liegt daran, daß sie ihre Nase so hoch tragen und nur zwei Beine haben, wie Maxi sagen würde«, bemerkte der Professor. »Übrigens, ich würde das nicht so ernst nehmen. Hochnasen reden viel, aber meinen wenig. Am anderen Morgen haben sie alles, was sie nicht aufgeschrieben haben, vergessen.«

»Das ist mir zu riskant«, sagte ich. »Wenn ich ihnen aus dem Weg gehe, damit sie mich nicht packen können, verärgert sie das nur noch mehr.«

Der Professor nickte abwesend. Er hatte sich beiläufig seinen Büchern zugewandt und war von irgendwas äußerst fasziniert. Aber Gris musterte mich sorgenvoll. In seinen harten gelben Augen standen auf einmal Mitgefühl und Betrübnis. Er haßte das Heim und die Hochnasen so sehr, daß er diesmal auf meiner Seite stand. Aber in seinen Haß mischte sich auch Trauer. Wenn er meine Gefühle teilte, dann war er betrübt, daß wir uns niemals in unserem Leben auf die Hochnasen verlassen können. Vermutlich hatte er so viel Schlimmes erlebt, daß er das Vertrauen längst verloren hatte. Dennoch war er jedesmal neu erschüttert. Seine Gefährtin Blacky siechte mit gebrochenen Läufen bei einem Tierarzt, falls sie überhaupt noch dort lag, falls der sie nicht längst eingeschläfert oder an ein Heim abgegeben hatte. Und die Hochnasen waren daran schuld. Ein Hasser hatte die Falle gelegt. Die Senkrechten und die Waagerechten, schien mir jetzt, können niemals zusammenkommen. Sie stehen überkreuz. Ich staunte über Zottels ungebrochene Unbefangenheit und Neugierde. Was auch immer um ihn herum geschah, er kannte nur einen Sinn, ein Ziel: Verständigung. Mit blindem Optimismus arbeitete er für den Moment, da Hochnasen und Nasen einander ansehen und guten Tag sagen konnten. Und er fragte nicht, was dann kam, was es nutzte: Er forschte. Alles Weitere würde sich dann ergeben.

»Komm mit«, sagte Gris.

Wir verließen den Professor, der zwischen seinen Büchern und Geräten werkelte. Gris brachte mich in den Wald. Wir schlugen den Weg ein, der an der Lichtung vorbeiführte, wo ich Blacky gefunden hatte. Als wir um die Wiese herumtrabten, da Gris wohl aus Abscheu nicht den direkten Weg nehmen wollte, sagte der Wilde: »Du hast wohl erwartet, daß ich dir im Namen Blackys dafür danke, daß du sie aus der Falle befreit hast. Aber ich kann es nicht. Du hättest sie sterben lassen sollen.«

»Aber«, widersprach ich, »wahrscheinlich wird sie wieder gesund. Tierärzte können viel. Blacky wird wieder laufen. Und vielleicht findet sie einen guten Halter.«

»Ach was. Hast du mal gesehen, was Hochnasen alles tun, um ihre Anuben am Sterben zu hindern? Selbst wenn sie gar keine Beine mehr haben, dann müssen sie sich noch in Schlaufen herumtragen lassen. Das ist kein Leben, das ist eine Schande.«

»Wenn es so ist, dann hat der Tierarzt Blacky sicher eingeschläfert.«

»Kannst du da sicher sein? Kann man überhaupt sicher sein, daß die Hochnasen irgendwas Vernünftiges tun? Sie betrachten uns doch als ihren Besitz. Wir dürfen nicht abhauen, auch nicht sterben. Wenn wir aber lästig werden, dann schieben sie uns ab oder lassen uns totspritzen. Sie glauben nicht nur, sie könnten alles bestimmen, sie tun es auch. Du hältst mich für einen dummen Wolf, weil ich Tierärzte hasse. Aber ich kenne diese Typen. Es reizt sie, alles wieder hinzukriegen, und wenn unsereiner auch monatelang in Gips gefesselt liegen muß. Wir sind Objekte ihrer Kunst, Versuchsgegenstände. Als mich mein Hasser so zusammengeschlagen hatte, daß mir das Blut aus der Nase lief, brachte er mich zum Tierarzt. Der sagte: Das kriegen wir wieder hin. Dann versetzte er mich in Schlaf. Und als ich aufwachte, hatte er mir die Schnauze zugebunden und die Läufe eingewickelt. Er hatte mir ein Stück Eisen in mein rechtes Knie genagelt. Das tut höllisch weh, wenn es kalt wird. Und nach drei Tagen holte mich mein Hasser wieder. Und alles ging weiter wie vorher.«

»Aber du lebst noch. Und lebst gern.«

Gris schnaubte. »Jede Kreatur hängt am Leben. Trotzdem haben wir Verstand genug zu wissen, daß es zuweilen besser ist zu sterben. Und was mich betrifft, so tauge ich zu nichts. Ich bringe nur Unglück.«

»Quatsch«, sagte ich. »Das könnte ich von mir behaupten, aber nicht von dir. Du hast immerhin Zottel befreit.«

Gris lächelte. »Das hätte ich ohne dich nicht getan. Aber ich konnte dich doch nicht in den sicheren Tod rennen lassen. Heiliger Anubis, was reden wir für einen Unsinn! Hast du was von Blacky gehört?«

»Nein.«

»Ich habe die letzten Tage nach ihr gesucht. Aber in den Heimen, die ich kenne, ist sie nicht. Du weißt nicht zufällig, zu welchem Tierarzt deine Leute sie gebracht haben?«

»Nein. Sie sind mit dem Auto gefahren. Es kann also sonstwo sein.«

»Oder auch nur am Fuß der Hasenbergsteige. Die Hochnasen machen fast jeden Weg mit dem Auto.«

Hinter der Lichtung drangen wir in den Wald ein. Gris führte mich in ein Gebiet, in dem allerlei Bäume gefällt und in Stapel aufeinandergeschichtet worden waren. In einen der Stapel drang er ein. Dort begrüßten uns fiepend die Welpen.

»Schlaf gut«, sagte Gris. »Ich muß noch mal weg.«

14

Als ich aufwachte, stand die Sonne hoch und spießte kleine heiße Flecken in meinen Pelz. Die Welpen balgten sich draußen um einen Hasen, den Gris ihnen gebracht hatte. Er selber döste in der Sonne. Meine Schulter hatte sich von den Strapazen gut erholt. Ich fühlte mich prächtig. Und ich hatte Hunger. Von Gris konnte ich nicht erwarten, daß er auch für mich jagte. Ich mußte mich an den Gedanken gewöhnen, in nächster Zeit von Mäusen zu leben.

»Na«, sagte der Wilde, »gut geschlafen?« Er zwickte sich einen Floh aus dem Fell. Ich streckte mich ebenfalls in der Sonne aus. Die Welpen einigten sich unterdessen darauf, den Hasen gemeinsam zu fressen, da sie ihn nicht auseinanderreißen konnten. Der eine fing beim Kopf an, der andere an der Blume. Gris ließ sich seufzend auf die Seite fallen. Er schloß die Augen. Aber seine Nase und Ohren zuckten auch im Schlaf. Er bekam alles mit, was um ihn herum geschah. Die Welpen knackten dem Hasen schmatzend die Knochen.

Die eine Sache war nun, wenn auch nicht geklärt, so wenigstens zu einem guten Ende gebracht. Zottel war wieder frei. In seine Entführung waren allerdings Anuben jeder Gruppe verwickelt, Blacky, Wind und Kato. Wer welche Rolle gespielt hatte, konnte ich nicht sagen, nur vermuten. So hatte Blacky, nachdem Emma ihr meine Botschaft überbracht hatte, Zottel aus dem Garten geholt. Dann war sie von Wind überrascht worden. Zottel war abgehauen und Kato in den Fang geraten. Aber warum hatte Blacky uns das nicht so erzählt? Vielleicht hatte sie Vorwürfe gefürchtet. Möglicherweise war ihr die Panne peinlich gewesen. Aber das paßte nicht zum Bild, das ich von Blacky hatte, einer freien, stolzen Fähe mit Kampfgeist und Geschick. Zweites Problem: Wo kam Wind her, der doch sonst nur an der Leine ging? Nutzte er vielleicht doch die Stunden, die er unter dem Balkon zubringen sollte, für Freigänge? Dritte Frage: Warum behauptete Wind, Gris habe die Entführung arrangiert? Und viertens: Hatten die Vorgänge um Zottel irgendwas mit den Mordanschlägen auf Jach, mich und Blacky zu tun? Wenn ja, dann war noch eine Hochnase im Spiel, die Gift und Fallen legte. War sie es auch gewesen, die die Polizei in Zottels Haus geholt hatte? Konnte sie gewußt haben, wo Gris und Blacky ihr Lykopolis hatten, und hatte dort Bagger hingeschickt? Wußte sie, welchen Weg Blacky zu ihrem neuen Heim nahm, um dort ein Fangeisen zu plazieren? Und warum begann alles erst mit meiner Ankunft in Kynopolis? War es ein Zufall, daß es bislang nur Fähen getroffen hatte und keine Rüden? Zwar verschiedenartige, aber allesamt harmlose und immer solche, die mit mir zu tun hatten? Es paßte einfach nichts zusammen.

Als die Sonne um den Platz herumgewandert war, hatten die Welpen ihren Hasen vertilgt und lagen mit runden Bäuchen vor dem Holzstapel. Mein Hunger knurrte laut. Ich hatte das Herumliegen satt und streckte mich. Gris wachte auf. »Um Mitternacht bei Zottel«, sagte er. Als ich ging, ließ er sich wieder auf die Seite fallen.

Zunächst wollte ich ein paar Mäuse fangen. Aber jetzt, wo ich sie brauchte, waren sie wie vom Erdboden verschluckt. Ich war keine geübte Jägerin, aber ich versuchte es nach allen Regeln der Kunst. Wenn es im Gras raschelte, erstarrte ich, lauschte, duckte mich, sammelte mich mit untergesetzten Pfoten und sprang, wenn es ging, in einem Satz, sonst in zweien, und dann rein mit der Schnauze ins Heu. Und jedesmal hatte ich nur Erde im Maul. Vielleicht waren Waldmäuse flinker als Gartenmäuse. Ich fing keine einzige und trollte mich durchs Unterholz zum Waldrand hinauf. Auf meinem Weg an den unteren Gärten entlang kam ich bei Maxi vorbei. Sie hatte gerade ihr Fressen bekommen und leckte die Schüssel aus. Mir lief das Wasser im Maul zusammen.

»Hei«, sagte ich.

Maxi schrak zusammen. Sie hatte mich, ganz absorbiert von ihrem Futter, nicht kommen hören.

»Bist du verrückt?« sagte sie besorgt. »Es ist noch hell.«

»Na und, wenn deine Halter mich sehen, haue ich ab. Nur keine Panik.«

»Deine Sabine sucht dich«, sagte sie. »Bist du weggelaufen?»«

Ich erklärte ihr die Sache.

»Dumm, sehr dumm«, grunzte sie. »Was tust du jetzt? Suchst du dir einen neuen Halter?«

»Erst such' ich mal den Mörder. Dann werden wir weitersehen.«

Maxi streckte sich im Liegen. »Ich habe darüber nachgedacht. Die Sache ist die: Der Hasser muß einen Anuben haben, der das Geheimnis kennt.«

»So sieht es aus«, stimmte ich ihr zu.

»Wenn Zottel noch seinen Großkopf hätte, würde ich sagen, es kann nur er sein. Dieser Wolle oder Pinsel oder Bolle und was da noch so herumläuft, kann es nicht sein. Anuben sind keine Schauspieler, und zur Liga gehören nicht die hellsten. Das ist ja das Liebenswerte an den Ligisten. Sie sind alle harmlos, friedlich, manchmal ein bißchen schlau und gemein; aber keine genialen Verbrecher.«

»Also die Stummen.«

Maxi nickte. »Denn Kato ist ein Killer, aber kein Intelligenzbolzen. Seine Getreuen sind alle gut mit Maul und Zähnen, aber nicht mit dem Kopf. Kato ist im Grunde harmlos. Er beherrscht zwar die Mafia und Kynopolis, aber die Manipulation der Hochnasen ist nicht seine Sache. Das ist ein paar Nasen zu hoch für ihn.«

»Und du meinst, nur die Stummen sind klug genug, mit den Hochnasen reden zu können? Aber wenn wir Zottel glauben dürfen, dann braucht man dazu eine Menge technischer Einrichtungen. Und wer von den Stummen hat die?«

Maxi zuckte mit den Ohren. »Gratuliere übrigens zu Zottels Befreiung. Gris hat es mir erzählt. Zottel ist ein Professor. Er glaubt an seine Geräte. Aber vielleicht ist er auf dem falschen Weg. Möglich wär's doch, daß die Stummen schon lange wissen, wie es wirklich geht. Und daß wir nicht drauf kommen, liegt daran, daß wir es nicht wirklich wollen. Wir haben Angst. Weil wir nicht wissen, was daraus wird. Unser Leben funktioniert doch nur, solange die Hochnasen uns ständig unterschätzen. Das wissen wir alle.«

»Dann hat Wind durchaus recht, wenn er sagt, wir hätten alle das gleiche Ziel: nämlich Verständigung zu vermeiden.«

Maxi lächelte weise. »Du hast es kapiert. Wir wissen, daß Wind der Meinung ist, Zottel sei gefährlich. Denn er forscht einfach, ohne zu überlegen, warum und wozu. Phil ist da schon bedächtiger. Darum halten wir es auch für besser, daß Zottel in seinem Keller forscht, ohne mit allzu vielen anderen Anuben zusammenzukommen.«

»Aha. Und Gris achtet darauf, wie weit Zottel vorankommt. Wenn er das Geheimnis hat, dann bringt er ihn um.«

»Unsinn. Das hätten wir längst tun können. Nein. Es ist doch so: Wir Ligisten wollen Verständigung. Aber wir müssen wissen, wie wir sie einsetzen. Zum Beispiel werden wir zunächst anonym bleiben. Kein Ligist darf sich seinem Halter als sprechender Anube zu erkennen geben, wenn es erst mal soweit ist. Und Zottel hat zum Glück keinen Halter mehr.«

»Und die Stummen?«

»Wenn sie das Geheimnis kennen würden, dann ließe sich so manches ganz einfach erklären. Zum Beispiel: Sie sind als Anuben von Kynopolis an das Informationsnetz gebunden. So haben sie erfahren, wo Zottel haust, haben die Polizei angerufen. Und für den Fall, daß die Polizei Zottel nicht kriegt, haben sie Wachen aufgestellt, um Zottel selbst zu fangen. So ist es ja dann auch gekommen. Nur daß Zottel fliehen konnte. Sie haben erfahren, wo die Insel ist. Sie wußten, wo Blacky und Gris hausen, und haben eine Hochnase überredet, eine Falle zu legen.«

»Und was für ein Interesse haben sie daran, Jach, Blacky und mich zu töten?«

»Bei Jach ist das ganz einfach. Sie war zu gehorsam. Sie hatte einen Weg gefunden, mit ihrem Jäger zu kommunizieren, der einer Verständigung sehr nahe kam. Außerdem lehnen die Stummen Freundschaften mit Hochnasen ab. Darum haben sie die Jägerin vergiften lassen.«

»Und mich?«

»Weil du mit Jach Kontakt hattest. Sie hat dir vielleicht ihr Geheimnis verraten.«

»Hat sie nicht. Außerdem, woher hätten die Stummen das wissen sollen?«

»Spione sind überall. Kannst du sicher sein, daß nicht irgendwo eine Katze im Gebüsch saß? Vielleicht spionieren sogar Mäuse. Vielleicht hat euch irgendein Anube belauscht, der irgendwas falsch verstanden hat. Du weißt doch, wie das funktioniert. Alles, was einer hört und weitersagt, ist wahr.«

Ich erinnerte mich: »Der Rattenfänger hat damals gefragt, was Jach mir mitgeteilt hat und mich gewarnt. Aber der gehört zur Mafia.«

Maxi wendete die Ohren nach hinten. »Wie dem auch sei«, sagte sie, »Emma hat den Stummen von Lykopolis erzählt. Und Blacky haben sie aus dem Weg geschafft, weil sie erklärtermaßen die einzige war, deren Nase fein genug gewesen wäre, dem großen Unbekannten, dem Hasser, auf die Spur zu kommen. Es ist alles ganz logisch.«

Bestechend logisch. Beängstigend. Jetzt brauchten wir nur noch die Hochnase zu finden, die im Auftrag der Stummen die Verbrechen begangen hatte. Dann wäre der Fall gelöst. Es war vermutlich ein Halter. Darum mußten sich unsere Nachforschungen jetzt auf die Hochnasen in der Straße konzentrieren.

»Und wenn Gris wirklich ein Spion ist?« sagte ich.

Maxi schüttelte unbehaglich ihren mächtigen Schädel. »Das hast du gestern schon behauptet. Ich kann es nicht glauben. Wir verdanken ihm so viel. Vor allem Zottel.«

»Ich verdanke ihm mein Leben«, sagte ich. »Aber er haßt Kato. Es müßte uns gelingen, Kato auf unsere Seite zu bringen. Dann könnten wir gegen die Stummen vorgehen.«

»Es würde Kato zugleich alle Macht der Welt geben. Dann hätte er erreicht, was er sich immer gewünscht hat. Er wäre König von Kynopolis. Und das würde Gris mit Recht nicht akzeptieren.«

»Wer ist hier eigentlich der Vorsitzende der Liga? Zottel, Phil oder Gris?«

»Wir sind demokratisch organisiert.«

Ich verließ die alte Hofwärterin mit gemischten Gefühlen. Einerseits hatte sie mit einem Schlag alle meine Fragen beantwortet. Andererseits lag sie isoliert in ihrem Zwinger und dachte sich alles mögliche aus. Ich konnte mir einfach nicht vorstellen, daß die Stummen das Geheimnis hatten. Nicht, weil ich ihnen nichts Böses zutraute, sondern weil ich es ihnen einfach nicht gönnte. Zu sehr teilte ich Zottels Überzeugung, daß zum Sprechen mit den halbtauben Hochnasen Apparate notwendig wären. Schließlich gab es da auch ein physisches Hindernis: die begrenzte Hörfähigkeit der Hochnasen. Wie wollten die Stummen das überwunden haben? Oder gab es unter den Hochnasen doch einzelne mit einem besseren Gehör?

Ich hatte gehofft, Wind unter seinem Balkon zu finden, aber die Kuhle war leer. Ich kroch trotzdem hinein und ringelte mich zusammen. Warten ist die große Stärke der Anuben. Ich wartete. Es wurde dunkel. Dann kam eine Hochnase durchs Törchen, stöckelte mit knallenden Schuhen über die Platten, umschwärmt von einem Gemisch aus Chemie, Blumenduft und Schweiß. Kurz darauf erschien Wind. Er zuckte zusammen, als er mit seinen langen Beinen in mich fuhr, dann kroch er ganz herein.

»Was machst du hier?« fragte er mißmutig.

»Ich bin ausgerissen«, sagte ich und hoffte, er würde glauben, ich hätte bei ihm Unterschlupf gesucht. Aber so dumm war er nicht.

»Hast du keine anderen Freunde?« knurrte er muffelig. Doch seine schlechte Laune bezog sich weniger auf mich als auf die Kälte, seine Lage und sein Lebensgefühl im allgemeinen. Er besann sich jedenfalls schon bald wieder, faltete seine langen Läufe sorgfältig unter seinen schmalen, aber tiefen Brustkorb, legte seine dünne befiederte Rute sorgsam über die Sprunggelenke und sah nun doch leidlich vergnügt aus. »Suchst du ein Schwätzchen?« fragte er aufgeräumt.

»Ich suche einen vernünftigen Anuben«, behauptete ich.

»Du mußt ja etwas ganz Wichtiges von mir wollen«, grinste er, »wenn du zu solch unverschämten Schmeicheleien Zuflucht nimmst.«

»Ich will Aufklärung.«

»Hab' ich mir gedacht. Laß mich raten. Du hast Verdacht gegen uns geschöpft und willst, daß ich alle Morde zugebe, gell?«

»Genau.«

»Ist es Dummheit oder Tollkühnheit? Was macht dich glauben, daß alles, was man über unsere Grausamkeit sagt, nicht stimmt? Du kannst doch nicht ernstlich erwarten, daß ich ein Verbrechen zugebe und dich dann laufen lasse?«

»Detektive genießen freies Geleit.«

»Wer sagt das?«

»Es würde nichts nutzen, wenn ihr mich tötet. Ich bin ja nicht die einzige, die das weiß. Im Gegenteil. Alles, was ich weiß, haben mir andere eingeredet. Und nebenbei redest du wie eine Hochnase.«

Winds Gesicht wurde noch länger und dünner, als es ohnehin schon war. Seine schwarzen Augen glubschten förmlich aus seinem Schädel. »Wie?« japste er pikiert.

»In Kynopolis gibt es keine Polizei und kein Gericht. Was auch immer du mir erzählst, es wird keine Folgen haben. Darum müssen die Hochnasen lügen und abstreiten, Nasen nicht. Oder?«

Wind nickte bedächtig. »Also gut, was willst du wissen?«

»Habt ihr Jach vergiftet?«

»Meines Wissens nicht.«

»Und der Anschlag auf Blacky und mich?«

»Haben wir nicht zu verantworten.«

»Wer dann?«

»Kato und seine Mafia, ist doch klar.« Der Renner sah mich pfiffig an. Er wußte genausogut wie ich, daß Kato und seine Mannen zwar Beißer und Killer waren, aber keine raffinierten Mörder. Sie töten mit Kehlbiß. Dazu brauchen sie kein Gift und keine Fallen.

»Also«, sagte ich, »du meinst, der Mörder gehört zur Liga?«

Wind lächelte nur.

»Dann hätten wir sie alle durch«, sagte ich. »Einmal reihum. Jeder verdächtigt jeden. Und keiner weiß es genau. Oder weißt du was?«

»Ich denke, der Mörder legt Wert darauf, nicht erkannt zu werden.«

»Logisch.«

»Aber ungewöhnlich«, sagte Wind. »Wie du vorhin ganz richtig bemerkt hast, das Gesetz der Heimlichkeit gilt nur für Hochnasen und für uns nur gegenüber Hochnasen. Eine Grundeigenschaft der Anuben ist die Unmittelbarkeit oder Wahrheitsliebe, wenn du so willst. Nicht nur wir Kompromißlosen lügen nicht. Es ist dir vielleicht noch nicht aufgefallen, weil du bislang sehr eng mit Hochnasen zusammengelebt hast. Schau dir nur Kato an. Du traust ihm Heimlichkeiten und Manipulationen nicht zu. Mit Recht. Was er erreichen will, geht er offen an. Er beißt so lange herum, bis alles, was sich ihm widersetzt hat, entweder tot oder unterworfen ist. So funktioniert das. Und auch ich hätte keine großen Probleme zuzugeben, daß ich Jach getötet habe, wenn ich es getan hätte. Sie war mir viel zu kompromißbereit. Im Interesse unserer Vereinigung, im politischen Interesse, hätte ich sie durchaus gern beseitigt. Sie untergrub die Feindschaft zwischen Hochnasen und Nasen. Aber ich habe es nicht getan. Denn Jägerinnen wie sie wird es immer geben. Der Förster schafft sich eine neue an und dressiert sie. Wir können nicht ganze Generationen von Jägerinnen ausrotten und ganze Familien von Hofwarten, Wächtern, Polizeidienern und was sich sonst noch so den Hochnasen andient. Es stimmt zwar, wir sind ein Geheimbund. Wir sind die direkten Nachfahren von Anubis, die Totenwächter. Aber auch wir hätten keinen Grund, zu verheimlichen, daß wir töten. Im Gegenteil. Es würde unserer Überzeugung Nachdruck verleihen, wenn wir Andersdenkende töten würden. Wir könnten herrschen, wie Kato.«

»Aber ihr könnt trotzdem nichts gegen Kato ausrichten.«

»Das ist noch nicht gesagt.«

»Warum tut ihr es dann nicht?«

»Wir setzen auf Einsicht, nicht auf Gewalt.«

Ich glaubte ihm nicht. Andererseits hatte Wind mich ja schon einmal fast überzeugt. Er hatte bereits Zweifel am Sinn der Verständigung in mein Herz gesät. Er hatte meinen Verdacht gegen Gris begründet. Ich konnte mir jetzt vorstellen, warum ein relativ kluger Anube wie Gris sich der Macht der Stummen nicht entziehen konnte. Sie waren eben geschickte Rhetoriker, vielleicht sogar Demagogen.

»Und darum«, griff ich das alte Thema wieder

auf, »meinst du, es muß einer von der Liga sein, aber wer, und warum?«

»Weiß ich nicht«, sagte Wind, wich aber meinem Blick aus. »Vielleicht eine alte Rache, eine offene Rechnung.«

»Was könnte die Liga denn diesem Anuben getan haben?«

»Muß es denn die Liga sein? Vielleicht ist es viel komplizierter.«

»Nun sag schon«, drängte ich, »du hast doch einen Verdacht.«

»Wenn ich es sage, fährst du mir an die Kehle. Du mußt schon selber drauf kommen.«

»Du meinst also Gris«, stellte ich fest. Wind senkte die Schnauze und leckte sich angelegentlich die Pfote.

»Aber warum? Meinst du, weil er einmal zu euch gehörte, muß er immer noch ein Stummer sein?«

Wind schlug seine Mandelaugen auf. »Gris haßt die Hochnasen.«

»Und dann tötet er Anuben? Bringt seine Gefährtin Blacky um? Und außerdem müßte er das Geheimnis kennen.«

Wind blickte mich unverwandt an.

»Du meinst«, fiel mir plötzlich ein, »er schürt unseren Haß auf Hochnasen. Ist er so skrupellos?«

»Tatsache ist«, sagte Wind, »daß wir ihn aus unserer Vereinigung ausgeschlossen haben. Weil er zu gewalttätig war.«

»Und warum hat er mich dann nicht Kato überlassen, wenn er zuvor versucht haben soll, mich zu vergiften? Warum hat er seine eigene Insel zerstört?«

»Hast du das denn nachgeprüft?«

»Nein.«

Wind grinste.

»Heiliger Anubis!« Auf einmal drehte sich alles um. »Du meinst«, sagte ich, »es war eine Finte, eine Lüge? Und daß er mich rettete ebenfalls? Er wollte den Verdacht auf mich lenken.« Mir fiel die Konferenz der Liga nach Zottels Entführung wieder ein. Es war Gris gewesen, der dafür gesorgt hatte, daß Whis ihren Verdacht gegen mich formulierte. Und er hatte nicht versucht, Zottel zu befreien. Da mußte erst ich kommen. Dann wiederum hatte er mich begleitet, um jeden Verdacht von sich abzulenken. Allzu bereitwillig hatte er mir den gefährlicheren Part bei dem Unternehmen überlassen und mir dazu noch das zweite Tor verschwiegen. Und die Morde und Anschläge hatten darum erst begonnen, als ich ins Revier kam, weil Gris mich aus irgendeinem Grund haßte. Konnte es sein, daß er mir den Sieg beim Pinkelkrieg im Heim übelnahm? Aber dann mußte er ziemlich gestört sein. Allerdings, wenn er mich bislang nur benutzt hatte, um Zottel zu entführen und Blacky zu beseitigen, die als seine Lebensgefährtin ziemlich genau Bescheid wissen mußte, warum hatte er zuvor versucht, mich umzubringen? Und warum tötete er mich nicht jetzt, da auch den Ligisten klarwerden mußte, daß ich Detektivin, nicht Mörderin war?

»Was hat er vor?« fragte ich.

»Gris ist ein begabter Politiker«, erklärte Wind. »Er war damals maßgeblich an den Statuten der Kompromißlosen beteiligt. Wir waren ihm nur zu weich. So komisch das klingt, er hielt nicht viel von Politik und stiller Sabotage. Er wollte mehr. Lange Zeit hat er versucht, uns zum offenen Aufstand zu überreden. Er forderte, daß wir als Wölfe im Wind leben und ein großes und mächtiges Lykopolis gründen. Es gehörte aber zu seinen Eigenheiten, daß er nie genau formulierte, was er eigentlich wollte. Er war damals schon Outlaw und zudem jung und verbittert. Er hat sein Leben zur Philosophie erhoben. Und geprügelte Anuben sind hinterhältig und gefährlich.«

»Also nehmen wir an, er will den offenen Aufstand provozieren. Es funktioniert aber nicht. Nichts deutet darauf hin, daß es ihm gelänge. Niemand regt sich über die Morde auf. Die Liga ist brav und friedlich wie immer. Ihr hockt unter euren Balkons und in euren Körbchen in den Wohnungen. Kato beißt nur Anuben. Und selbst wenn Gris die halbe Straße vergiftete, würden sich die übrigen Anuben nicht rühren.«

»Bist du sicher? Irgendwann ist alles mal zuviel. Zumindest Kato würde sich bemüßigt fühlen, seine Ehre zu retten und die Hochnase wenigstens mal anzugreifen. Und er hätte viele Sympathisanten.«

»Dann wäre Gris ein Agent Katos.«

Wind legte seinen schmalen Kopf schief. »Würde

ich nicht sagen. Gris verfolgt eigene Ziele. Er spielt alle Gruppen gegeneinander aus.«

»Das heißt, das nächste, was passieren wird, ist, daß Kato sich Zottel zurückholt und die Liga ausschaltet.«

Wind schwieg.

»Dann herrscht die Mafia, und Gris wird sich daran machen, die Mafia auf euch zu hetzen.«

Wind schwieg immer noch.

»Aber«, sagte ich, »wenn ihr klug seid, mischt ihr euch jetzt schon ein.«

»Wir mischen uns überhaupt nicht ein.«

»Dann wird Kato erst über uns und dann über euch siegen. Ist das in eurem Interesse? Ich denke, ihr wollt die Solidarität der Nasen gegen die Hochnasen und nicht den Krieg unter den Nasen.«

Wind fuhr erregt seine Vorderpfoten aus und legte sie übereinander.

»Jetzt«, redete ich auf ihn ein, »wäre der Zeitpunkt gekommen zu handeln. Die Liga und ihr, wir haben das gleiche Ziel. Zottel ist nicht mehr an der Macht. Und Phil steht euch doch sehr nahe. Helft uns.«

»Wir kämpfen nicht«, sagte Wind steif.

»Wir auch nicht, dann sind wir schon zwei gegen die Mafia.«

Wind kratzte sich hinter dem Ohr.

»Außerdem«, fuhr ich fort, »vielleicht kommt es gar nicht zum Kampf, wenn wir nur genug sind. Alle Anuben sind feige. Aus gutem Grund. Auch

Kato hat Angst um sein Fell. Er haßt den Tierarzt wie wir alle.«

»Wieso glaubst du, daß Kato euch angreift?« fragte der Renner.

»Weil Gris heute nacht die Liga zusammengerufen hat.«

»Wie viele seid ihr?«

»Sechs mindestens. Aber wenn ich Gold herumschicke, damit er alle Türen öffnet, dann kriegen wir vielleicht zwölf zusammen.«

»Wir sind zehn. Kato hat ebenfalls zehn Krieger. Aber die wiegen drei von uns auf. Außerdem hat er mehr als dreimal so viele stille Mafiamitglieder, ein Teil davon gehört übrigens zur Liga.«

»Gib dir einen Stoß«, bettelte ich. »Was habt ihr denn zu verlieren?«

»Das Leben.«

»Dein Leben im Knochenbrecherland?«

Wind lächelte. »Was uns unser Leben wert ist, entscheiden wir alleine.«

»Dann entscheidet es bald. Wir Ligisten haben nämlich keine Wahl mehr, so wie es aussieht.«

»Bleib hier«, bot Wind mir an. »Und dann such dir ein neues Revier.«

»Das löst vielleicht mein Problem, aber nicht eures.«

»Mach dir nicht unsere Sorgen.«

Wind kniff seine Schnauze zu. Da hockte dieser große, schnelle, im Grunde kräftige Windgeselle, leckte seine Pfoten, krümmte den Rücken unter dem Balkon gegen die Kälte und demonstrierte eine Ruhe, die mich zur Weißglut trieb. »Ihr seid«, fauchte ich ihn an, »unter allen Anuben die dümmsten. Auf gräßlichste Weise habt ihr euch den Gesetzen der Hochnasen unterworfen. Ihr hängt an der Leine, läßt euch zerren und treten. Ihr könnt euch nicht treffen. Niemand unter den Anuben ist euer Freund. Ihr seid einsame Rührmichnichtans, die in stummem Groll in irgendwelchen Etagenwohnungen vor sich hin vegetieren. Ihr seid die erbärmlichsten Diener der Hochnasen. Ihr geltet bei den Hochnasen als die Dümmsten aller Rassehunde. Euch ist nicht zu helfen.«

»Ganz recht«, knurrte Wind beleidigt.

»Und in Zukunft«, keifte ich, »müßt ihr nicht nur mit eurem Groll, sondern auch noch mit eurem Gewissen leben, wenn Kato unter uns ein Blutbad angerichtet hat. Leb wohl.«

Ich flutschte aus der Höhle und schüttelte meinen Ärger ab. Viel Zeit war nicht mehr. Zunächst suchte ich Golds Haus. Dann quietschte ich so lange drum herum, bis Gold drinnen antwortete.

»Hol alles, was du befreien kannst, heute nacht in Zottels Keller«, rief ich ihm zu. »Wir müssen viele sein.«

»Okay«, kläffte Gold zurück. Dann hörte ich es hinter der Wand rumsen, und Gold schwieg schlagartig. Offenbar hatte sein Halter irgendwas nach ihm geworfen, um ihn zum Schweigen zu bringen.

Als nächstes ging ich bei Maxi vorbei, die in

ihrem Käfig döste. Sie wachte erst auf, als ich schon am Gitter stand. »Raff dich auf, du kommst jetzt mit«, sagte ich.

Maxi gähnte. »Wie denn? Du hast Humor.«

Maxis Zwinger war auf halber Höhe der Tür mit einem Riegel verschlossen. Durch bloßes Hochspringen kam ich da nicht ran. Aber ich besann mich auf meine Katzenfähigkeit, sprang hoch, krallte mich an den Maschendraht und zog mit den Zähnen am Riegel. Maxi brauchte sich nur noch gegen die Tür zu lehnen, und schon schwang sie auf. Ich plumpste herab. Maxi streckte ihre lahmen Glieder umständlich und bedächtig. Dann pinkelte sie genüßlich auf einen nahen Rosenstrauch und schritt steifbeinig hinter mir her. »Was ist eigentlich los?« fragte sie.

»Ich kenne den Mörder«, erklärte ich. »Wir brauchen dich, denn du bist Richterin.«

»Du hast Angst«, bemerkte Maxi. »Ich rieche es.«

»Ich bin es nicht gewöhnt, Mörder zu überführen«, behauptete ich. Aber Maxi glaubte mir nicht ganz. Sie trottete jedoch schweigend hinter mir her. Die Zäune waren für ihre Größe ein Problem. Darum führte ich sie nicht durch die hinteren Gärten, sondern über die Straße zum Waldrand hinauf. War der Hasenrücken in den letzten Nächten wie leergefegt gewesen, so wuselte er jetzt von Leben. Mehrmals hatte ich den Eindruck, als huschte im letzten Moment jemand beiseite, verkroch sich unter einem Auto oder in einem Garten. Alles, was eine tiefe Nase hatte und in Kynopolis lebte, war auf den Pfoten. Aber ich bekam niemanden zu Gesicht. Erst als wir an meinem eigenen Garten vorbeikamen, trat ich in etwas Weiches. Es war Pinsel, der sofort aufjaulte. »Ich war's nicht, ich war's nicht.«

Ich schnappte ihn mir. Er zappelte. »Ich habe Blacky nicht getötet«, winselte er.

Absurder Gedanke. Ich übergab den Wurm Maxi, die ihn in ihrem großen, nassen Maul hinter mir hertrug. Am Waldrand wandten wir uns nach rechts in den kleinen Weg, der zu Zottels Haus führte.

Wir waren nicht die ersten. Bolle und die Drillinge waren schon da. Wolle blickte trübselig, weil die Ranz der Afghanin vorbei war und er es wieder nicht geschafft hatte. Phil saß in seiner wallenden Schwarte. Der Zwerg Kim wuselte überall herum. Dann trudelten Zeck und Struppi ein. Gold brachte Whis mit und einen Fleck namens Schnee. Zottel thronte auf seinen Büchern. Zum Schluß kam Gris. Er hatte seine beiden Welpen dabei. Offenbar machte es ihm nichts aus, sie in Todesgefahr zu bringen. In ihm mußte ein ungeheurer Haß auf alles Lebendige stecken. Ich zählte achtzehn, ohne Gris und die Welpen fünfzehn. Weit mehr, als ich erwartet hatte. Aber es war ein erbärmlicher Haufen, der nur Pinsel Angst einjagte, weil er noch nie so viele Anuben auf einmal gesehen hatte.

»Was tut der hier?« fragte Gris.

Pinsel kniff beide Augen zu und drückte sich rückwärts unter einen Haufen Zeitschriften. Gris blickte mich mit seinen Schwefelaugen mißtrauisch an. »Aus dir wird doch noch ein Anube«, brummte er mich an. »Du bist mindestens um drei Zentimeter gewachsen.«

»Schlimm für dich«, knurrte ich. Der Wilde legte nachdenklich die Ohren nach hinten, stubste seine Welpen zurecht und ließ sich dann auf seinem Platz hinter Zottels Thron nieder.

Nachdem alle durcheinander ihre Abenteuer bei der Flucht aus ihren Wohnungen, Gärten und Zwingern erzählt hatten, kehrte langsam Ruhe ein, und Phil ergriff das Wort. Wir seien heute zusammengekommen, besonders zahlreich, wie er sehe, um Zottels Befreiung zu feiern und über die Zukunft zu sprechen.

Ich zwang mich zur Geduld und ließ ihn reden, bis alle Anwesenden so richtig eingeschläfert waren. Er sprach über Zottels Forschungsarbeit, die kurz vor der Vollendung stehe, beschrieb seine Entführung und Befreiung und schwadronierte über Pflichten und Aufgaben der Liga für Verständigung, mahnte zur Besonnenheit und beschwor die Tugend der Überlegenheit, die über die Nützlichkeit der Neugierde herrschen müsse.

Dann sagte ich: »Wir müssen uns vor allem überlegen, was wir machen, wenn uns die Mafia heute nacht überfallt.«

Der Satz schlug ein wie ein Blitz. Gris spitzte überrascht die Ohren. Andere sprangen fiepend auf oder sträubten ihr Fell.

»Wieso?« fragte Zottel. »Wieso?«

Phil bat um Ruhe und fragte bedächtig: »Wie kommst du darauf?«

»Logisch«, feixte Whis, »Füchschen hat Kato provoziert. Sie war bei ihm im Garten.«

»Aber«, wandte Phil ein, »sie wissen nicht, wo wir uns treffen.«

»Erlaube, daß ich darüber lache«, sagte ich. »Auch die Mafia hat Nasen. Bei den vielen Fährten, die hierher führen. Außerdem wissen sie genau, wo wir uns treffen.«

Im Keller wurde es still. Alle wußten, was das hieß. Zottel rutschte unruhig auf seinem Thron hin und her. Mehrmals machte er das fransige Maul auf und klappte es wieder zu. Er seufzte. Schließlich stieß er hervor: »Hört auf. Ich will es nicht wissen. Ich will es nicht hören. Ihr seid alle so lieb und nett. Ihr seid alle meine Freunde. Ich liebe euch alle. Ich will nicht wissen, wer uns verrät. Ist es überhaupt Verrat? Ein schreckliches Wort. Was ist denn schon geschehen? Ich bin entführt worden. Na und, ich bin wieder da. Alles ist in Ordnung.« Zottel sah mich traurig an. Er nickte und schüttelte den Kopf, daß die Schlappohren knallten. Konnte es sein, daß er genau wußte, wer die Ratte war? Sein bester Freund. Und das wollte er nicht wahrhaben, solange es eben ging. Mir tat der gute Alte leid.

»Wer ist es?« fragte Phil.

»Gris.«

Aller Nasen schwenkten zu dem Wilden herum, der sich langsam erhob.

»Zunächst«, sagte ich, »sollten wir aber eine Wache aufstellen, damit uns die Mafia nicht überrascht.«

Schweigen. Niemand rührte sich. Keiner wollte jetzt den Keller verlassen. Sie waren wie gelähmt vor Verblüffung und aufkeimendem Entsetzen. Es war so eine arglose Meute, daß ich mich fragte, wie sie sich so lange so unbehelligt hatte halten können.

Phil riß sich zusammen und sagte: »Kim, geh du.«

Der Winzling sprang auf und huschte davon.

Gris gähnte demonstrativ und brummte: »So ein Unsinn.« Er hatte den Vorteil auf seiner Seite, daß alle ihn kannten, daß er schon lange zur Liga gehörte und ich erst kurz. Anuben sind Gewohnheitstiere. Einmal geschlossene Freundschaften geben sie nicht so leicht auf. Der Wilde fühlte sich offensichtlich nicht sonderlich gefährdet.

»Du bist ein Geprügelter«, sagte ich. »Du haßt die Hochnasen. Du hast es ihnen nicht verziehen, daß sie dich gedemütigt haben. Und daß dich ein Stummelbein retten mußte, hast du auch nie überwunden. Bei den Stummen haben sie dich rausgeworfen, weil du ein Krieger bist. Und jetzt willst du uns dazu zwingen, daß wir den Hochnasen den Krieg erklären.«

Das traf. Gris, den eben noch nichts zu berühren schien, spannte seine Muskeln und legte die Ohren an. Mit einemmal verwandelte sich der Graue in einen struppigen, harten, kampfbereiten Wolf, der keinen Spaß verstand. »Du Katze«, knurrte er. »Nichts verstehst du. Dein Leben lang bist du gehätschelt und gefüttert worden. Du hast vor 'm warmen Ofen geschlafen. Niemand hat dich je geschlagen. Also halt deine Fresse und richte nicht über andere, die es schwerer hatten als du.« Seine Augen glühten wild. Ich fürchtete schon, er werde sich im nächsten Moment über mich hermachen.

»Sei still«, flüsterte der Professor, und er schien uns beide zu meinen. »Das ist lange vorbei.«

Gris schüttelte sich. Er lockerte sich etwas, aber seine Ohren zitterten. »Es stimmt«, sagte er bebend. »Ich wurde geprügelt. Alle wissen das. Und ohne Zottel wäre ich nicht mehr am Leben. Und darauf bin ich stolz.«

Die anderen stellten die Ohren und standen zum Teil auf. Nur die Großen blieben liegen.

»Ihr wißt alle«, fuhr der Wilde fort, »daß ich Gründungsmitglied der Stummen war. Aber Zottele hat mir den richtigen Weg gezeigt. Und bei Anubis, ich war ihm immer treu. Ich habe der Liga nie geschadet. Freilich habe ich den Kontakt zu den Stummen nie aufgegeben. Ich bin treu, das stimmt, aber der Liga gegenüber bin ich loyal. Ich rede mit Wind, das stimmt. Aber ich verrate euch nicht. Und wenn ich das bemerken darf, unser Füchschen tut nichts anderes. Ist sie darum eine Ratte?«

Gris war ein überzeugender Redner, wie alle Stummen. Ich wurde unsicher. Wenn er dennoch ein Verräter war, so verstand ich jetzt, warum die anderen ihm vertrauten, obwohl sein Verhalten widersprüchlich war. Er verstand es, den Eindruck von Anstand und Ehrlichkeit zu vermitteln. Wie er da stand in seinem grauen struppigen Fell, nicht groß, aber kräftig, furchtlos und ruhig, aber nicht unberührbar, stolz, aber nicht zu stolz, sich zu verteidigen, und stark genug, Schwächen zuzugeben, ohne schwach zu sein. Er wirkte vernünftiger und integerer als all die anderen, die um ihn herumsaßen und sich ratlos bemühten, ihre Eindrücke zu ordnen und ihre Gedanken auf die Reihe zu kriegen. Eigentlich war Gris der einzige Anube von Kynopolis, den auch ich achtete und schätzte. Es hatte mir weh getan, ihm zu mißtrauen. Aber noch mehr fürchtete ich, er könne nicht nur die anderen, sondern auch mich täuschen. Schon in meinem Interesse mußte ich das Problem klären.

»Sag mir«, forderte ich, »wieso ein Anube wie du, der die Hochnasen haßt, einer Verbindung angehört, die Verständigung sucht?«

»Das wirst du nicht verstehen, solange du nichts wirklich Böses von den Hochnasen erfahren hast«, sagte er.

»Das ist ganz einfach«, ergriff Phil das Wort.

»Anuben hassen nicht. Nicht wirklich. Sie sind immer treu. Wenn ihre Treue mißbraucht wird, fangen sie an, sich nach Freundschaft zu sehnen. Sie betteln, sie unterwerfen sich, lassen sich demütigen. Und wenn sie dann immer noch getreten werden, laufen sie wohl auch mal davon. Aber es bleibt eine nagende Trauer zurück, der Wunsch, die Welt wieder in Ordnung zu bringen.«

»Ach, hör doch auf«, fauchte Gris angewidert. »Wir sind doch keine Psychopathen, die von irgendwelchen Instinkten beherrscht sind. Wir sind vernunftbegabte Wesen. Und die Vernunft sagt mir, daß es aussichtslos ist, gegen die Hochnasen zu kämpfen. Eine so riesige Population kann man nicht ausrotten. Man muß mit ihnen auskommen lernen. Sie sind im großen und ganzen nicht böse, sondern nur gedankenlos und unverständig. Sie haben ihre Schriften und Redekästen. Sie sind so darauf fixiert, daß sie nicht mehr flexibel und sozial reagieren können. Darum muß man ihnen klarmachen, was sie besser machen könnten.«

»Dann wollen wir hoffen«, sagte ich, »daß ich nicht recht habe und die Mafia heute nicht kommt.«

»Warum sollte sie eigentlich?« hakte Gris nach. »Wer hat dir das eingeredet? Etwa Wind? Dacht' ich's mir doch, dieser Intrigant. Du fällst auf jeden rein, der schöne Worte macht.«

Ich kann euch sagen, daß ich mich ziemlich ärgerte. Es war klar, daß ich mich gegen den Wilden nicht durchsetzen konnte. Er beherrschte die Liga gut. Selbst mich hatte er wieder fast überzeugt. Ich hätte mir denken können, daß einer wie Gris die Attacke einer jungen Fähe leicht und souverän würde abwehren können. Wenn er wirklich derjenige war, für den ich ihn ansah, besaß er eine kriminelle Begabung und die Fähigkeit zur Schauspielerei und Manipulation, die auf diesem Wege keinesfalls zu knacken war. Er hielt meinem Blick stand, fragend, ernst und aufrichtig. Ich hatte verloren.

Da sprang Kim die Treppen hinunter, hüpfte wie ein Gummiball in unserer Mitte auf und ab und schrie: »Sie kommen! Sie kommen! Es sind Tausende. Abertausende. Sie kommen.«

Und nun geschah etwas, das leicht passiert, wenn viele Anuben beieinander sind und sich einer Gefahr gegenübersehen, vor der sie Todesangst haben. Statt sich zu sammeln und der Gefahr zuzuwenden, gerieten sie in Verwirrung. Das Entsetzen und der Wunsch, sich durch Beißen zu retten, gepaart mit dem Wissen, daß es aussichtslos ist, weil der Beißer stärker ist, führte dazu, daß sie erst einmal über sich selber herfielen. Das heißt, plötzlich zeigten meine Worte Wirkung. Ein Teil der Ligisten, darunter Whis und Gold, stürzte sich ohne Vorwarnung auf Gris.

Das Kellerloch vibrierte vom Geknurr und Geheul. Ein Knäuel von Leibern ballte sich in der Ecke, in der eben noch Gris Herr der Lage gewesen war. Und er wehrte sich wie der Teufel. Auf einmal explodierte der Haufen. Ein graues Geschoß flog heraus. Noch im Fliegen und Fallen schnappte Gris um sich. Neben Zottel kam er auf die Pfoten, duckte sich sofort, sträubte das Fell und fletschte die Zähne, ganz schmatzender Haß, glühende Wut, unnahbar wie Anubis selbst, Herr des Todes. Keiner wagte sich erneut heran. Knurrend bot er allen seine Zähne, die einen Vorstoß machten.

Weder Zottel, der sich Augen und Ohren zugehalten hatte und von seinem Bücherstapel gefallen war, noch Phil, der nach wie vor unerschütterlich in seinem Fell schwabbelte, noch ich hatten Zeit, auch nur zur Ruhe, geschweige denn zur Vernunft zu mahnen. Denn im nächsten Moment flogen rote, schwarze und braune Leiber ins Zimmer. Zähne blitzten, Geifer regnete, Augen funkelten, und der furchtbare Brodem der Gewalt nebelte uns ein. Die Mafia war da. Im Nu waren wir alle in Kämpfe verwickelt, hatten einen Raufer im Pelz, klappende Kiefer von allen Seiten, mußten um unser nacktes Leben fürchten. Schlimmer hätte es gar nicht kommen können. Wir waren total überrascht. Bolle wälzte sich mit Falle am Boden. Phil wurde von einem pechschwarzen Raufer zerfleischt. Ich hatte Terry am Hals. Gold mußte sich gleich dreier erwehren. Kim war sofort verschwunden, entweder verschluckt oder versteckt. Der Rattenfänger drückte mir die Kehle zu. Dennoch bemerkte ich, wie drei Mafiosi Zottel an Ohren und

Rute Richtung Treppe schleppten. Während wir langsam erstickten, niederbrachen oder uns unterwarfen, stand nur Gris mit gebleckten Zähnen in der Ecke und hielt die Meute in Schach. Schrill schrien die Welpen. Ich konnte nur noch husten. In wenigen Minuten würde für mich der Lebenskampf vorbeisein.

Doch plötzlich ein Pfiff, und die glatten dunklen Leiber lösten sich von unseren, zogen sich zurück, verschwanden lautlos und waren weg. Sie ließen das Schlachtfeld zurück, auf dem sich langsam etwas regte. Die Welpen waren nur noch Luder. Kim war in Stücke gerissen, ein blutiger Fleck mitten im Zimmer. Phil röchelte mit rottriefender Schwarte. Bolle fehlte ein Auge. Gold schüttelte eine zerbissene Pfote. Bürste war kahl. Whis kam nicht mehr auf die Beine. Nur dieser widerliche Pinsel kroch unverletzt, aber um so lauter heulend unter seinen Zeitungen hervor. Während wir noch alle damit beschäftigt waren, unsere Wunden zu lecken und immer neue zu entdecken, kam Bewegung in Gris.

Mit einem Satz war er aus dem Zimmer, mit dem nächsten auf der Treppe. So mochte ich ihn nicht entkommen lassen. In meiner Wut war ich so schnell, daß ich noch im Hauseingang auf ihn prallte. Ich hatte ihn sofort am Wickel. Er taumelte, da er damit nicht gerechnet hatte, gegen die Wand, rutschte auf dem glatten Linoleum aus und schlug zu Boden. Da meine Schnauze in seinem Kragenfell hing, knallte ich mit dem Schädel gegen die Wand und mußte loslassen. Aber sei es, daß die überstandene Todesgefahr mich kopflos oder die Wut mich blind gemacht hatte, ich hatte wahrlich die Absicht, ihn zu töten. Von vornehmer Beißhemmung keine Spur. Ich hieb nach und bekam seine Kehle. Er fiepte kurz. Dann wurde er auf einmal gummiweich unter mir, gab nach, drehte sich auf den Rücken, verharrte mit baumelnden Pfoten, streckte den Kopf und bot mir seine Kehle.

Nur widerstrebend lockerten sich meine Kiefer. Gris hatte sich unterworfen. Ich konnte ihn nicht töten. Er hatte gekämpft wie ein Löwe, hatte sich allen zähnefletschend wie der leibhaftige Tod gestellt. Und vor mir lag er nun auf dem Rücken und wartete. Sein Auge schien spöttisch zu glitzern. Beiß zu, aber ich weiß, du kannst es nicht, und du darfst es nicht.

Ich war versucht, mich nicht an die Regeln zu halten. Aber einen wehrlosen Feind kann man nicht töten. Also trat ich zurück. Still lag er auf dem Rücken, den blanken Bauch nach oben, die Läufe eingeknickt. Ich wandte mich ab und hinkte, plötzlich Schmerzen in allen Wunden spürend, zur Haustür. Hinter mir, ich hörte es, rollte sich Gris auf die Pfoten. Ich drehte mich um. Er duckte sich, bereit, sich wiederum auf den Rücken zu werfen, und sagte: »Hast du genug? Ist es gut?«

Ich ging nach draußen. Sofort kam Gris mir nach, mit hängender Rute und gesenktem Kopf. Er hatte bei dem Überfall nichts abgekriegt. Seine

Wunden rührten von den Ligisten her, die nicht tief gebissen hatten. Mit weicher Zunge schlappte er über mein Loch am Hals.

»Laß das«, fuhr ich ihn an.

Er wedelte mit tiefer Schwanzspitze. »Wir müssen hinterher«, sagte er leise. »Sonst töten sie Zottel. Du hast recht gehabt. Ich habe geahnt, daß sie heute kommen würden. Ich wollte die Versammlung eigentlich sofort auflösen, aber du bist mir dazwischengekommen.«

»Jetzt ist keine Zeit für Lügen«, sagte ich. Er antwortete nicht. Wieder war es ihm gelungen, mich für ein Unglück verantwortlich zu machen. Aber, was auch immer er für ein Geheimnis hatte, es war jetzt egal. Wir mußten Zottel retten. Mittlerweile hatten sich die Tapfersten der Liga vor dem Haus versammelt. Gold konnte kaum auftreten. Whis war böse zugerichtet. Bolle blinzelte einäugig. Zeck fehlte der halbe Schwanz. Struppi hing ein Ohr halb abgerissen ins Gesicht. Wir senkten die Nasen auf die Schneise, die die Mafia durch die Gärten geschlagen hatte. Erst jetzt fiel mir auf, daß Kato nicht dabeigewesen war.

15

Wir stellten sie auf halbem Weg zu Katos Haus. Sie waren knapp zwanzig Rabauken, wenn auch ohne Chef, die Zottel in ihrer Mitte umzingelten. Wir waren gerade mal sieben und ziemlich ramponiert. Sie waren Raufer, Beißer, Rattenfänger, Plattnasen, allesamt Kampfanuben. Immerhin hatten wir in unserer Truppe einen nahezu unverletzten Wolf, den vor Kraft strotzenden Apportierer Gold, den riesigen Bolle, die tapferen Mischlinge Zeck und Struppi, und die beiden stammbaumreinen, beweglichen Hüterinnen Whis und mich. Die Schlachtordnung ergab sich zwischen zwei geparkten Autos. Während Gris und Zeck mit Riesengebell und rasanten Scheinangriffen die Abwehr der Bande auf sich lenkten, stifteten Whis, Bolle und ich hinterrücks Verwirrung. Gold pflügte, links und rechts schnappend, kreuz und quer durch den Haufen. Dennoch gelang es uns nicht, Zottel herauszuholen.

Das Ganze wurde bald zu einem größeren Spektakel, das die Hochnasen zunächst an ihre Fenster, dann an ihre Zäune, schließlich auf die Straße trieb. Wir mußten der Sache schleunigst ein Ende machen. Das war sogar der Mafia klar. Auf einmal preschte Falle vor, warf sich auf Gris, den sie für den Anführer hielt, und riß ihn zu Boden. Bold wiederum rannte Falle über den Haufen. Plötzlich standen wir uns alle mit gefletschten Zähnen, angelegten Ohren und glühenden Augen gegenüber, laut knurrend. Jeden Augenblick mußte die entscheidende Schlacht losgehen. Zwanzig gegen sieben. Eigentlich nur sechs, denn ich hatte mich hinter ein Auto verdrückt. Ein Funke genügte, ein falscher Ton, eine schnelle Bewegung, und der Tanz würde beginnen. Im Keller hatte die Mafia nicht vorgehabt, mehr von uns zu töten als unbedingt notwendig. Jetzt würden sie uns alle zerfetzen.

Ich mußte die kurze Ruhe vor dem Sturm nutzen. Während die Truppen einander fixierten, kroch ich unter das Auto. Auf dem Bauch schob ich mich durch klebrige Ölflecken bis an die Läufe der Mafia heran. Unter all den Pfoten, Ruten und Hinterteilen war auch Zottels kahler Schwanz. Ich packte den Professor kurzerhand an seiner Rute und zog ihn unter das Auto. Einer der Raufer merkte es sofort und schrie. Die Mafia warf sich herum, von allen Seiten klafften mir schnappende Gebisse entgegen. Ich keifte zurück. Im selben Moment blies Gris zum Angriff. Die Ligisten schlugen ihre Zähne in die Hinterteile der Mafiosi, die wiederum von Zottel und mir abließen, um sich zu verteidigen.

Inzwischen hatten sich genügend Hochnasen auf der Straße versammelt, um Unheil anrichten zu können. Sie erkannten zum Teil ihre eigenen Anuben unter der raufenden Meute von gut zwanzig

Anuben, die sich um die parkenden Autos jagten. Einzelne Hochnasen versuchten ihre Nasen abzusondern, einzufangen, zu retten. Gris erkannte die Gefahr und pfiff zum Rückzug. Obwohl wir das Kriegführen nicht gewohnt waren, verstanden Gold, Bolle, Zeck, Struppi und Whis sofort, was Gris wollte. Blitzschnell drehten sie um, flohen, zerstreuten sich über die Gärten, die Straße hinauf und hinab, waren plötzlich alle weg, unsichtbar. Die Mafia kläffte in Ermangelung der Gegner und im Angesicht ihrer eigenen erschütterten und verärgerten Helfer nur noch blöde herum.

Wenn auch die Beißer genau wußten, daß ich immer noch mit Zottel unter dem Auto hockte, die Hochnasen hatten es nicht mitgekriegt. Ich brauchte nur abzuwarten, bis jeder Anube eingefangen, am Halsband von strenger Hochnasenhand fortgezerrrt, mit Fußtritten zurück ins Haus gescheucht worden war. Als die Straße leer und nächtlich still war, huschten Zottel und ich hinauf bis zu Pinsels Garten. Dort hechtete Fifi kreischend hinter seinem Zaun auf und ab. Wir wechselten zu ihm hinüber.

Pinsel war viel zu durcheinander, um vor uns Angst zu haben. Aufgeregt wuselte er herum und klagte unverständliches Zeug. Zottel und ich gönnten uns eine kurze Atempause.

Pinsel seufzte und schluchzte wie ein Häufchen Elend an der Hauswand. Ich fragte ihn, was er eigentlich vorhin draußen zu suchen gehabt hatte.

Und warum er jetzt nicht drinnen bei seinem Herbert war.

»Ich kann nichts dafür«, wimmerte Fifi. »Ich hatte doch nur meinen abendlichen Spaziergang. Du hast mich entführt. Was soll jetzt Herbert von mir denken? Er glaubt doch, ich sei davongelaufen. Wenn er mich nun verstößt, was soll ich machen?«

»Quatsch«, sagte ich tröstend. »Wegen so was wird man nicht verstoßen. Du mußt nur ordentlich Lärm machen, dann läßt er dich schon wieder rein. Er macht sich doch Sorgen.«

»Aber er liebt mich doch so. Und nun glaubt er, ich sei undankbar und lieblos. Ich kann es ihm doch nicht erklären. Du hast etwas Entsetzliches angerichtet. Er wird beleidigt sein. Er wird mich hassen, weil ich ihn so enttäuscht und hintergangen habe.«

»So was nennt man Terror durch Liebe«, bemerkte Zottel vergnügt.

»Du hast gut reden«, winselte Pinsel. »Herbert ist so ein guter Halter, pünktlich, nett, zärtlich. Wenn ich mal schlecht drauf bin, ist er auch traurig. Versteht ihr nicht? Was ich fühle, fühlt er auch. Und nun glaubt er, ich mag ihn nicht mehr, weil ich weggelaufen bin. Also wird er mich auch nicht mehr mögen. Das ist entsetzlich. Er hat doch schon mal einen Anuben weggegeben, der ihm nicht gehorchte. Und dann hat er auch noch einen verloren. Er wird verrückt sein vor Wut und Schmerz. Und ich kann ihm nichts erklären. Wo er doch alles getan hat, damit es mir gutgeht.« Pinsel weinte.

»Wenn du willst«, bot ich dem Unglückswurm an, »dann begleite ich dich. Ich bring dich heim. Wir machen ein bißchen Krach in deinem Garten. Ich scheuche dich herum. Dann denkt er, ich sei an allem schuld und nimmt dich wieder in Gnaden auf.«

Pinsel schaute mich groß an. Seine Haartolle welkte über seinem Schnäuzchen. »Das würdest du für mich tun?«

»Wenn es dir hilft«, sagte ich großmütig.

»Aber«, stotterte Fifi, »Herbert haßt fremde Anuben seit damals. Er hat ein Luftgewehr.«

»Heiliger Anubis!« Die jähe Erkenntnis setzte mich zu Boden. Wieso war ich nicht gleich darauf gekommen? Wir hatten immer gewußt, daß es eine Hochnase war, die Gift auslegte und Fallen stellte. Diese haarsträubenden Gedankenkonstruktionen von geheimer Verständigung und tückischer Manipulation waren viel zu kompliziert gewesen. Wozu der Umweg über die Mafia und Gris' Verrat, wenn es im Grunde ganz einfach war? Ich erinnerte mich an das, was Maxi erzählt hatte und was auch Pinsel bei fast jeder Gelegenheit erwähnte. Herbert hatte ja einst einen Anuben von meiner Rasse besessen, der von einer schwarzen Jägerin zerfetzt worden war. Und kaum war ich im Revier, ging die Jägerin Jach ein und wurde die schwarze Blacky Opfer eines Anschlags. Und das Gift gegen mich? Ein

Versuch, die schmerzliche Erinnerung zu beseitigen. Maxi würde sagen: Das kommt davon, daß sie ihre Nasen so hoch tragen, sie haben keine direkten Gegner mehr, sie töten Stellvertreter, so funktionieren die Hochnasen eben.

»Was hast du?« fragte der Professor.

»Nichts.« Ich wollte Pinsel meinen Verdacht gegen Herbert nicht auf die Nase binden. Er mußte es nicht wissen. Was sollte er auch damit anfangen? Außerdem war mir noch gar nicht klar, was ich mit dieser Entdeckung anfangen sollte. Man kann nicht einfach einen Verdacht durch Beweise zu untermauern versuchen und den Verbrecher dann der Exekutive übergeben. Wir haben keine Polizei und kein Gericht. Auch Kato, der vermutlich gern im Habitus des Gerechten eine Hochnase getötet hätte, konnte solche Funktionen nicht übernehmen. Wir kennen, im Gegenteil zu den Hochnasen, die ein vielfach aufgeschriebenes, nahezu ewiges Regelwerk haben, keine Verbrecher, nur Feinde. Unser Gesetz ist eines des sozialen Augenblicks. Wir bestrafen nicht, wir machen unschädlich. Wir rufen zur Ordnung, wir unterwerfen und verjagen, was sich nicht einfügt in unsere Gesellschaft. Und wer seine Rolle nicht findet, muß Kynopolis verlassen und woanders leben. Oder er wird, wenn er kräftig und kampffähig ist, zum Herrscher, wie Kato es geworden ist. Jeder von uns steht für sich selber ein. Ich hatte schon damals lange genug mit Hochnasen gelebt, um zu wissen, daß Hochnasen nicht selber richten. Und ich ahnte sehr wohl, daß es uns nicht möglich sein würde, Herbert nach unserem Verfahren zu verurteilen. Wir konnten ihn weder züchtigen noch töten noch verjagen. Also brauchte ich auch keine Beweise zu suchen. Ich war an dem Punkt angelangt, an dem eine Vermutung zur Gewißheit, ein Verdacht zur Wahrheit wird, ohne daß ich etwas unternehmen konnte. Es würde überdies nach unseren Regeln genügen, sicherzugehen, daß Herbert nicht weitermordete. Und wenn meine Überlegung stimmte, war die Geschichte auch zu Ende: Herberts einstiger Anube war gerächt, Jach tot, Blacky außer Gefecht gesetzt. Der Mordanschlag auf mich war mißglückt und hatte sich nicht wiederholt, würde sich also wohl auch in Zukunft nicht wiederholen. Herbert hatte sich mit meiner Existenz in seinem Nachbargarten abgefunden.

»Was ist nun?« drängelte Pinsel in seiner kleinen, dummen Not. »Oder hast du Angst?«

»Das mußt du gerade sagen, du Wurm«, knurrte ich. Pinsel hielt erschrocken sein Mäulchen.

»Vor allem habe ich Hunger«, sagte ich.

»Ich bring' dir morgen was«, bot Pinsel prompt an. »Du kriegst mein Frühstück. Ich versprech's.«

»Was ist schon dabei?« sagte nun der Professor. »Der Riese wird dich nicht gleich erschießen. So was gibt es doch gar nicht.«

»Also gut«, sagte ich, »bringen wir's hinter uns. Zottel, du wartest hier.«

Ich stubste den blöden Pinsel vor mir her durch den Garten. Allein das brachte ihn zum Quietschen. Dann bellte ich ein bißchen herum und kratzte, weil Fifi zu große Angst davor hatte, an Herberts Terrassentür. Endlich wurde der Vorhang beiseite geschoben, und der Riese blickte heraus. Er öffnete die Terrassentür.

»Da bist du ja, du Herumtreiber«, sagte er zärtlich und freundlich. »Und du hast deine Freundin mitgebracht, du Schlawiner. Ist nur ein bißchen groß für dich, nicht wahr?« Er gluckste. In seinen gestreiften Hosen und seinem Frotteemantel wölkte Schlafgeruch.

»Komm rein, Mini«, forderte der Riese mich nun auf. »Komm rein, kriegst auch was«, lockte er freundlich.

Ich sah Pinsels kleine Augen zwischen den verschlafenen Beinkleidern Herberts glühen. Es war Wahnsinn. Ich folgte ihm. Ein letzter Blick auf Zottel, der steil staunend unter dem Haselstrauch saß, dann war ich in Fifis Bau. Es war ein helles, warmes Sesselzimmer. Pinsel hüpfte um seinen Riesen herum und zeigte heftige Freude. Zwischendurch funkelte er mich ärgerlich an. Herbert fuhr seine Bratpfannenhände nach dem kleinen Kerl aus. Dann wandte er sich mir zu.

»Und du?« sagte er schmeichelnd. »Fifi ist nur ein bißchen eifersüchtig, mach dir nichts draus. Nun komm doch mal her, laß dich streicheln. Was bist du für ein hübsches Mädchen! Keine Angst, ich tu dir nichts.«

Ich wich dem Riesen trotzdem aus. Gerade das schien ihm Vergnügen zu machen. Er war ein großer Zähmer. Nachdem er eine Weile probiert hatte, mich zu fassen, ging er aus dem Zimmer. Pinsel folgte ihm besorgt. Ich hatte Zeit, mich umzusehen. Es war ein normal staubiges Zimmer mit Teppichboden. Nichts Besonderes. Aber an den Wänden hingen lange Geräte, waffenartige Dinge, die aus Kolben und Prügeln zusammengesetzt waren, Gewehre, wie ich heute weiß.

Herbert kam wieder, Pinsel am Hosenbein. In den Händen, das roch ich sofort, trug er Freßbares, und zwar von der Sorte, die Hochnasen normalerweise Anuben geben und nicht selber fressen. Mir lief das Wasser im Maul zusammen.

»Komm her, Mini, kriegst was«, sagte er. »Hm, Leckerli. Das muß dir doch gefallen. Komm her, lecker, lecker. Ich weiß doch, was du magst.«

Pinsel fiel dem Riesen knurrend und jaulend in den Arm.

»Gönnst du deiner kleinen Freundin nichts? Sei nicht so schäbig, Fifi«, sagte sein Halter und schüttelte den Kleinen ab. Er streckte die Hand mit dem Futter aus, hielt mir die Köstlichkeit direkt vor die Nase. Bei Anubis, mein Magen knurrte ihm entgegen. Alles in mir drängte zu ihm. Die Gewalt des Hungers und der Gier trieb mir das Wasser aus Maul und Nase. Gift! dachte ich. Vorsicht! Aber mein Hirn verwarf alle Vernunft. Mein Verstand trat seine Herrschaft an das Maul und den Magen ab. Wenn Pinsel nicht so ein Theater gemacht hätte, dem Riesen nicht mehrmals gegen Hand und Arm gesprungen wäre, hätte ich das Fressen augenblicklich verschlungen, gegen meinen Willen. Aber die Zeit, die es den Riesen kostete, Fifi fortzuscheuchen, brachte mich zur Besinnung. Ich wich zurück und brachte ein gutes Stück Raum und Luft zwischen den lockenden Duft und mich.

»Na komm schon«, bettelte Herbert. Aber ich rang um Beherrschung und bezwang den tödlichen Trieb, obwohl der Hunger tierisch weh tat.

»Na«, sagte der Riese enttäuscht. »Wer nicht will, der hat schon.« Und gab das Zeug seinem Pinsel, der es blitzschnell herunterwürgte und mich triumphierend ansah.

Herbert sah auf die Uhr. »So«, sagte er. »Du bleibst heute nacht bei mir, und morgen bringe ich dich zu deinen Leuten zurück. Sie haben sich schon Sorgen um dich gemacht. Du kleine Herumtreiberin. Aber du kannst wohl nichts dafür. Auf läufige Hündinnen muß man ein bißchen aufpassen, nicht wahr?« Er hob noch einmal die Hand, um mich zu streicheln. Und da ich schon in einer Ecke saß und nicht zurückkonnte, gelang es ihm auch. Er hatte eine große, aber weiche, warme Hand. Und er liebte Anuben.

Ich war gefangen, ich Trottel! Freiwillig hatte ich mich in die Hand des Mörders begeben. Selbst wenn er es nicht war, würde er mich doch an meine Familie ausliefern, die mich ins Heim bringen würde. Herbert erhob sich. Doch er war noch nicht bei der Tür, da krachte es. Glas splitterte und stob in glitzernden Kaskaden auf den Teppich, mittendrin Gris, zerrauft und blutig, mit gebleckten Zähnen und schillernden Augen. Ein bebender Haufen Wut, der sich auf dem Teppich breitmachte und aus tiefster Seele knurrte. Pinsel und Herbert erstarrten vor Schreck.

»He«, stammelte der Riese. »Wer bist du? Du wirst doch Fifi nichts tun!«

Pinsel schien dem Schutz seines Halters nicht zu vertrauen und zog sich fiepend unter eine Kommode zurück. Gris knurrte herum. Er war so auf Kampf eingestellt, daß es ihm offenbar schwerfiel, sich wieder zivilisiert zu verhalten. Als Herbert auf die Knie ging, um seinen Pinsel unter dem Schrank vorzuziehen, fuhr der Wilde drohend dazwischen. Herbert schrak zurück, sprang auf und ging rückwärts aus dem Zimmer, um, wie ich vermutete, über Telefon die Polizei zu rufen. Ich riß das Telefonkabel aus der Wand. Noch nie habe ich einen Hochnasen so fassungslos gesehen.

»Ich war es nicht«, winselte Pinsel. »Ich kann nichts dafür. Ich habe Blacky nicht getötet.«

»Das nimmt auch keiner an«, sagte ich beruhigend.

»Du Ratte«, knurrte hingegen Gris, »du hast Zottel verraten. Du hast Kato auf uns gehetzt, du hast Blacky in die Falle gelockt. Du hast das Gift gelegt.«

Was redete er da?

»Nein!« quietschte Pinsel.

»Was ist denn los?« sagte der Riese und stierte uns an. »»Was habt ihr zu besprechen?«

»Du eifersüchtige Schlange«, grollte Gris. »Du hast uns immer gehaßt, weil wir dich verachten. Du hast Jach nach dem Leben getrachtet, weil sie dich ausgelacht hat. Du hast Füchschen umbringen wollen, weil sie deinem Vorgänger so ähnlich sieht. Du hast gefürchtet, Herbert könnte sie lieber haben als dich. Und damit es nicht rauskommt, hast du Blacky wegen ihrer guten Nase außer Gefecht gesetzt.«

»Ich war's nicht!« schrie Fifi. »Es war ganz anders.«

»Was ist eigentlich los?« fragte ich dazwischen.

Aber Gris hörte nichts. Unvermittelt sprang er unter den Schrank, rammelte und wühlte sich darunter, angelte nach dem kreischenden Pinsel, zerrte ihn vor, schüttelte ihn, daß die Rippen krachten, und schleuderte ihn gegen den Schrank. Ich kam zu spät. Pinsel lag mit zerzaustem Fell zusammengesunken, bewußtlos auf dem Boden und japste.

»Mußte das sein?« sagte ich.

»Schluß mit ihm«, grollte Gris. »Es war Zeit.«

Ehe er noch einmal zubeißen konnte, zog ich ihn weg. Er leckte sich keuchend die Schnauze. Herbert las seinen Anuben auf. Nichts wie weg. Ich sprang durch die geborstene Terrassentür nach draußen. Gris hinterher.

15

Es stellte sich heraus, daß Gris Zottel unter dem Haselstrauch gefunden hatte. Der Professor hatte ihm eine wirre Geschichte von Pinsel, einem Gewehr und Mord und Totschlag erzählt. Daraufhin hatte Gris Zottel in den Keller geschickt und war zu meiner Rettung herbeigeeilt.

»Woher wußtest du«, fragte ich ihn, als wir bei Zottel im Keller saßen und unsere Wunden leckten, »daß Pinsel der Mörder ist?«

»Blacky hat es mir gesagt, ehe sie starb«, sagte Gris.

Ich war bestürzt. »Blacky ist tot?«

Gris ließ von seinen Wunden ab und sah mich an. »Ich habe sie totgebissen. Sie hat mich darum gebeten.«

Es überlief mich kalt. Erst jetzt packte mich Abscheu und Entsetzen über all das, was in dieser Nacht geschehen war. Kim tot, die Welpen zerfleischt, Phil schwer verletzt, Blacky tot, Pinsel ein Haufen zersplitterter Knochen, Gänge, Gärten und Straßen waren von Blutschweiß getränkt, glitschig von Haaren und Geifer.

Sanft und eindringlich sagte Gris: »Blacky wollte sterben. Sie hatte aufgehört zu fressen. Ich wollte es nicht tun. Aber sie flehte mich an. Sie lag bei diesem Tierarzt am Ende der Straße, beide

Läufe eingegipst. Sie hätte noch tagelang gelitten, weißt du. Ich mußte es tun. Diese Tierärzte... diese verfluchten Hochnasen. Sie wissen nie, wann ein Ende besser ist. Aber sei nicht traurig. Blacky ist jetzt in den ewigen Jagdgründen. Und du und Sabine, ihr habt ja nur das Beste gewollt. Du vertraust den Hochnasen. Du konntest nicht anders handeln, als Blacky ihnen anzuvertrauen.«

»Und alles wegen Pinsel?« fragte Zottel.

»Sie hat nicht geahnt, was für ein Spiel er trieb«, sagte Gris. »Als sie es kapierte, war es zu spät. Er hat sie in die Falle gelockt.«

Auf einmal wurde mir einiges klar: Pinsel war immer überall dabeigewesen. Von Anfang an hatte er an meiner Rute gehangen. Seine geschwätzige Neugierde überall. Und dann seine giftige Eifersucht, als Herbert sich um mich bemühte. Pinsel hatte sich zurückgesetzt gefühlt. Als ich seine Nachbarin wurde, hatte er gefürchtet, sein Halter könnte mich lieber haben als ihn. Aber nicht nur mich hatte er beseitigen wollen, auch alle meine Freunde. Er, ein kleiner Anube, der von der Liebe seines Halters abhängig war, der selbst keine Freunde hatte, der von allen verachtet wurde, er hatte sich für seine Kleinheit und Erbärmlichkeit fürchterlich gerächt an allen, die zur Freundschaft fähig und sich ihrer Halter sicher waren. Psychologisch stimmte das vielleicht, aber wie hatte er das alles geschafft? Daß er Gift in Plastik oder Laub gehüllt irgendwo hintragen konnte, mochte angehen, aber ein Fangeisen aufstellen und spannen? Und wo hatte er das Gift und die Falle her? War sein Riese doch jemand, der sich damit auskannte?

Obwohl ich todmüde war, schlief ich in dieser Nacht kaum. Pinsel, Blacky, Jach, die Insel und – wie ein graues Gespenst zwischen allen – Gris wirbelten in meinem Hirn herum. Nichts kam sinnvoll zusammen, obwohl ich jedem Hinweis hinterherjagte.

Als ich aufstand, war später Nachmittag. Mein Hunger war gigantisch. Zottel war schon wieder emsig dabei, in seinen Büchern zu wursteln und seinen Kasten piepsen zu lassen. Seine Dickfelligkeit war beneidenswert. Nach den blutigen Kämpfen und größten Verwirrungen konnte er sich ungerührt seiner Forschung zuwenden und alles andere vergessen. Ich dagegen war nicht nur körperlich, sondern auch geistig zerschlagen. Und bevor ich irgendwas denken konnte, brauchte ich was zu fressen. Es half nichts.

Gris war verschwunden, vermutlich auf der Jagd. Aber er würde mir nichts mitbringen. Es würde ihm sogar Spaß machen, mich hungern zu lassen, um mir zu beweisen, daß ich degeneriert und verweichlicht war. Den Triumph wiederum gönnte ich ihm nicht.

Ich ließ Zottel bei seinen Maschinen zurück und begab mich nach draußen. Die Jagdgründe streckten sich verheißungsvoll vor mir. Früher waren mir die Mäuse nur so über die Krallen gelaufen. Ich mußte nur zuschnappen. Aber die Gier ist ein schlechter Jäger, ich verscheuchte die Mäuse schon beim Anschleichen. Mir fehlte die Unbefangenheit. Was ich nötig hatte, verweigerte sich. Es wurde Abend, und ich hatte nichts gefangen. Die Luft war lau von Sonnenresten. Fernsehzeit der Hochnasen. Gärten und Straßen waren leer. Nach dem gestrigen Spektakel hatten die Hochnasen überdies dafür gesorgt, daß ihre Anuben bei ihnen in den Häusern blieben. Ich konnte ungestört durch die Gärten, über die Straße in die Weinberge schnüren. Zahlreiche frisch aufgeworfene Maulwurfshügel zeugten in einer Obstbaumwiese von den emsigen Grabungen dieser unsichtbaren Schaufeltiere. So was mußte doch zu kriegen sein. Ich lauschte. Deutlich hörte ich unterirdisches Wurzelknacken und Erdrieseln. Dann war es still. Beweg dich, dachte ich. Ungeduldig trampelte ich, sprang hoch und kam mit einem Bums auf die Erde. Der Maulwurf krabbelte wieder. Ich hüpfte herum, dann hatte ich raus, wo der Schaufler steckte und grub ihn aus. Hab' dich. Lecker. Danach erwischte ich doch noch eine Maus und war zufrieden.

Als es dunkel war, legte ich mich unter Winds Balkon. Auf die Paarungslust seines Halters konnte man sich verlassen. Wind kam bald.

»Du schon wieder«, begrüßte er mich.

»Wo wart ihr gestern nacht?« fragte ich.

»Wir waren da«, sagte er. »Aber wo wart ihr?«

Er blickte mich sogar entrüstet an. »Als wir kamen, war die Straße leer. Ihr seid ja wohl ganz gut ohne uns klar gekommen.«

Ich lud ihn ein, mit mir auf Streifzug zu gehen. Er konnte sich erst nur schwer mit dem Gedanken anfreunden, seine unfreiwillige Freiheit zu nutzen. Aber dann kroch er doch unter dem Balkon hervor. Er schüttelte sich. Die Schlappohren knatterten um seinen spitzen Kopf, über Hals, Schultern, Brustkorb, Bauch und Lenden setzte sich das Schütteln fort, bis es in seiner Schwanzspitze mit einem Zittern versiegte. Nun war er bereit. Wir wanderten gemächlich den Hasenrücken zum Waldrand hinauf. Dort verhielt er und witterte. Ich roch es auch. Konzentriert blickte er in die dunkle Röhre des Waldwegs. Ich strengte meine Augen an. Weiter unten schimmerte etwas. Wie auf Kommando rannten wir los.

Da lag sie, ein Berg wirres Langhaar, das von den mageren Gliedern floß. Die langen Läufe ausgestreckt, der schmale Kopf abgeknickt in einer Blutlache. Kehlbiß. Fareh, die Afghanin, hatte es erwischt. Wind starrte stumm auf die tote Fähe hinunter. Wir hatten uns noch nicht wieder gefaßt, da prasselte es im Unterholz, und Gris erschien.

»Kato«, sagte ich.

Gris nickte und untersuchte die Leiche. »Bislang waren es nur Ligisten. Jetzt geht es euch Stummen an den Kragen. Das ist die Rache für gestern nacht.«

Ein Auto fuhr mit aufgeblendeten Scheinwerfern über den Waldweg. Wir warfen uns ins Seitengebüsch und duckten uns. Das Auto hielt. Zwei Hochnasen stiegen aus, darunter Farehs Halterin in einem Fuchsmantel, der Farehs Fell zumindest farblich abbildete. Sie hoben die Leiche auf und bargen sie im Kofferraum des Wagens. Das Auto jaulte und heulte. Rückwärts rollte es davon.

»Jetzt gibt es Krieg«, sagte Wind. Er kniff seine Mandelaugen zusammen. »Farehs Halterin hat den Mord gesehen. Die Hochnasen werden dafür sorgen, daß Kato verschwindet. Sie führen den Krieg zwar anders als wir, mit Büchern und Gesetzen, aber wirkungsvoll. Und keiner von uns kann Kato töten.«

Gris reagierte nicht. Hingebungsvoll schnüffelte er die Stelle ab, wo Fareh gelegen hatte. Der Duft ihrer erst kürzlich beendeten Ranz flockte über den Boden. Der Rüde war sichtlich fasziniert. Ihm klapperte das Gebiß.

»Das ist jetzt die dritte tote Fähe«, bemerkte ich.

Gris hob den Kopf. »Kato tötet alle, die sich ihm widersetzen.«

»Dann hat Kato alle...?« Ich war restlos verwirrt.

»Jetzt reicht's«, knurrte Wind plötzlich.

»Macht ihr mit?« fragte Gris.

Wind nickte. »Ja, nachdem Kato Fareh getötet hat. Das geht zu weit.«

»Also gut. In einer Stunde bei Kato«, sagte Gris.

»Du gehst bei Gold und Bolle vorbei. Ich hole den Rest.«

Wir stoben in drei Richtungen auseinander. Ich sauste, wie von Gris befohlen, bei Gold, Bolle und Maxi vorbei. Das war eine Sache von Minuten. Dann hatte ich Zeit, etwas zu erledigen, das ich schon längst hätte tun sollen. Wenn ich mich beeilte, konnte ich rechtzeitig wieder zurück sein. Ich rannte in den Wald, hinunter in die Schlucht, auf der anderen Seite wieder hinauf. Es war nicht schwierig, den Weg zur Insel zu finden. Der Teich spiegelte müde den Mond. In seiner Mitte lag die Insel, unversehrt. Der Baum umklammerte mit seinen Wurzeln den Sonnenplatz. Nur rundum waren ein paar Bäume gefällt worden. Reifenspuren furchten den Teichrand. Sonst war nichts geschehen. Das genügte. Ich kehrte um. Am Waldspielplatz stand Gris und wartete.

»Wo warst du?«

»Auf der Jagd.«

»Lüg nicht. Ich rieche es. Du warst bei der Insel.« Er stellte sich mir in den Weg.

»Warum hast du gelogen?« sagte ich. Gris senkte knurrend den Kopf. Seine Rute stand steil in die Luft.

»Du hast mir mehr als einmal das Leben gerettet«, sagte ich, »warum willst du mich jetzt töten?«

Gris schwieg. Ich stakte steifbeinig um ihn herum. Aber im Augenblick, da ich zum Sprung ansetzte, um zu fliehen, attackierte er, hängte sich in mein Fell und riß mich zu Boden. Ich schnappte nach seinen Pfoten, und er sprang zurück. Seine Schwefelaugen funkelten.

»Ich verstehe«, sagte ich.

»Nichts verstehst du«, grollte er. »Warum mußt du dich unentwegt in Dinge einmischen, die du nicht verstehst? Warum konntest du nicht bei Sabine bleiben, dich hätscheln lassen und einmal am Tag spazierengehen, wie es sich für einen Hausanuben gehört?«

»Weil du mich vergiften wolltest.«

»Unsinn, wo soll ich Gift herkriegen? Du verstehst nichts.«

»Dann mach dir die Mühe, es mir zu erklären. Jeder anständige Killer hat das Bedürfnis, über sein Opfer zu triumphieren, bevor er es tötet.«

Gris schüttelte sich.

»Du hast auch Fareh getötet«, sagte ich.

»Stimmt«, sagte er. »Dabei bräuchte ich es gar nicht zuzugeben. Katos Spuren haben euch blind gemacht. Ihr wäret nie darauf gekommen.«

»Und alles nur, damit wir uns nun doch Kato in den Rachen werfen. Damit er uns alle tötet. Wind hat recht gehabt. Du willst die Liga vernichten. Du willst Krieg. Und nur, weil du keinen anderen Weg gefunden hast, uns gegen die Hochnasen aufzuhetzen. Wir dürfen nicht in Freundschaft mit ihnen leben. Wind hat recht. Die Demütigungen deiner Jugend haben dich verrückt gemacht. Du kannst den Hochnasen nicht verzeihen. Und weil du zu klein und dumm bist, ihnen zu schaden, tötest du alles, was mit ihnen auskommt. Dann tu, was du nicht lassen kannst. Töte mich. Aber ich werde mich wehren.«

»Kätzchen, du verstehst immer noch nicht«, sagte Gris plötzlich weich. »Ich hasse niemanden. Du bist diejenige, die mich haßt. Du glaubst, ein Wolf sei automatisch ein Killer. Ohne nachzudenken machst du mich zum Mörder und Psychopathen. Nur weil ich geprügelt wurde. Du verachtest mich, weil ich geschlagen wurde. Im Grunde deines vertrauensseligen Herzens bist du überzeugt, daß ich selber schuld daran bin. Ich hätte nur gehorchen müssen. Wer mißhandelt wird, hat es sich selber zuzuschreiben. Das glaubst du. Wind hat dir den Verstand aus deinem Kopf geschwatzt. Nur weil er sich gegen seinen Halter stellt, glaubst du, alle, die schlecht behandelt werden, provozieren Ungerechtigkeit. Du denkst an Kato. Ja, glaubst du im Ernst, er wäre kein Beißer geworden, wenn ihn sein Halter nicht dazu gemacht hätte? Und weil du das glaubst, muß ich logischerweise auch ein Killer sein, nur weil ich auch einen Halter wie Kato hatte.«

Gris hatte es immer verstanden, mich zu beeindrucken. Mit seiner Mischung aus Geheimniskrämerei und Beredsamkeit wickelte er stets alle Widersprüche zu.

»Wind hat dir eingeredet«, fuhr er fort, »daß ich der Drahtzieher bin. Du hast geglaubt, ich hätte die

Mafia gestern nacht gerufen. Du hast sogar angenommen, ich hätte die Welpen dem sicheren Tod ausgeliefert. Aber warum, meine Liebe, hast du mich dann gestern nicht totgebissen, als ich auf dem Rücken lag?«

»Weil du auf dem Rücken lagst, das weißt du genau.«

»Ach was, du bist ein degenerierter Anube. Für dich gelten die Regeln der Wölfe nicht. Nein, ich will es dir sagen: Du warst nicht wirklich überzeugt, daß ich Jach und Blacky getötet haben könnte.«

»Und doch hast du Blacky getötet. Dafür, daß sie es verlangt hat, habe ich nur dein Wort.«

»Aber die Falle habe ich nicht gelegt. Sie lag dort schon lange. Wir haben es alle gewußt, alle, die im Wald leben. Blacky auch.«

»Pinsel auch?«

»Offenbar.«

»Und du glaubst wirklich«, sagte ich, »Pinsel sei es gelungen, Blacky in die Falle zu locken?«

»Vielleicht hat sie geglaubt, er stecke drin und hat ihm helfen wollen.«

»Und warum habt ihr das Ding nicht längst entschärft? Ihr brauchtet doch nur einen Stock reinzulegen, und sie wäre zugeschnappt.«

»Wir haben sie für Kato offengehalten«, erklärte der Wilde. »Wenn er uns wirklich gefährlich geworden wäre, hätten wir ihn über die Lichtung hineingeschleust.«

Ein netter Plan. Aber warum hatte Gris behauptet, die Insel sei zerstört? Sollte ich nur nicht wieder hinkommen? Glaubte er mich in Gefahr? War Blacky vielleicht eifersüchtig auf mich gewesen? Schließlich hatte Gris einen zweifelhaften Ruf als Rüde. Und in Wahrheit sind Fähen immer die Rudelführer, die sich den besten Rüden für sich aussuchen. Solange sie stark sind, verteidigen sie ihren Besitz gegen andere Fähen. Dingositten in Lykopolis.

»Erst Jach, dann ich, dann...«, sprudelte ich hervor, »dann Pinsel? Wenn wir über Mord nachdenken, rechnen wir nicht damit, daß der Täter zum Opfer und das Opfer zum Sieger werden könnte.«

Gris runzelte die Stirn.

»Und ausgerechnet Pinsel hat Blacky besiegt«, fuhr ich fort. »Sie war's, die ihn in die Falle schubsen wollte. Und dann ist sie selber hineingeraten. Und du hast ihn fast totgebissen, weil du glaubtest, er habe Blacky auf dem Gewissen. Aber Blacky hat dich angelogen.«

Gris blinzelte verblüfft.

»Warum bist du nicht selber drauf gekommen? Ist das deine verfluchte Treue? Oder hat Blacky dir nie erzählt, wie sie in dieses Revier gekommen ist? Maxi hat es gewußt. Blacky kam als Welpe aus dem Tierheim. Sie gehörte Herbert, der sie weggab, als sie ihm zu groß und zu wild wurde. Danach schaffte er sich ein Füchschen an. Das war lieb, anschmiegsam und gehorsam. Dann aber kam das Füchschen zu Tode. Es wurde von einer schwarzen Jägerin gerissen. Das war Blacky. Und Herbert schaffte sich den nächsten Anuben an, eine kleine Ratte, die er überall herumtrug. Darum hat Pinsel so lange überlebt. Blacky bekam ihn einfach nicht zu fassen. Eines Tages machte Herbert einen Fehler. Blacky entführte Pinsel, um ihn in die Falle zu werfen. Nur, daß es ihr mißlang.«

Gris setzte sich.

»Und mich wollte sie töten, weil ich ein Füchschen bin.«

»Aber Jach?«

»Vielleicht ein Versehen. Das Gift war womöglich für Pinsel oder mich bestimmt. Oder Eifersucht.«

»Und woher hatte sie das Gift?«

»Das weißt du selbst. Ihr habt mir doch von dem Alten mit dem Stock erzählt, dem ihr ins Gebüsch pinkelt, den Garten umgrabt und den ihr ärgert, wo es nur geht. Klar, daß so einer sich irgendwann Maßnahmen ausdenkt, euch zu vernichten. Blacky hat ihn systematisch provoziert. Hat sie selbst erzählt. Der Hasser muß das Gift nicht einmal speziell ausgelegt haben, so einer hat nicht nur was gegen pinkelnde Anuben an seiner Hecke, sondern auch gegen Ratten an der Mülltonne, gegen Schnecken in seinem Garten. Er legt Rattengift aus oder Schneckenkorn. Eines Tages fand Blacky ein leckeres Häufchen Schneckenkorn. Sein betörender Duft würde jeden dümmeren Anuben verführen. Sie wälzte ein klebriges Stück Hase darin und legte das giftpanierte Stück erst Jach und dann mir hin. Ich erinnere mich noch gut an den Geruch. Das Stück hatte nicht nur den Hautgout von Gift, sondern auch einen Beigeschmack von Wildheit und Laub. Damals kannte ich nur Blackys Wildgeruch noch nicht. Sonst hätte ich es gleich gewußt.«

Gris ließ die Nase hängen.

»Und nun«, sagte ich, »mußt du mir erklären, warum du mich hier festhältst und warum du Fareh getötet hast.«

»Ich möchte dich bitten«, sagte Gris langsam, »nicht mit zu Kato zu gehen. Es ist zu gefährlich. Er wird dich töten.«

»Wie alle anderen auch. Aber wenn uns die Stummen helfen, haben wir eine Chance.«

»Kato wird dich trotzdem töten. Er wollte es immer. Er tötet alle unabhängigen Fähen. Und dich haßt er, weil... weil...« Gris maunzte vor Verlegenheit, »weil du mich kennst.«

»Und warum hast du ihm im Fall von Fareh die Arbeit abgenommen? Du bist eben doch Katos Agent. Du verlängerst seine Macht unter den Wölfen und den Stummen. Dafür läßt er dich in Ruhe, ist es nicht so?«

»Hör auf«, sagte Gris ungeduldig.

»Also gut«, sagte ich. Ehe er begriff, was ich tat, sprang ich über ihn hinweg und raste den Waldweg hinauf. Aber er bekam mich knapp vor dem Waldrand wieder zu fassen.

»Warte«, hechelte er. »Du weißt nicht, was du tust. Du wirst die erste sein, die heute nacht stirbt. Du hast in Kynopolis alles durcheinandergebracht. In deiner grenzenlosen Naivität hast du heillose Verwirrung gestiftet. Darum hassen dich einige mehr, als du denkst. Mag sein, daß Blacky dich und Pinsel töten wollte. Aber das ist nur eine kleine Privatfehde am Rande. Jach mußte sterben, weil sie gehorsam war.«

Also doch. »Blacky gehörte zu den Stummen. Und die Stummen töten.«

Gris nickte.

»Du warst ein Stummer. Blacky auch. Das leuchtet ein. Und Pinsel war gar nicht Katos Spitzel, sondern Agent der Stummen. Er hat immer abgestritten, daß er zur Mafia gehörte. Und den Stummen paßte es in den Kram, daß Blacky versucht hatte, Pinsel umzubringen. Es lenkte den Verdacht von ihnen ab. Aber warum diese Heimlichkeiten? Wind selber hat mir versichert, daß Anuben offen töten.«

»Pinsel«, begann Gris, »war gleichzeitig immer auch Hochnasenfreund, darum mochten ihn die Stummen nicht. Und ein Agent ist außerdem nur solange brauchbar, wie kein Verdacht auf ihn fällt. Und du warst dicht dran, alles zu entdecken. Daß Blacky diesen Pinsel nicht mochte, hat mich selber darüber hinweggetäuscht, daß sie zu den Stummen gehörte. Ich wußte es zwar, aber ich dachte, sie sei, ähnlich wie ich, von ihnen abgerückt. Und ich dachte zugleich, daß Pinsel Katos Agent sei. Verstehst du? Die Privatfehde hat mich verwirrt. Und darum war sie nützlich. Ich dachte, Blacky und ich seien uns einig im Kampf gegen Kato und seine Spione. Und solange ich davon ausging, daß Blacky Pinsel als Katos Agent verfolgte, war alles in Ordnung. Dabei wollten die Stummen nur, daß wir gegen Kato antreten, damit wir den Kampf verlieren. Dann ist die Liga erledigt, und Zottel ist leichte Beute für jeden, der ihn holt. Vielleicht lassen sie ihn auch nur einfach verhungern. Die Stummen werden heute nicht mit uns kämpfen, sondern gegen uns. Dann ist Kato König von Kynopolis. Die Koalition der Liga mit den Hochnasen ist bis Ultimo verschoben.«

Ich starrte den Wilden sprachlos an.

»Darum habe ich Fareh getötet. Wind ist zwar Führer der Stummen, aber sie war deren Kopf.«

»Aber es ist zu spät.«

»Ja«, räumte er ein. »Es war überfällig. Übrigens war ich immer dagegen, daß du einen Krieg mit Kato anzettelst. So wie es war, bevor du nach Kynopolis kamst, war alles im Gleichgewicht. Katos Macht war begrenzt. Die Stummen hielten still. Die meisten Anuben haben mit der Liga sympathisiert, solange sie groß genug war, eine Art Schutzgemeinschaft zu bilden. Erst als du kamst, geriet alles durcheinander. Dadurch bekam Pinsel heraus, wo Zottel wohnt. Zu allem Überfluß hast du ihn dann noch seinem Schutz anvertraut. Und er hatte nichts

Eiligeres zu tun, als die Stummen zu benachrichtigen. Emma hat ihm da gute Dienste geleistet. Sie kennen sich schon lange. Deine rührige Kommunikation aller mit allen zwang die Stummen zur Aktivität. Und jetzt ist auch klar, daß Blacky Zottel für sie aus Pinsels Garten geholt hat. Vermutlich brauchte Kato ihr den Professor gar nicht abzujagen. Sie haben ihn einfach in seine Fänge getrieben, weil sie wußten, er würde ihn über kurz oder lang kaltmachen. Und schon war er da, unser Zorn auf die Mafia und unser selbstmörderischer Mut. Ich wollte den Kampf verschieben, bis Zottel das Geheimnis gefunden hat. Wir haben nämlich nur dann eine Chance gegen die Mafia und die Stummen, wenn wir die Hochnasen auf unserer Seite haben.«

»Soviel Kleinmut hätte ich dir gar nicht zugetraut«, sagte ich.

»Aber soviel Erfahrung hättest du mir zugestehen können«, sagte er bissig. »Wir Wölfe haben gelernt, unnötige Verletzungen zu vermeiden. Es gibt nur drei Gründe für Anuben, bis zum Tod zu kämpfen: Schutz der Welpen, Verteidigung des Futters und Bewahrung der Freßordnung. Und selbst dann müssen wir Nutzen gegen Folgen abwägen. Ich habe einen Freund namens Zottel, der auf mich angewiesen ist. Wenn ich heute sterbe, mußt du dich seiner annehmen. Auch wenn ich zweifle, ob du genügend Futter für ihn auftreiben kannst.«

»Zuviel der Ehre«, sagte ich. »Und du kannst mir nicht weismachen, daß du sehenden Auges ins Verderben rennen wirst. Du hast etwas vor.«

Gris lächelte. »Jetzt kann ich es dir ja sagen. Falls ich hoffen darf, daß du Wind nicht mehr als deinen Freund ansiehst.«

Hörte ich da einen Unterton gekränkter Gefühle, gar Eifersucht? Hatte Gris mich deshalb von Tag zu Tag mürrischer behandelt, weil er mich für Winds Freundin hielt? Ich blickte ihn an. Er schaute beiseite. Dann hatte er mich immer gemocht. So sehr, daß er sich fürchterlich geärgert hatte, daß ich ihm nicht vertraute. Und in seinem Stolz hätte er sich eher die Zunge abgebissen, als mich aufzuklären, nur um nicht kleinlich zu erscheinen. Nur um sich nicht vorwerfen zu müssen, mich beeinflußt zu haben. Zähneknirschend hatte er sich mit meiner Dummheit abgefunden. Hatte bockig darauf verzichtet, mich einzuweihen, weil er den Gram, ungerecht verurteilt zu werden, der Möglichkeit vorzog, ich könnte ihn als den redlichen Anuben ansehen, der er war, und trotzdem nicht mögen. Zu solch irrationaler Verstockung konnte nur ein Liebender fähig sein.

»Gris«, sagte ich, »hör mal ... «

Er schüttelte den Kopf. »Wir haben jetzt keine Zeit«, sagte er sanft. »Wir müssen los. Wir werden nicht gegen Kato kämpfen, sondern gegen die Stummen.«

»Nein«, widersprach ich. »Wir vernichten alle

auf einen Schlag. Und dazu nehmen wir die Hochnasen. Ihr Sinn ist auf Rache gerichtet. Sie sind Meister im Bestrafen. Was Blacky konnte, können wir auch.«

Gris fing an zu grinsen. Mit einem Satz sprang er davon. Ich eilte in Zottels Keller, wo Bolle mit seinen Drillingen, Gold, Whis, Zeck, Struppi und die Fleckfähe namens Schnee warteten. Wolle war trotz einer Rückenwunde erschienen. Phil hatte sich ebenfalls mit schorfigen Narben herbeigeschleppt. Sogar Maxi war gekommen, nachdem Gold sie aus dem Zwinger geholt hatte. Obwohl sie alle wußten, daß es Kampf geben würde, hatten sie sich tapfer und mit dem Mut der Redlichen zum letzten Gefecht versammelt.

Ich instruierte Gold und Bolle in Kürze. Sie machten sich davon. Dann überredete ich den Professor, bei seinen Geräten im Keller zu bleiben, da er uns weniger nutzen als vielmehr behindern würde. Er mußte es schließlich einsehen. Das Trüppchen der übrigen führte ich nach oben. Vor Pinsels Haus legten wir uns hinter und unter ein paar Autos auf die Lauer.

Und da kamen sie. Zuerst leises Getrappel von Krallen auf Asphalt, ein Flüstern wie Wind im Geäst. Aus dem Schatten der Bäume und Autos lösten sie sich: eine Gruppe großer, schlanker Anuben, die langen Schnauzen im Wind, die dünnen Ruten gestellt. Schöne Tiere allesamt, angeführt von Wind, ein Schwung leichtfüßiger Renngestelle mit großen Augen. Sie raschelten heran und stellten sich witternd auf. Sie zeigten sich in ihrer ganzen fremden Unberechenbarkeit. Ein riesiger, wolliger russischer Läufer, ein noch größerer grauer Hirschjäger, ein irischer Wolfskiller, die Flotte bleicher Rennbahnanuben, ein glatter Pharao mit sandbraunem Fell, brauner Nase und Augen. Ich hatte gar nicht gewußt, daß Kynopolis so viele Exoten aufzuweisen hatte. Sie harrten stumm auf langen, dünnen Beinen mit krummen Lenden. Sie wirkten so fremd, daß allein ihre stille Gegenwart uns aus der Fassung brachte. Ob sie wirklich kampfunfähig waren, wie man immer sagte, mochten wir nicht ausprobieren. Größe macht auch dann Eindruck, wenn sie unaggressiv ist.

Sie standen einige Augenblicke allein auf der Straße, als Gold von hinten zwischen ihnen hindurchsauste, dicht an seinen Fersen Kato. Gold sprang auf ein Auto, der Killer knallte gegen die Stoßstange.

Im selben Moment schoß Gris aus Pinsels Garten und sprang über Kato hinweg. Ihm folgte, das Gewehr im Anschlag, Herbert. Kato sammelte sich und blickte sich um. Im Halbkreis standen die Stummen ziemlich erstaunt da. Sie knurrten nicht, bleckten nicht die Zähne, sie formierten sich nur. Die Drillinge, Whis, die Mischlinge und Schnee, Phil und ich traten hinter den Autos vor. Die Windgesellen spannten sich. Doch kaum hatte Kato mich erblickt, knurrte er auf und schoß vor. Ich kullerte Herbert vor die Füße. Kato schlug seine Zähne in meine Weichteile. Gris stürzte sich auf Kato. Herbert rammte dem Killer das Gewehr in die Rippen. Und da er einmal entschlossen war, einen Beißer zu töten, drückte er ab. Kato krümmte sich.

Gris ergriff umgehend die Flucht und drückte sich unter ein Auto, ehe Herbert auch auf ihn anlegen konnte. Im selben Moment griffen die Stummen an. Ohne Kommando, wortlos, aber geschlossen, fielen sie über uns her.

Da kam Bolle mit dem stockschwingenden Hasser im Gefolge die Straße herab. Der sah die Rotte Anuben, die Pinkler und Scheißer, die Schänder seiner Hecke, und prügelte drauflos. Wind sank mit gebrochenem Rückgrat zusammen. Einige Renner duckten sich feige, andere stellten sich dem Stock des Hassers, hängten sich an seinen Arm. Auch Kato war noch nicht so weit erledigt, daß er sich nicht tollwütig in die Hosenbeine des wütenden Alten verbeißen konnte. Und nun erwachte Herbert aus seinem Staunen, drehte das Gewehr um, zertrümmerte Kato den Schädel und fuhr mit der Brechstange unter die Stummen, die in alle Winde auseinanderstoben. Doch sie formierten sich blitzschnell neu und kehrten zurück.

Es war ein Geschrei und Gejaule, daß die Türen der Hochnasen alle fast gleichzeitig aufsprangen. Sie hatten alle noch die letzte Nacht in Erinnerung und eilten herbei, Stöcke und Messer in den Händen. Was jetzt noch zu fangen war, was sich bewegte und knurrte, was noch zuckte und schnappte, wurde niedergemetzelt. Einzelne Renner machten vergebliche Versuche, sich zu wehren. Langgehegter Haß brach sich Bahn. Nicht nur die Stummen rauften, auch die Hochnasen prügelten und stachen. Und da einzelne Anuben ihren Haltern zu Hilfe kamen, und einzelne Halter ihren Anuben, prügelten sich bald auch die Hochnasen untereinander. Bolle fiel als erster von uns. Katos lederner Halter schlitzte ihm die Kehle durch. Gold brach unter Stockschlägen zusammen. Schnee warf sich auf den Rücken und empfing Fußtritte. Der Lederne übernahm Katos Rolle und fuhr unter die Meute. Die Drillinge rasten winselnd zwischen stolpernden Beinen hindurch. Ein gutes halbes Dutzend Hochnasen bändigten den riesigen Hirschjäger, der Wolfsanube wurde auf den Rükken geworfen, sein Leib aufgebrochen, wie ein gebratenes Huhn, seine Glieder auseinandergezerrt. Die Riesen räumten auf, ein für allemal. Die Schlacht endete nicht eher, als bis die Straße von Anubenkörpern übersät war, Bolles schwarzer Berg in der Mitte, darum herum gekrümmt wie Schnecken die roten Drillinge, Schnee ein Haufen Matsch, Gold blutüberströmt bebend, Winds zukkendes Renngestell, Struppi im igeligen Fell, Wolle ein verklebtes Häufchen, Kato still, die Rennbahnanuben als helle Flecken im bleichen Schein der Straßenlampen.

Die Feindschaft war gigantisch und allumfassend. Ein für allemal machten die Hochnasen Schluß mit unserer Aufsässigkeit. Kein Anube durfte sich ungestraft gegen Hochnasen wenden. Sie trieben uns auseinander und zu Paaren in die Enge. Blut spritzte, Knochen brachen. Tiere schrien im Todeskampf, Hochnasen fluchten. In der einzigen und letzten Schlacht unterlagen wir alle. Niemals würden Hochnasen dulden, daß wir unseren eigenen Gesetzen folgten, daß wir unsere Regeln aufstellten, daß diese Regeln Gültigkeit für die Hochnasen hätten, daß sie uns achten und als Partner akzeptieren müßten. Wir waren ihre Geschöpfe, solange wir blöde und dumm stillhielten, und ihre Feinde, sobald wir unseren eigenen Willen hatten. Kynopolis wurde an diesem Abend zertrümmert.

Darum hatten Phil und Wind vor einer Offenbarung unserer Intelligenz immer gewarnt. In einer Welt der Hochnasen gab es keinen Platz für eine Gesellschaft der Nasen. Und wo sie sich konstituierte, würde sie vernichtet werden. Niemals würden die Hochnasen eine Macht neben ihnen ertragen. Sie waren unfähig zur Anerkennung des anderen, unfähig, unser Lebensrecht zu respektieren. Was in ihrer Welt nicht nach ihren Gesetzen funktionierte, wurde niedergeschlagen, abgeschoben, versklavt, eingesperrt. Sie waren schwerbewaffnete Krieger, die alles schlachteten, was sich ihnen in Formation entgegenstellte. Nur einzeln, nur als einsame Hausanuben, als isolierte Kreaturen zwischen den Beinen ihrer Tische, als ohnmächtige Anbeter ihrer Mülltonnen, als dankbare Futternehmer und asoziale Schmuser, als degenerierte Dummköpfe, stumme Freunde und Diener, gehorsame Ducker und devote Gläubige an die Göttlichkeit des Hochnäsischen, erlaubten sie uns unser Leben. Sie weideten sich an dem Konkurrenzkampf der Anuben um ihre Zuneigung. Sie förderten die Feindschaft der Anuben untereinander. Sie machten uns zu infantilen Kläffern, zu irrsinnigen Beißern, bösartigen Killern, damit wir niemals zu einer Gesellschaft der Anuben zusammenfinden konnten. Und dann behaupteten sie, wir seien unfähig zur geregelten Solidarität, zur Kultur, und begründeten darauf ihre Überlegenheit. Hatte nicht Blacky, die starke, freie Anubin, die stolze Wölfin, ihr Leben lang Pinsel wie Fifi und Füchschen wie mich gehaßt, nur weil ein Halter sie, weil sie ihm zu selbständig war, abgeschoben und durch unsere Rassen ersetzt hatte? Sie war eine Stumme gewesen, eine Hochnasenfeindin, und hatte doch Anuben getötet. Es hatte funktioniert und würde immer so funktionieren. Die Hochnasen sind die Klügeren. Wir haben keine Chance.

Plötzlich war Sabine da. Sie löste sich aus dem Tumult, hob mich von der Straße auf und nahm mich in die Arme. »Mini, arme Mini, du armes Tier.« Sie umfing mich mit der treuen Zärtlichkeit eines liebenden Herzens. Feierlich trug sie mich heim. Und als Papa als blutbefleckter Held von der Schlacht heimkehrte und Mama seinen grimmigen und von Entrüstung dünstenden Bericht abgestattet hatte, erklärte Sabine hell und trotzig: »Mini ist zurückgekommen. Sie gehört mir. Ich gebe sie nicht wieder her. Ihr könnt sie mir nicht nehmen.«

Papa und Mama schwiegen. Sabine rädelte eine Dose auf, und ich bekam einen großen Napf Futter und durfte mich vollfressen.

16

Als Mama zum Einkaufen fortgefahren war, verließ ich das Haus durchs Katzenfenster. Am unteren Zaun wartete Gris. Der gute Kerl schlappte mir übers Gesicht und wedelte, daß ihm der Schwanz fast abfiel.

Im Keller war Zottel emsig bei der Arbeit. Er bastelte an seinem Gerät herum, wühlte schniefend in den Eingeweiden seiner Maschine, fluchte und seufzte, aber seine Rute wackelte steil. Zuweilen hieb er auf die Tasten seines Computers ein. Aus dem Gerät kamen knarrende Töne, die denen der Hochnasen schauderhaft ähnlich waren, nur ziemlich unverständlich.

»Er hat's bald«, wisperte Gris mir ins Ohr.

Wir standen da und schauten zu, wie der Professor wühlte. Gris grinste glücklich.

»Und dann?« fragte ich beklommen.

»Dann bestellen wir uns erst mal zehn Kilo Hundefutter.«

GOLDMANNS
KLEINE TIERBIBLIOTHEK

Daniel Quinn
Ismael
Roman (43219)

Peter Gethers
Die Katze, die nach Paris reiste
Roman (43220)

Danilo Mainardi
Fledermäuse küssen nicht
Roman (43221)

Remo Forlani
Die Streunerin
Roman (43222)

Paul Beardmore
Zwei Elefanten spielen Jazz
Roman (43223)